한림신서 일본현대문학대표작선 ⑤

삶(生)

한림신서 일본현대문학대표작선 ❺

삶(生)

다야마 가타이 지음 · 한영옥 옮김

小花

삶(生)

한림신서 일본현대문학대표작선 ⑤

초판인쇄   1998년 5월 20일
초판발행   1998년 5월 30일

지은이   다야마 가타이
옮긴이   한영옥
발행인   고화숙
발 행   도서출판 소화
등 록   제13-412호
주 소   서울시 영등포구 영등포동 94-97
전 화   677-5890, 636-6393   팩스 636-6393

ISBN 89-85883-92-5
ISBN 89-85883-75-5 (세트)
잘못된 책은 언제나 바꾸어 드립니다.

값 6,500원

차례

역자의 말

『삶(生)』은 일본 근대문학에 있어서 자연주의의 중심적 작가인 다야마 가타이(田山花袋)의 대표적인 장편소설이다.

이 소설에서 등장 인물들은 모두 평범한 우리들의 이웃으로, 마치 고향에 돌아온 듯한 친밀감을 가지고, 잔잔하게 독자에게 다가온다.

물질의 풍요로움으로 끈끈하게 얽혀 있던 가족간의 고리가 끊어져 버리고, 극단적인 개인이기주의로 치닫는 오늘날, 『삶』은 우리들에게 또 다른 감동을 불러일으킨다.

소설이 전개됨에 따라 고조되는 고부간의 갈등이나 시누이 올케 간의 서로 충돌하는 모습에서 독자들은 인간미를 발견하면서, 오히려 연민의 정을 느끼게 된다.

작가는 우리 이웃의 진솔한 삶의 이야기 속에서 인간이 영원한 테마인 生과 死를 자연스럽게 대자연의 순리와 이치로 풀고자 하였다.

죽음은 끝이 아니라 새로운 시작임을 전하고자 한 작가의 메시지는 어머니의 죽음을 자신의 해방으로 받아들여 새로운 출발을 기약하는 작가의 모습에서도 발견할 수 있다.

어머니의 죽음은 가타이에게 크나큰 슬픔이었으나, 이것은 낡은 가족제도로부터 탈출하는 계기가 되었다.

새로운 사상을 구현하고자 노력하였으나 가장 장애가 되는 것은 바로 '가족'이고, '어머니'였던 것이다. 어머니의 은혜를 느끼면 느낄수록 가타이는 구사상(舊思想)과 가족의 중압감에 짓눌려 버리고 마는 것이다. 이런 것으로부터 가타이를 해방시킨 것이 어머니의 죽음이었다.

바야흐로 자신이 스스로 선택한 부인과 새 가정을 꾸미며, 근대 사회를 이끌어갈 일원으로서 독자적으로 세상에 발을 내딛을 수 있는 때가 온 것이었다.

이것은 가타이가 갈망하던 새로운 시대의 서막인 것이다.

이 책은 『田山花袋集』 일본근대문학대계 〈제19권〉(角川書店, 1972년판)에 수록된 『삶(生)』을 번역한 것이다.

일본 문학의 올바른 소개를 위하여, 가능한 한 원문에 충실하여 원작자의 의도나 문체를 생생히 살리고자 노력하였다.

소설이 공중 목욕탕에서의 대화로 시작되는 도입부에서 알 수 있듯이 독자들은 일본 개화기 서민들의 생활 모습을 가감없이 볼 수 있다.

작품 속에 자주 나오는 일본 고유의상이나 옷감, 풍습에 관해서는 세세히 주를 달아 독자의 이해를 돕고자 하였다.

끝으로 이 책이 출판될 수 있도록 적극 후원해 주신 한림 대학교의 한림과학원 일본학연구소 지명관 소장님을 비롯한 출판관계자 분들과 도움을 주신 여러분들께 진심으로 감사드린다.

1998년 3월

한영옥

「오늘 밤 새각시를 맞는다지?」

「어느 집이서?」

「바로 요 아래 집 말이여.」

「요 아래 집이라니 어느 집?」

「아, 그 꽈리를 불고 댕기는 머리 허연 할멈댁 있잖은가.」

「그 집에선 웬 각시를 그렇게 자주 들인디야. 이번 정월에도 각시를 들였잖나. 게다가 그 할멈 병이 깊어져서 벌써부터 누워 지낸다지?」

「정월 것은 동생 각시였지. 아, 바로 저 뒤에 살고 있잖나. 살색이 곱고, 살집 좋은 하치죠(八丈)[1] 하오리(羽織)[2] 같은 걸 자주 입고 댕기는. 오늘 들어오는 것은 그 형 되는 사람의 각시라지.」

「형이라고? 거, 늘 양복을 입고 관청에 댕기는?」

「그렇지. 사람 좋고 점잖고, 거 왜 자주 인력거를 타고 댕기는 젊은 양반 있잖은가.」

「그 양반이라면 마누라가 있잖은개비?」

「그게 글쎄, 시어마씨 되는 그 할멈 마음에 안든다고 작년에 내보냈다지 뭔가. 그 할멈 그래 뵈도 여간 까다로운 게 아닌 게비여.」

「그래? 사람 좋아 뵈는 할멈이던디…… 항시 봐도 꽈리를 불면서 웃는 얼굴로 댕기던디…….」

「그야, 후딱 보면 사람 좋고 무던해 보이지. 그란디 겪어 보면 여간 깐깐한 게 아니라는구먼.」

말하다 말고, 정원지기인 사다코는 수건으로 얼굴을 쓱쓱 문질렀다.

와세다 근처의 우시고메 기쿠이초의 공중탕인 야나기탕에 이제 막 램프가 켜지고, 문밖은 어스름이 내리기 시작했다. 저녁 무렵이라 손님도 얼마 없어서, 목욕탕에서 잡일을 보는 산스케는 덜거덕거리며 빈 통을 한쪽 구석으로 치우기 시작했다. 여나므살 정도의, 나이에 비해 키가 커 보이는 소년이 탕에서 올라오자마자 서둘러 몸을 닦더니 황급히 옷을 입고, 새끼줄이나 되듯이 오비를 아무렇게나 휘감고는 거칠게 문을 열고 나갔다.

「지금 나간 녀석이 바로 그 집 아들이잖나.」

「그래? 저 녀석이……」 하며 상대는 끄덕이더니,

「그 젊은 양반한테 저렇게 큰아들이 있었남?」

「그것이 전처 아들이라지.」

「전처라니, 얼마 전까지 있던 여자는 엔간히 젊었었잖나」

「그게 아니구, 그 전 전처의 아들이란 말이시.」

「그래? 거 참, 웬 마누라가 그렇게 많데.」

하며 얼굴을 수건으로 한 번 쓰윽 문지르더니,

「마누라도 그렇게 여럿 거느려 보면 꽤 괜찮을 거여.」

「참말, 우덜처럼 찰싹 들러붙어 있으면 도리없지 뭐. 가다가는 꼴까닥 저 세상으로 먼저 가 버리든가 혀야, 나중에 젊은 것허고 어쩌고 하는 재미도 있재」하고 맞장구를 치며 웃었다.

손님 없는 넓다란 목욕탕에는 램프가 뿌옇게 켜져 있고, 탕 안의 물이 찰랑대는 소리가 가만가만 들려온다. 여탕에도 손님은 한두 사람뿐인 듯.

「암튼, 이제 한창 나이겠지?」

「거야 말해 뭣혀.」

「새각시를 들인다니까 사뭇 젊어지는 기분도 들겠지만, 여자 한창 나이에 한물 간 신랑이라면 별볼일 있었어?」

「미인이라던디.」

「괜한 소리, 알도 못허는 주제에.」

「그게, 그 옆집의 젊은 내외가 중매를 섰대잖여. 그 뭣이냐, 젊은 안주인의 친구라니까, 괜찮지 않겠어?」

「멍청하기는, 염색집의 안주인 곁은 미인헌티도 우리집 여편네 곁은 친구가 있는 뱁이여, 히히.」

두 사람은 킬킬거리며 웃는다.

이제 해는 저물었다. 손님이 한 사람 들어왔다. 「어서 오세요」하는 카운터 보는 여자 목소리가 사방으로 울린다. 문 밖에선 짐마차 지나가는 소리가 덜커덩거리며 들려오고. 5월 하순, 눅눅한 공기가 따뜻하게 느껴지는 밤이다.

二

야나기탕에서 조금 가다가 길을 꺾어 돌면 섶나무 울타리, 탱자나무 울타리, 지붕 없는 빗장문, 정원수가 울창하게 우거진 해묵은 초가집이 한 채, 그리고는 거기서부터 완만하게 경사진 내리막길인데, 쟁반 바닥같이 움푹 들어간 지면에는 일찌감치부터 밤안개가 부옇게 너울거리고 있다. 늙은 개구리 소리가 귀를 멍멍하게 할 정도로 들려오고, 비구름이 긴 하늘은 따뜻하고 별빛은 한 점도 보이지 않는다. 쟁반 바닥 같은 이곳은, 예전에 한때 영주의 소유였던 별저의 마당에 있던 연못 자리이고, 건너편에 어른거리는 낮은 언덕은 당시 아주 멋지게 만들어진 석가산이었다고 한다. 허물어진 저택의 옛터는 오랜 세월을 거치면서 덤불숲으로 변해 버려, 그 연못가를 따라 와세다 미나미초로 통하는 샛길은 치한이 나타난다든가, 사나운 들개가 나온다든가 해서, 해가 저물고 나면 아녀자들은 거의 지나다니지 않았다. 그

14

렇게 그저 덤불만이 무성하게 놔두기는 아까우니 개간해서 보리라도 심어 보자고, 어느 늙은 농사꾼 부부가 평당 2전 (二錢)의 땅값으로 그 한귀퉁이를 빌어 인분 모아두는 헛간을 지은 것은 그로부터 꽤 오랜 뒤의 일이었다.

청일전쟁 얼마 전에는 어느 투기업자가 근교가 피서지로 인기있다는 걸 알고 전망 좋은 것을 이용, 석가산 아래쪽 나무 그늘진 곳에 가건물을 지어서는, 가느다란 폭포 같은 걸 만들어 맑은 물에 맥주병을 담궈 두기도 했었는데, 2년도 못 버티고 손을 털고 물러났다. 들판에는 봄이면 달래, 민들레, 쑥부쟁이 같은 것들이 자라났다. 하늘 높이 띄운 연들의 웅웅거리는 소리도 시끄럽게 들려 왔다. 지나다니는 사람들은 누구나 놀리기 아까운 땅이라 생각하고 있었으나, 그렇다 해서 그 넓은 덤불숲에 덥석 손을 댈 사람도 없었다.

그러던 어느 날 도편수 같은 남자가 하오리를 걸쳐 입은 나으리 같은 수염쟁이와 함께 이 들판에 나타나 대나무숲 덤불에 바쁘게 새끼줄을 치기 시작하더니, 이삼 일이 지나자 별스럽게도 대패 소리가 들려오고 두세 명의 목수가 바지런하게 움직이는 모습이 눈에 띄었다. 갓 켜낸 목재 냄새와 대팻밥이 바람에 날려 사방으로 흩어졌다. 들판 한가운데 한 채, 서북 구석켠으로 두 채. 이렇게 새롭게 셋집이 지어져 들판을 오가는 사람들은 그 땅이 사람 사는 동네가 된 것을 반겨했지만, 그럼에도 불구하고 삐뚜룸하게 붙여진 셋집이라는 딱지는 헛되게 비바람만 맞고 있을 뿐, 한참 동안을 사람 사는 기척이 보이지 않았다.

그러고서 1~2년이 지났다. 들판 한가운데 있는 집은 세든 사람이 적어도 세 차례나 바뀌었다. 한쪽 구석에 있는 해묵은 매화나무는 제3대 장군[3]이 매사냥에서 돌아오는 길에 이 영주의 저택에 들러 손수 심은 나무이고, 그 밑에 있는 커다란 화강암은 당시 장군이 잠시 걸터앉았던 것이라는데, 그 매화나무는 해마다 아름다운 꽃을 피워 그곳을 지나다니는 사람들의 소맷자락에 향기를 남겼다. 그러던 어느 해 이른 봄날, 눈가림으로 심은 노송나무, 떡갈나무, 모밀잣밤나무 등이 무성한 사이로 장롱이랑, 궤짝이랑, 책장, 부엌도구, 화덕 같은 것을 실은 이삿짐 달구지가 세 대가량 짐을 싣고 나타났다. 그 사이 한달 가량 비어 있던 이 집이 새 주인을 맞은 것이다. 반백의 머리에, 중키 정도의 인품이 있어 보이는 어머니가 앞장서 움직이고, 며느리 같아 보이는 올린머리에 빨간 댕기를 맨 젊은 여자가 바쁘게 우물에 나와 물을 길었다. 주인 양반은 수염이 짙고, 서른 두셋 정도의 온화해 보이는 남자로, 당시 스물너댓 정도의 머리가 길고 낯빛이 창백한 신경질적으로 보이는 남동생과 함께 장롱이랑 책장 등을 안으로 날랐다.

기쿠이초에서 와세다로 이르는 길은 그 무렵은 아직 한적했다. 집들 사이의 빈터에는 보리랑 유채가 푸릇푸릇 자라고, 그 위로는 종달새가 지저귀며 날아다녔다. 힛코시소바(引越そば)[4]는 와세다의 아나하치만 신사 앞의 메밀국수집에서 배달시켜 왔다. 4조반짜리 아랫방은 동생이 서재로 쓰려고 벽을 면해 책상을 놓고, 앞유리가 달린 책장을 그 옆에 놓았다. 잡지 신간들 속에 양서도 대여섯 권 섞여 있었다. 한 칸짜리 오시레[5]의 윗칸에는 침구류, 아랫칸에는 묵은 잡지나 묵은 원고들이 노끈으로 한목에 묶인 채 내던져져 있었다.

　　주인은 마지막으로 나무를 정원으로 옮겼다. 망부(亡父)가 생전에 더할 수 없이 애지중지하던 것들이어서, 일부러 시골에서부터 캐가지고 온 '다이카구라'라는 동백은 도회지 살림을 하느라 이리저리 옮겨 다니는 통에 제대로 자랄 새도 없어 나무도 잎도 새들새들해 있었다. 그 밖에도 기리시마 철쭉, 싸리, 한죽, 비샤몬(毘沙門)[6]의 잿날에 가서 사온 물푸레나무 등—옷자락을 엉덩이까지 감아 올리고 괭이로 열심히 땅을 파는 젊은 주인의 모습이 석양빛 속에서 또렷이 보였다. 그 곁에서 다섯 살 난 전처의 아들 아이는 뭐라고 천진난만하게 떠들어대면서 신나게 마당을 이리저리 돌아다녔다. 그리고 그 일이 다 끝나자 주인은 툇마루에 놓인 못

상자와 망치를 집어들고, 자그마한 문에 낡은 우편함과 문
패를 내다 걸었다. 문패에는 끝이 뭉그러진 붓글씨로 '峕田
寓'라고 쓰여 있었다.

三

들판 집에서는 바람이 부는 날이면 뒤쪽 덧문을 열 수 없
었다. 8조방이 두 개 이어져 있고, 현관이 3조, 아랫방이 4조
반. 낡은 서랍장 위에 불단이 놓이고, 그 위에 가미다나(神
棚)[가] 자리잡았다. 주인은 항상 똑같은 신사복을 입고, 들
판길을 언덕과 밭 사이를 따라 참대가 무성한 숲 저너머로
터벅터벅 걸어갔다. 그러다 5시가 좀 지나면 지는 해를 받으
며 다시 그 길로 돌아왔다. 그 무렵이면 올린머리의 젊은 아
내가 영락없이 그 길을 향한 우물가에서 부지런히 쌀을 씻
고 있었다. 동생은 4조반짜리 서재에 틀어박혀서 종일 책을
읽거나 글을 쓰거나, 신묘한 영감을 얻기 위해 게으른 잠에
빠져 있거나 했다. 그는 신성한 사랑과 신성한 문학을 함께
꿈꾸는 젊은이 가운데 한 사람이었다. 때로는 같은 패거리
친구들이 찾아와서 문학론에서부터 종교론, 난해한 인생문
제까지, 그 논쟁하는 목소리가 담을 넘어 들려와 지나가는

사람들이 발길을 멈추기도 했다.

어머니는 그 무렵 쉰 한둘 정도였다. 무사계급이 녹을 잃게 된 유신 전후의 어수선한 세상의 소용돌이를 헤쳐 오며, 더욱이 일찍 남편 잃고, 까다로운 시부모 수발, 여럿 되는 자식들의 교육, 참고 참으며 견뎌온 평생의 불만으로 오늘날에 이르러서는 사납고도 강곽한 성격의 소유자가 되어 버렸다. 희망을 걸었던 아이들이 하나는 관청의 하급관리, 하나는 도통 쓰잘데기 없는 공상가, 외동딸은 시골 가난한 베짜는 집의 여편네. 아들들이 크면 도쿄로 나갈 수 있겠거니 하고 희망에 부풀었던 지난날의 희망찬 꿈들은 하나같이 덧없이 깨져 버렸다. 며느리는 퉁퉁 부어 갈라진 손에, 이쁜데도 없이 크기만한 발, 그것도 좋다고 마누라에게 헤헤거리는 아들을 보고 있노라면 절로 부아가 치밀어 견딜 수가 없었다. 그래서 집안에선 사소한 일에도 부딪힘이 잦더니, 첫번째 며느리는 첫아이를 낳고 산욕으로 저 세상 사람이 되고 말았다.

그 첫손주를 어머니는 품에 안아 키워 냈다. 윗니가 거의 다 빠져 어쩐지 허전하다면서 꽈리를 불기 시작한 것이 습관이 돼 버린 어머니는, 나중엔 단바꽈리나무를 마당에 심었다. 8월 무렵이면 꽈리가 주렁주렁 달려 그 발그레한 빛깔이 마당을 곱게 꾸며 주었다.

들판 집으로 이사오고 나서 어머니는 일요일이면 항상 현관의 높은 창으로 얼굴을 내밀고, 기쿠이초 거리로 이르는 얕으막한 비탈길을 내다보곤 했다. 이윽고 구두 소리, 대검 절그럭거리는 소리와 함께 키가 크고 활달한 사관후보생이 모습을 나타낸다. 「저기 히데오가 온다」고 소리치는 어머니의 얼굴은 기쁨으로 환히 빛났다.

어머니의 마지막 희망은 지금 이 셋째 아들의 씩씩한 군인 모습에 달려 있는 것이다. 스스로 한탄하며 상처 입혀온 삭막한 생활에 꿈이요 희망이 있다면 그것은 다름아닌 이 사관후보생이다. 그래서 일요일만은 떠들썩하니 즐겁게 보낼 수 있었다. 찹쌀과자, 과일, 메밀국수, 맛있는 장어밥을 사러 어머니는 몸소 저 아랫동네까지 다녀왔다. 활기찬 군인생활, 씩씩한 훈련과 실기…… 집안에서의 자질구레한 아웅다웅쯤이야 아무러면 어떠랴 싶은 그런 이야기들은 황량한 어머니의 마음을 무척이나 밝게 해 주었다. 뿐만 아니라 두 형도, 형수도 무어라 말할 수 없는 위안을 느꼈다. 메마르고 어두운 집안에 한 주일에 한 번씩 찾아드는 이 광명을 가족 모두가 기다렸다.

무엇보다도 어머니의 기쁨에 넘친 얼굴이 누구에게나 보기 좋았다.

「니가 오면 어머니의 기분이 활짝 개인다니까…… 일요

일엔 별일 없으면 꼭 오도록 해라」하고 주인인 형이 말하면,

「참, 어머넌 까다롭기도 하셔, 좀 지나치지 않아. 왜 저렇게 되셨지. 정말로 집안이 시끄러운 것처럼 한심한 일도 없다니까」하며 거침없는 말투다.

공상가인 형의 4조반짜리 서재에 들어와서는 「센짱(절대로 형이라고 부르는 법이 없다) 뭐 재미있는 소설책 같은 거 없어?」하며, 그 둘째형이 긴 머리에다 창백한 낯빛, 신경질적인 마른 얼굴을 하고 한참 감상적인 기분에 빠져 장황하게 순정소설을 늘려 쓰고 있는 옆에 벌렁 드러누워, 잡지든 소설이든 손에 잡히는 대로 홀렁홀렁 넘겨보다가 재미있겠다 싶으면, 야담이 됐든 탐정물이 됐든, 오가이(鷗外)[8], 로한(露伴)[9]의 어려운 소설이 됐든 상관없이 이내 읽는 일에 푹 빠져든다.

四

센노스케는 내심 군인 같은 건 별로 대단하다고 생각지 않았다. 두고 보라지, 걸작을 써서 세상을 한 번 뒤흔들어 놓을 테니. 불후의 이름을 메이지(明治) 문학사에 길이 새겨

놓을 테다. 이렇게 생각하고 있었다. 그렇긴 하나 군인의 여유 있으면서도 활달하고 씩씩한 생활은 역시 부러웠다. 어두운 집안에 있으면서 눈떠서 잠잘 때까지 자잘한 부딪힘에 신경을 곤두세우고, 그 끝에는 결국 책상머리에 앉아 괴로운 번민의 거듭. 그런가 하면 생리적으로 견딜 수 없는 욕구도 드디어는 그의 머리를 불건전하게 했다. 침울하면서도 제멋대로인, 정직하면서도 겁많은 성질을 그는 누구보다도 가장 많이 어머니로부터 물려받았다. 어머니의 우울한 표정 변화 하나하나에 그의 마음은 금방 흐려지곤 했다.

사관후보생의 제복, 군모, 단검…… 그 활달하고 싱싱한 생활이 그는 견딜 수 없이 부러웠다. 폐문 시간에 늦는다면서, 다음 일요일을 기약하며 석양에 동생이 돌아간다. 어머니는 현관의 높다란 창에 매달려 그 뒷모습을 배웅한다. 그는 서재의 장지문을 열고, 완만한 비탈길을 서둘러 올라가는 동생을 보고 있다. 군대 생활, 자다가 침대에서 떨어진 이야기라든가, 소등 나팔 소리가 울린 뒤에도 몰래 촛불을 켜놓고 공부하는 이야기라든가, 이러저러한 광경들이 눈으로 본 듯 뭉게뭉게 떠올라 가슴이 벅차오른다. 어느 가을날 교외에서 아름다운 햇살을 받으며 여기 한 무리 저기 한 무리가 훈련에 여념이 없는 걸 보고, 저렇게 밝고 싱싱한 삶도 있는 거로구나 하며 눈물을 흘렸던 일도 있다.

해질 무렵이면 왓— 왓— 하는 소리가 들려온다. 그것은 사관학교에서 생도들이 식후 운동을 겸해서 호령 붙이는 연습을 하는 소리이다. 그 시절, 처음 우시고메로 이사온 사람들은 누구나 한 번쯤은 이 소리가 무슨 소리인가 하고 깜짝 놀라게 된다. 사실 이 집 가족들도 시골에서 갓 올라 왔을 땐 그 소리에 자기 귀를 의심했던 일이 있다. 그 소리가 들려올 즈음해서는 램프불이 하나둘씩 켜지기 시작하는데, 그 시각이 이 집으로선 가장 적적하고 어두운 때이다. 각박한 세상살이 때문에 마시게 된 저녁 반주를 어머니는 하루도 거르는 일이 없기 때문에, 그 시각쯤이면 까다로운 어머니 얼굴은 이미 벌겋게 돼 있기 마련이다. 경우에도 닿지 않는 비틀리고 제멋대로인 잔소리가 평생 침울하게 살아온 어머니 입에서 거침없이 튀어나오고, 그러면 주인과 젊은 며느리는 그 화살을 고스란히 받아내지 않을 수 없다. 이게 하루 이틀 일인가 하고 대범하게 들어 넘기려 하지만 그 심술궂음이 너무나 지독해서, 때로는 그렇게 사람 좋은 주인도 그만 가만 있을 수 없게 된다. 시골 출신인 젊은 아내는 밥도 목구멍으로 넘어가지 않는 듯 일어나 부엌으로 가서, 장지문에 얼굴을 대고 울음을 터트리는 일이 한두 번이 아니다.

어두운 램프 불빛 아래 나가히바치(長火鉢)[10], 밥상, 밥그릇, 냄비, 군데군데 찢어진 장지문, 불단도 가미다나도 모두

어둠에 싸여 있는 가운데, 유독 며느리가 가지고 온 앞면만 오동나무로 된 싸구려 서랍장만이 그 방안에서 하얗게 눈에 띄었다. 이런 일이 벌어질라치면 센노스케는 허둥지둥 밥을 먹어치우고는 휑하니 서재로 달아나 버린다.

형이나 형수 입장에서는 센노스케가 어떻게든 어머니를 달래 주었으면 하지만, 미(美)에 대해서는 신경질적이리 만큼 예민한 그로서는 어두운 램프 불빛과 벌겋게 달아오른 험상궂은 어머니의 얼굴을 보고 있노라면, 감정이 걷잡을 수 없는 상태가 되어 그만 이 세상이 종말이라도 고하는 듯 괴롭고 슬퍼졌다. 책상 앞에 앉아 「걸작! 걸작을 써야 돼」라고 마음속으로 절규하는 그의 눈에서는 뜨거운 눈물이 흘러 내렸다.

시간은 그러는 사이에도 흘렀다. 형의 매일 같은 관청 근무, 동생의 쉬임없는 문학에 대한 분투, 젊은 며느리는 까다로운 시어머니에게 눈흘김을 당하며 아침 저녁으로의 밥짓기에 빨래하기. 술집, 반찬 가게, 두부집, 야채 가게의 중늙은이 장사치들은 2㎞ 정도 떨어진 동네에서부터 리어커를 끌고 매일 아침 찾아왔다. 고마쓰나(小松菜)[11], 연근, 쇠귀나물, 파, 고구마, 가을에서 겨울에 걸쳐서는 김칫거리 채소나 말린 무를 산처럼 가득 싣고 노모가 바느질하고 있는 툇마루로 찾아와, 싸게 드릴 테니 들여놓으시죠 하며 두어 바구니 정도 팔고 갔다. 야마노테도 차츰 개발되어 갔다. 여기저기서 대패 소리가 들려오고, 새로 지은 셋집도 나날이 늘어 갔다. 들판에서는 완만한 비탈길 서쪽 방향으로 일본식과 양식이 절충된 커다란 이층집이 들어서고, 뒤를 이어 새 이엉을 인 절처럼 생긴 초가집이 들어섰다. 그 집의 길다란 툇마루에는 예쁘게 생긴 처자가 화려한 오비를 두르고, 살결이 흰 얼굴을 돋을새김 조각처럼 내밀고서 주위의 경관을 둘러보곤 했다.

五

이웃 덤불숲이 50평 정도 개간되더니, 자그마한 세 칸 정도의 집이 세워졌다.

자그마한 문, 자그마한 마당, 아담한 입구, 어떤 사람들이 들어오려나 하고 말들이 많더니 어느 날 어머니가 센노스케에게, 「네 이웃에 미인이 왔단다」 하고 웃음지으며 말했다. 어머니는 그 얼마 전에, 살결이 흰 스물 대여섯의, 머리를 최신형으로 빗어 올린 여자가 거기서 나오는 것을 보았던 것이다.

다음날 이삿짐 수레가 세 대 도착했다. 장롱과 책장이 특히 눈에 띄었다. 이사온 사람은 와세다 법과에 적을 두고 있는 30대 남자였다. 그 전년까지는 지방에서 기독교를 전도하고 있었는데, 생활문제로 불안을 느낀 나머지 다시금 법률공부를 하고자 부부가 이곳에서 단출한 생활을 시작하게 됐다는 걸 차차 알게 되었다. 처 되는 사람은 자그마한 체격에 살색이 희고 꽤 미인인데, 아직 아이가 없어서인지 모든 게 나이에 비해 화려했다. 빨간 오비아게[12]에 모슬린 깃, 그리고 얼굴에는 언제나 분을 하얗게 바르고 있었다. 집앞 우물가에서 차츰 친해진 옆집 색시의 어머니라는 사람은 시력은 나쁘나 무던해 보이는 사람으로 이따금 요시다 집안에 마실을 왔다.

「저 할멈 에지간히 성가시네. 웬 얘기가 그리 길구 장황한지, 게다가 엉덩이까지 질기다니까. 자기처럼 할 일 없고 한가한 사람이라면 또 모를까, 나처럼 며느리 뒤치닥거리에 손주 수발까지 해야 할 팔자는 상대도 못된다니까」 어쩌구 하면서 어머니는 투덜대지만, 그래도 때로는 자기가 먼저 그 집으로 놀러가, 그 노모보다는 젊은 처를 상대로 한 시간씩 긴 이야기를 나누다 오는 일도 있었다.

주변은 나날이 개발되어 새로 생긴 집들이 벌판을 빙 둘러 몇 채인가 들어섰다. 인적이 뜸했던 길에도 사람 왕래가 잦아지고, 들개가 나온다든가 치한이 나타난다든가 하는 얘기도 언제적 얘기인가 싶게 되었다. 이층집에서는 딸이 켜는 거문고 소리가 그윽하게 들려오고, 근처 어느 집에서는 군인 부인 같은 젊은 여자가 성장을 하고 나오는 일도 있었다.

3년이 지나갔다.

그 사이 요시다가(吉田家)에서는 가족간의 충돌은 여전히 끊임이 없었으나, 그런 가운데서도 앞서거니 뒤서거니 하며 두 가지 사건이 있었다. 하나는 셋째 아들의 사관학교 졸업식, 또 하나는 젊은 며느리의 아기가 죽은 것과 그로 인해 발생한 이혼 소동이었다.

요시다 히데오는 우등으로 학교를 졸업했다. 노모는 내 평생 가장 기쁜 날이라며, 졸업식에는 모처럼 시로에리몬쓰키(白襟紋附)[13]를 지어입고, 환하디 환한 얼굴로 참석했다. 자식 일을 내놓고 남에게 자랑할 만큼 속없는 사람은 아니었지만, 이때만큼은 만나는 사람마다 이 막내아들의 성공과 행운을 입에 담았다. 얼마 안 가 히데오는 히로사키에 있는 제31연대로 부임할 것을 명령받았다. 도쿄에 있을 수 없게 된 것을 어머니도 본인도 애석해 했지만 도리가 없었다. 새로운 소위 군복에 군모, 눈부시게 빛나는 멋진 검. 상당한 지출이었지만 호주니까 하면서 장남인 형은 무리를 하면서 조달해 주었다. 그리고 그 달 말 히데오는 히로사키로 떠났다.

젊은 며느리는 이듬해 6월 임신하여, 다음해 3월에 남자 아기를 낳았다. 주인의 기쁨은 유달랐다. 이로써 이 가정도 얼마쯤 원만해지는가 싶었다.

센노스케도 그렇게 생각했다. 그러던 4월 어느 아침, 천만 뜻밖에도 이 아기가 싸늘히 식어 있는 걸 발견하게 되었다. 부모의 눈물은 마를 새가 없었는데, 얼마 안돼서 이혼 얘기가 불거져 나오고, 처가집 사람들과 강경한 담판이 벌어졌다.

그 해 6월엔 이미 젊은 며느리의 모습은 이 요시다 집안에선 보이지 않게 되었고, 우물가에는 노모가 통을 들고 물 길러 다녔다.

마침 얼굴을 마주친 이웃집 아낙이,

「아주머니, 무슨 일이 있어요?」

「그게, 저, 그저께 친정으로 돌려보냈다우.」

「어머, 저런! 어쩌다가요?」

놀라며 어머니 얼굴을 보더니,「전혀 몰랐어요, 요며칠 보이질 않아서 무슨 일이라도 있나 궁금했는데…….」

「어차피 내 집 식구가 됐으니 그저 웬만하면 부족하더라도 덮어두려 했지만서두…… 지난번 같은, 남에게 말하기도 뭣한 그런 일이 있어서야…… 아무리 잠에 골아 떨어졌기로서니, 세상에 자기 자식을…… 그렇잖우?」

「정말 그렇군요……」

이웃집 아낙은 대답을 주저하며 난처해 했다.

六

맏형의 이름은 료. 메이지 18년경의 서생 출신으로, 하급 관리 생활과 가난한 집안 형편이 젊은 시절의 공명에 대한 꿈을 죄다 고갈시켜 버린 그런 유형의 남자다. 자시키(座敷)[14]의 낡은 책장에 꽂혀 있는 한학, 국학, 역사학의 수많은 서적은 그의 반생을 말해 주고 있다. 책상 위에는 먼지가 수북히 쌓여 있는가 하면, 벼루 상자의 뚜껑도 거의 열지 않고 있는 요즈음의 상태를 보노라면, 센노스케는 집안을 위해 희생이 된 형에 대해 마음이 아프지 않을 수 없다. 형은 센노스케나 히데오에게 공명의 뜻을 심어 주었으며, 인간으로서의 이상을 가르쳐 주고, 고왕독매(孤往獨邁)의 숭고한 이념도 고취시켜 주었던 것이다. 일찍이 아버지를 여읜 형제는 이 형을 스승처럼 아버지처럼 의지했었다.

그랬었는데 그만, 세상살이의 현실적인 문제와 부딪히면서 얼음처럼 녹아 버린 그 이상, 그 정신! 아직 세상에 나가 보지 않은 몸이라 잘은 모르겠지만, 센노스케는 형의 그 기개가 맥없이 꺾여 버린 게 못내 아쉬웠다. 그렇게 되지 않고는 살아갈 수 없는 이 세상이라면, 차라리 지금이라도 목숨을 끊어 버리는 편이 낫겠다고까지 감정적이 되어 절규했던 일도 있다. 관청에 출근하고, 집에 돌아와서 밥먹고, 어머니에게 잔소리 듣고, 마누라와 함께 일찌감치 잠자리에 들고, 한 달에 일이 원의 용돈에 만족하면서, 어쩌다 여유돈이 생기면 슬쩍 유곽에 다녀오는 식의 그렇고 그런 생활을 어떻게 견뎌내고 있는지 의심스러웠다. 4조반짜리 서재에 틀어박혀 공상에만 빠져 사는 그로서는, 중년 남자의 평범한 고통 같은 걸 제대로 이해할 수 없었다.

형수와 헤어진 후, 형은 자주 집을 비웠다.

사흘 밤 내리 돌아오지 않을 때도 있었다. 마침 그 무렵 어느 서점에서 하는 역사편찬 작업을 거들고 있어서 주머니 사정은 괜찮은 듯 보였다. 어머니는 반쯤은 걱정스럽고, 반쯤은 화가 났다. 돌아와 얼굴을 보면 안심은 되면서도, 하오리든 양복이든 「어느 집 개뼉다귀가 지분거렸는지 누가 알아?」 하면서, 제대로 챙겨 주지도 않았다. 때때로 어머니 비위를 맞추려고 맛있는 양과자 같은 걸 사들고 오면 「니 속을 누가 모를 줄 알구? 공연히 이런 걸 먹었다간 입 더러워지겠다」며 손도 대지 않고 마당에 내다버렸다. 아들이 속깊은 생각에서 한 행위도 어머니 눈에는 빤한 겉치레로만 보여 「료의 알랑거리는 소리는 믿을 수가 없다니까. 속으로는 무슨 생각을 하고 있는지 어찌 알겠누. 저렇게 속이 시커먼 사내도 아마 세상에 없을 게다. 센노스케, 너도 조심해라」면서 들으라는 듯 거침없이 내뱉었다.

나중에는 단골 유곽에서 자주 편지가 왔다. 센노스케는 처음엔 어머니 눈에 뜨일 새라 자기가 직접 받아 몰래 형 책상서랍에 넣어주곤 했다. 그런데 그 편지가 아무래도 너무 잦다. 하루에 두세 통씩 올 때도 있었다.

그래서 언젠가는, 대체 무슨 사연이 적혀 있길래 하고 자기 방으로 가지고 와, 소위 신성한 연애소설을 쓰고 있던 원고지 위에서 봉투를 뜯었다. 꼬불탕꼬불탕 잘 알아볼 수도 없는 글씨로 간드러지는 문구가 하나 가득, 따로 흰 종이에는 무덤에 참억새가 자라난 서투른 그림이 그려져 있고, 서글프도다!라고 쓰여 있었다. 센노스케는 창녀의 유치찬란한 편지에 질리지 않을 수 없었다. 그 후로는 두 번 다시 뜯어볼 생각을 하지 않았다. 형은? 어쩌나 보았더니 형도 편지를 뜯어 보는 일이란 거의 없었다. 책상 서랍은 하나 가득 찼다.

또 1년이 지났다.

기쿠이초 거리에 밀크홀[15]이 생겼다. 밭을 갈아엎은 자리에 메밀국수집, 양과자집, 쌀집 등이 나란히 들어섰다. 들판에는 또 한 채의 새 집이 늘었다. 이층집 앞의 공터에도 네 칸 정도의 아담한 셋집이 세워졌는데, 신문기자라는 사람이 젊고 예쁜 부인을 데리고 들어왔다. 요시다 집안에도 큰 변화가 있었다. 9월에 차남인 센노스케가 4조반짜리 서재를 털고 나와, 뒷길에 있는 세 칸짜리 자그마한 집을 빌려 살림을 났다. 11월경부터 노모는 건강이 썩 좋질 않았는데, 해를 넘기면서는 더욱 상태가 악화되었다. 의사 말로는 불치의 맹장염 같단다.

1월이 되자 센노스케는 갑자기 무슨 결심이나 한 듯 자진해서 아내를 맞아들였다. 꽃이 피고 졌다. 노모의 상태는 날이 갈수록 나빠졌다. 친척 가운데 처녀 하나가 일을 도와주러 왔다. 주인이 독신이다 보니, 잘만 되면 후취자리라도 하는 속셈에서 중년의 하녀가 얼굴에 분을 치덕치덕 처발랐다. 뒷채 집에서 새 신부가 매일 이토오리(絲織)[16] 기모노에 노란색 하치조 하오리를 입고 젊디젊은 모습으로 문안을 드리러 왔다. 집안은 다른 집이 된 것처럼 분위기가 바뀌었다.

이번에는 옆집 부부의 중매로 주인의 신부가 온다고 한다.

七

　그날 밤, 요시다가의 높은 창은 밤안개의 희뿌연 어둠을 가르고 환하게 빛났다. 여느 때는 일찍이 문을 닫아 거는 긴 툇마루에도 사람의 그림자가 오가고, 자시키에서 흘러나온 불빛은 정원수 잎사귀 뒷면에 비쳐 반짝거렸다.

　바로 좀전에 새색시의 짐이 도착하여 서랍장이랑 화장대랑 고리짝 등을 사람들이 달려들어 안쪽 자시키로 옮기고, 그 일도 모두 끝나 이젠 새색시 일행을 기다리고 있다.

　개구리 울음 소리가 쉼없이 들려온다. 촉촉하게 습기를 머금은 공기는 따스하고, 이따금 밤바람에 살랑거리는 파초잎 소리가 사방으로 퍼졌다.

　높은 창에 접한 부엌 쪽이 오늘 밤 요리 준비로 부산한 가운데, 그릇 다루는 소리, 물건 떨어지는 소리, 개수대의 물소리, 때로는 까르륵 웃는 웃음 소리도 섞여 들려 왔다. 그 참에 올린머리를 한 하녀는 양손에 물통을 들고, 섶나무 울타리을 끼고 난 좁다란 길을 따라 물길러 우물가로 가는데, 문득 기척이 느껴져 살펴보니, 한 켠에 지금으로부터 반년 전쯤 이 집에 자기를 오도록 주선해 준, 노모의 조카뻘 되는 40쯤 된 여자가 서 있다.

　「아이구 놀래라. 누군가 했네요.」

여자는 손을 내저어 보이며 숨죽인 소리로,

「결국 이리 돼서 오테쓰에게는 정말 미안하게 됐네……」

「아녜요, 저 같은 게 어떻게……」

「하긴, 좀 까다로운 집안이어야지, 오히려 잘된 일인지도
몰라……」

「무슨 말씀을……」

「숙모가 저러시니, 참 야단이야. 이번 며느리도 틀림없이
혼께나 날 거야.」

오테쓰는 이 여자가 자신을 이곳에 주선해 줄 때, 입이 닳
도록 젊은 주인 양반의 너그러움과 집안의 화목함에 대해
얘기하던 것이 생각났다.

「주인 양반은 좋은 사람이지만.」

「예에—나리님은 참말로 이해심 많은 분이셔요,…… 그
렇잖았으면 나 같은 사람 벌써 어디론가 가버렸을 거예요.
오코마씨, 난, 정말 너무하다 싶어 억울해서 운 일이 한두
번이 아니라구요. 오코마 씨의 숙모님이라지만, 노인네가
정말 너무하셔요. 지가 뭐 어거지로 이 집에 쳐들어온 것도
아닌데…… 그야 이렇게 모자라는 위인이긴 하지만, 나리님
마음에만 드신다면…… 하는 생각뿐이었어요.」

「그럼, 그렇겠지.」

「어쩌다 나리님하고 잠깐 얘기라도 나눌라치면 그야말로

생난리가 나요. 무서운 눈으로 흘겨보시고, 온갖 잔소리를 다 하시고, 나리님까지 혼이 나시는 거예요」라더니 「나리님 은 정말 안됐어요……」

공들여 머리를 틀어 올리고 들어와, 스스로 하녀라는 입 장을 떠나 여러 가지 마음으로부터 뒷바라지를 해 준 일들 이 떠올랐다. 어렸을 때 마마를 앓아, 거울도 보고 싶지 않 은 곰보 상판, 그걸 부끄러운 줄도 모르고 입술을 바르고 분 칠을 덕지덕지 바른 일이 생각났다. 여자는 생긴 게 곱지 않 으면 제아무리 비단결 같은 마음씨를 가졌어도 아무도 돌아 봐 주지 않는다고 생각하니 서글퍼지기도 했다.

얼마 있다가, 「지는 참말로, 이번엔 진짜 좋은 색시가 들 어왔으면 해요. 말씀을 듣고 보면 나리님은 정말 불행한 분 이시거든요」

「정말 그래, 학문이 깊어서 무에 하나 모르는 게 있기를 하나, 효자이고, 싹싹하고, 사람은 그만이지.」

「진짜 그래요.」

초롱불빛이 비탈길 위에 나타났다. 새색시인가 했으나 아 니었다.

「새색시 본 적 있어?」

하고 오코마가 묻는다.

「예에, 지난번에요. 맞선 본다고 했을 때, 어떻게든 한 번

봐두려고 했는데 뒷모습만 잠깐 봤을 뿐이예요.」

「어떤 여자 같애?」

「키가 훌쩍 크고, 이토오리의 검푸르고 희읍스레한 빛깔의 옷을 입고 있대요.」

「옆집 부인의 친구라지?」

「예—, 고향에서 함께 바느질 배우러 다니던 친구래요. 전 남편은 배타는 사람이었다는데, 거의 집에 있는 일이 드물고, 어쩌다 집에 돌아와서는 니가타의 여자는 어떻고, 나가사키의 여자는 어떻고 하면서 맨날 그런 얘기뿐이었대요. 난봉꾼에게는 질렸다면서, 아무리 고생이 되더라도 제대로 된 남편을 만나고 싶다고…….」

「오테쓰, 오테쓰.」

하고 부르는 소리가 들려온다.

「엄마! 어딨어요?」하고 이어서 애띤 목소리가 들리더니, 올해 열여섯 살이 된 오코마의 딸이 부엌문에서 반쯤 모습을 보였다.

「둘이 대체 어디서 뭘하는 거야, 바빠 죽겠는데…….」

하는 소리가 집안에서 들려온다.

「네, 네, 지금 갑니다요.」

八

집안으로 들어가니, 부엌은 전쟁터처럼 어수선하다. 배달시켜 온 요리, 회접시, 국그릇, 찜그릇, 달착지근한 밤졸임. 술통이 한켠에 놓여 있는가 하면, 풍로에서는 냄비가 하얀 김을 올리며 끓고 있다. 답례품인 파란 바구니에는 커다란 대합과 가다랭이포가 담겨 있고, 자노마(茶の間)[17]에서는 새신랑인 주인이 평상복 차림으로 인력거꾼에게 줄 사례금을 열심히 종이에 싸고 있다.

하오리 하카마[18]로 정장을 한 센노스케가 그곳으로 다가와서,

「형, 그런 일은 다른 사람에게 시켜도 되잖아. 이제 금방 올 거야. 빨리 옷 갈아입어야지.」

「그래, 알았어, 알았어」라고 말하면서도 계속 그 일을 하고 있다.

「빨리 해야 된다니까, 내 참.」

「응, 다 됐어.」

중매인인 옆집 주인이 하오리 하카마 차림으로 와서 다시 재촉해 댄다. 그러자 주인은 그걸 친척 남자에게 맡기고 자시키로 간다. 거기에는 하오리, 하카마, 하오리의 끈, 흰버선 등이 가지런히 놓여 있다. 먼저 처와 결혼할 때도 이 하오리

에 이 하카마였다. 나나코(斜子)[19] 하오리의 가문(家紋)은 누렇게 변색돼 있고, 센다이히라(仙臺平)[20]의 하카마도 군데군데 얼룩이 져 있다. 오코마가 와서 옷매무새를 바로잡아 주었다.

자시키의 광경 또한 재미있다. 도코노마(床の間)[21]가 있는 8조방에는 이웃집에서 빌려온 짝짝이 방석들이 가지런히 깔려 있고, 담뱃갑과 화로가 번차례로 놓여 있다. 거기에 새신부의 새 장롱, 화장대 유리는 반짝거리고, 니켈 받침이 달린 최신형 램프가 눈부시리 만큼 실내를 환히 비추고 있어서, 좀전까지 불치의 병을 앓는 어머니가 누워 있던 곳이라고는 상상할 수 없을 만큼 환하다. 센노스케의 결혼 때에는 어머닌 자리를 털고 일어나, 셋째 아들 사관학교 졸업식 때 지은 몬쓰키(紋附)[22]를 입고 환한 얼굴로 자리를 같이했었는데, 지금은 그렇게 오래 앉아 있을 수가 없어서 잠시 이부자리를 4조반짜리 아랫방으로 옮겨 놓은 것이다. 자노마인 8조방은, 고문서의 동판본을 붙인 두 쪽짜리 병풍과 집안에 대대로 내려오던 네 쪽짜리 병풍으로 방 한가운데를 갈라서, 병풍 뒤쪽으로는 나가히바치라든가, 요리, 상과 그릇들을 잔뜩 늘어놓았다. 현관에서부터 이 8조방을 거쳐 갸쿠마(客間 : 객실)로 잘 통하도록 해둔 것이다.

센노스케가 따로 거처를 얻어 나간 뒤로 아랫방인 4조반

방은 그대로 주인의 서재가 되었는데, 한때 청년 공상가가 살았던 기념으로 단테의 초상과 하이네의 초상이 꺼멓게 더러워진 채 그대로 벽에 붙어 있다. 어머니는 이부자리 위에 앉아 있다. 병이 든 뒤로 몸은 점점 말라가는 데다, 얼굴엔 검은 그림자가 드리워 험상궂은 표정이 한층 두드러져 보인다. 그 옆에는 신실해 보이는 노인이 앉아 있다. 그 양반은 어머니의 시동생이다.

「며느리 맞는 일도 여간 복잡한 일이 아니구먼……」
하고 노인이 말하자,

「참말 그러네요. 이렇게 몇 번씩 며느리를 보다가는 웬만큼 있는 집이라두 남아 나는 게 없겠구먼요.」

「이번엔 참한 애가 들어와야 할 텐데……」

「아암, 그래야지요.」

잠시 말이 없다.

「요즈음 배 아프신 건……?」

「좀 나아졌지만……, 나아졌다고 다 나은 게 아니니 걱정이지요.」

「제대로 된 의사한테 보여 보면 어떨까요?」

「료도 그리 말하지만, 이렇게 자식들 힘만 들게 하고 있으니.」

「원 무슨 말씀을, 형수님도 이젠 좀 편히 지내셔야죠……」

비탈길 윗쪽에서 무언가 떠들썩한 소리가 들려온다. 왔
나? 하고 나가 보니 초롱불빛이 이쪽저쪽으로 심하게 흔들
리고, 덜컹덜컹 하면서 수레가 5대, 그 가운데 한 대에는 덮
개가 씌워져 있다. 드디어 신부가 도착한 것이다.

九

하오리 하카마 차림의 형제에게 둘러싸여, 신부는 현관으
로 들어섰다. 칸막이 장지문을 떼 놓아서 두 칸이 탁 트인
자시키는 밝고 환하게 보였다. 센노스케와 그의 처, 오코마
의 딸과 하녀 오테쓰는 마당으로 향한 툇마루에 나란히 서
서, 병풍을 따라 그 일행이 지나갈 때, 올린머리에 시로에리
쿠로몬쓰키(白襟黑紋附)[23]를 입고 고개를 약간 수그린, 키가
큰 신부의 모습을 보았다.

신부 일행은 자시키로 들어갔다. 제일 상좌에 신부가 앉
고, 이어서 신부의 오빠들과 남동생이 중매역인 이웃집 주
인에게 인사하고 자리에 앉았다. 새신랑은 이런 의식에는
이골이 난 듯 차분한 태도로, 한 차례 인사가 끝나자 느릿하
면서도 부드럽고 상냥한 어투로 얼굴에는 끊임없이 미소를
머금은 채, 가만가만 늘상 하는 인삿말로 대화의 실마리를

풀었다. 신부가 수줍은 듯 머리 숙이고 있는 걸 중매인인 이웃집 주인이 보고, 평소 허물없이 농담을 주고받던 사람의 너무나도 진지한 모습에 웃음이 터지려 하는데, 문득 돌아보니 후스마[4] 한 장이 열린 곳으로 수없이 겹쳐 보이는 얼굴들!

이웃집 주인은 일어나 후스마 뒤로 가서,

「장지문 구멍으로 보는 거예요, 장지문 구멍으로」

하고는 후스마를 닫아 버렸다.

하녀인 오테쓰는 그러거나 말거나 닫아 버린 후스마를 몰래 한 뼘쯤 열고, 열심히 새 신부의 얼굴이나 차림새를 자기와 비교해 가면서 보고 있었다. 후스마에서 쫓겨나 툇마루로 나온 무리들은 장지문 종이에 침을 발라 군데군데 구멍을 뚫고서는 진기한 장면에 채워질 줄 모르는 호기심의 눈빛을 모았다. 잠시 후,

「미인이네.」

하고 오코마의 딸이 센노스케의 처를 향해 숨죽인 소리로 속삭였다.

「그러게, 미인이지. 저래 뵈도 스물여덟이라는데 젊지?」

「스물여덟? 그래……?」 하며 처녀는 또 들여다본다.

센노스케의 젊은 처는 잠시 손윗동서가 될 사람에 대해 생각하다가 이내 다섯 달 전에 자신도 이렇게 해서 결혼했

지 하는 생각이 떠올랐다. 식은 뒷길에 있는 집에서 올려서 장지 구멍으로 엿보기 같은 건 당하지 않았지만, 식이 끝나고 이 자시키로 자리를 옮겨 까다로워 보이는 시어머니와 맞대면하게 되었을 때의 광경은 지금도 눈에 보이듯 선하다. 아주버님하고도 상견례를 했다. 아홉 살 난 조카에게도 잔을 올렸는데, 오코마가 술따르는 흉내만 내고 빈 잔을 건네자, 조카애는 「뭐야, 내 잔에는 술이 한 방울도 없잖아!」해서 좌석이 한바탕 웃음바다가 되었다. 「그때 친정 아버지가 취하셔서 큰소리로 다카사고(高砂)[25]를 불렀었지」하고 생각하니 친정부모님이 새삼 그리워진다. 하기야 그녀 나이는 이제 겨우 열아홉 살. 올린머리는 무겁고, 고향 그리는 마음은 가실 줄 모른다.

오테쓰도 어느새 그곳으로 와서 장지문 구멍으로 열심히 들여다보고 있더니,

「잠깐만, 오우메 씨.」

하며 젊은 새댁의 소매를 잡아당기며

「잠깐 봐요. 지금 잔 올릴 차례라구요!」

젊은 새댁도 들여다본다. 센노스케도 들여다본다. 일 봐주러 와 있던 친척남자도 들여다본다.…… 마침 새 신부가 잔을 받은 참으로, 새하얀 얼굴을 살짝 붉히며 머리를 수그린 채, 붉은 옻칠 위에 금분 칠을 한 납작한 잔을 두 손으로

받쳐 들고 붉은 입술에 가만히 갖다댔다. 램프 불빛이 그 자리를 환하게 비쳐 주었다. 문밖에서는 개구리 울음 소리가 잠시 끊겼는가 싶더니 다시 시끄럽게 들려온다.

또다시 젊은 새댁의 소매를 잡아끈 오테쓰는 작은 소리로,

「어때요. 나리님의 점잔 빼는 모습이. 평소에는 그렇게 농담도 잘하시더니……자 봐요. 석 잔째네요.」

드디어 삼헌배 의식은 끝났다. 중매인은 조금 늘어진 하카마를 질질 끌면서 사람들이 들여다보는 툇마루를 총총히 지나, 아랫방인 4조반의 문을 반쯤 열고 「어머니의 준비는?」 하고 묻는다.

때마침 오코마는 병든 숙모에게 서둘러서 기모노를 입히고 있었다.

짙은 쥐색의 미쓰몬쓰키(三紋附)[26], 공단오비를 가볍게 매주고, 흰버선을 신기는 참이었다. 아무렇게나 수습해 묶은 흰머리, 주름투성이의 바싹 여윈 창백한 얼굴, 주변은 이불에, 솜을 둔 잠옷에, 속옷 등이 어수선하게 널려 있다. 그 옆에는 하오리 하카마 차림의 손자가 서 있었다.

　노모는 오코마의 부축을 받으며 자시키로 나왔다.

　손자는 가타아게[27]의 검은 하오리에 센다이히라의 하카마를 입고, 어른을 조그맣게 축소한 모습으로 양손을 무릎 위에 올리고 새침하게 그 옆에 앉았다.

　「깜찍한 애로구나!」 하고 신부는 생각했다.

　신부는 식을 올리면서도 새 남편의 멋진 수염과 부드럽고 상냥한 태도가 흐뭇했고, 거칠기 짝이 없던 전 남편과 비교해 가며 어떤 따스한 느낌을 전해 받았다. 그러다 시어머니의 창백하고 험상궂은 주름투성이 얼굴을 보자, 진작부터 그 까다로움에 대해 얘기를 들어서인가 갑자기 뒷꼭지에 찬물을 뒤집어 쓴 듯 오싹하는 전율을 느꼈다. 「뭘 그래, 길어 봤자 반년 만 참으면 돼. 이젠 의사도 손놓았다던데. 오케이는 운이 좋은 거야. 어쨌든 남편될 사람은 너그럽고 싹싹한 사람이잖아.」
라던 이웃집 아낙의 말이 문득 생각났다.

　어머니의 눈에는 약간 색이 바랜 몬쓰키에 얼굴이 길다란 고수머리의 여자 얼굴이 비쳐졌다. 본가지 만한 곁가지 없다더니 뭐니뭐니해도 역시 히데오(손자의 이름) 에미가 제일 낫구나. 인물도 그만하면 쓸 만했고, 싹싹하고 여자다웠지.

헌데 어쩌다 그리 빨리 가 버렸을꼬. 그런 생각을 하다보니 까다로운 잔소리를 해댄 것이 이제 와서 새삼 후회가 된다.

오코마가 신부 쪽 사람들과 노모를 인사시켰다. 한 차례 인사가 끝나고, 고부간의 의식이 행해졌다. 사내아이도 새 어머니로부터 잔을 받았다.

「나는 보다시피 아무 쓸모없이 돼 버려서, 이제부터는 이것이……」

하고 손자의 머리를 쓰다듬으며,

「아마 힘 좀 들게 할 것이다. 할미 손에 자란 자식, 사람 구실하기 어렵다고, 평소 너무 무르게 키워서 애 좀 먹겠지만, 어미 없이 자란 불쌍한 자식이라 생각하고 잘 좀 보살펴 주거라. 히데! 오늘부터 니 어머니니까 말 잘 들어야 한다.」

하며 좌석을 주욱 둘러보고,

「세상 구경하던 날부터 뒷바라지를 해 주었더니 할머니, 할머니 하면서 밤낮으로 저만 찾는군요. 전번 며느리는 절대 따르질 않았답니다. 어떻게든 따르게 하려고 가진 애를 다 써 봤는데, 당최 엄마라는 말은 한마디도 하지 않더군요.」

「부족한 점이 많으니 여러 가지로 많이 가르쳐 주십시오.」

하며 신부의 큰오빠가 말했다.

「원, 별말씀을. 내가 잘못했지요. 원체 귀엽다 보니 앞뒤 안 가리고 돌봐 주었는데, 역시 그게 잘못됐나 봐요. 앞으로는 오케이……, 오케이라고 했지…… 믿고 맡길 테니 모쪼록 불쌍한 아이라 생각하고 잘 보살펴 주어요!」

노모는 손자녀석 머리를 다시 한 번 쓰다듬으며,

「참말로 말 잘 들어야 한다.」

「히데는 정말로 할머니 자식이라니까.」

라며 오코마가 맞장구를 쳤다.

이러한 절차가 끝나자, 이번에는 센노스케와 그의 젊은 처가 새 신부와 상면하였다. 어머니는 환자라 먼저 실례한다며 그대로 아랫방으로 물러가 버렸다. 하객은 아주 가까운 친척들만 불렀는데, 신부쪽 손님이 큰오빠와 둘째오빠와 남동생까지 세 사람이고, 새신랑과 신랑의 작은아버지, 매형과 센노스케와 그의 처, 그리고 신부와 중매인 부부를 합쳐서 모두 열한 명. 8조방 한칸에는 준비한 요리가 가지런히 차려져 있고, 답례품인 파란 바구니가 하나씩 각자 상 옆에 놓여 있다. 가난한 집안, 줄이고 줄여서 마련한 주연이지만, 어쨌든 경사스러운 결혼 피로연이고 보니 술병은 날개 돋친 듯 이리저리 돌고, 20여 분쯤 지나자 사람들의 얼굴은 벌겋게 상기되어 떠들썩한 웃음 소리가 방안에 가득 찼다. 오코마의 딸과 오테쓰가 술시중에 나섰는데, 손이 부족하자 새신랑은 자진해서 술병을 들고 술을 권하며, 자못 신명나는 어투로 익살스러운 농담을 하여 사람들을 웃겼다.

「이런 새신랑도 있었던가」

하며 센노스케는 고개를 갸우뚱거렸다.

十一

센노스케는 자신이 결혼할 때와 비교해 보았다.

그때는 새로운 환희와 새로운 불안이 복잡하게 뒤섞여서, 스스로 자신을 다스릴 수 없을 만큼 머리가 어지러웠다. 도코노마 가까운 자리에 새 신부와 나란히 앉았을 때는 어찌나 쑥스럽던지, 뭐랄까 자신이 모욕받는 듯한 느낌마저 들었다. 손님들이 모두 자기들을 보며 킥킥거리고 웃는 듯했다. 저 4조반 방의 괴짜도 결국 이런 평범한 일막을 연출하는구나 하고 모두가 수근거리는 듯도 싶었다. 이상가인 양 청교도를 자처하며 살아 봤댔자 결국 인간이란 이런 것이라고 누군가 귓가에서 조롱하고 있는 듯했다. 중매로 나서 주었던 두 친구를 대면하기도 왠지 부끄러웠다. 평소 연애의 신성함을 논하고, 소녀의 순수함을 동경하면서도 내심으로는 생리적 본능 때문에 괴로움을 당하고 있었던 만큼 이것이 일종의 항복처럼 느껴져 께름칙했다. 어머니는 바로 옆에 앉아서, 뭘 좀 먹어야지, 나중에 배고프면 어쩔려구 하면

47 ··· 삶

서 소근거렸지만, 그 애정어린 말투조차도 놀리는 것처럼 들렸다.

좌석은 이윽고 술로 분위기가 흐트러져, 붉어진 얼굴, 실없는 농지거리, 노랫소리…… 어째서 이런 악습이 일본엔 있는지 모르겠군. 결혼식 자리에서 소란을 피우는 건 결국 결혼 그 자체의 신성함을 모독하는 것이 아닌가 하고 불쾌한 생각이 들기도 했다. 그에 비하면 지금 이 형의 결혼은? 이런 식의 결혼을 하는 형도 처음엔 자기와 비슷한 생각을 하며 결혼을 했었을까, 아니면 사람이 전혀 다른 걸까, 시대가 다른 걸까, 센노스케는 헷갈리지 않을 수 없었다.

센노스케의 감상적인 마음으로는 사람이 재혼하는 일 같은 건 전혀 이해가 가질 않았다. 세상에는 상처(喪妻)를 하고 사십구일도 지나기 전에 후취를 찾는다든가, 쉰이 넘은 중늙은이가 마흔 정도의 여자와 결혼을 한다든가 하는 일이 있다. 결혼을 옆집에서 고양이를 얻어오는 일 정도로밖에 생각하지 않는 듯하다. 부부의 애정이라는 것이 고작 그 정도밖에 되지 않는 것일까. 그렇게 무의미한 것일까. 문득 봉투를 뜯지 않은 창녀의 편지가 서랍 가득히 쌓여 있던 것이 생각나서, 벌겋게 달아오른 얼굴로 뜻없는 신소리를 하고 있는 형과, 낡은 혼례복을 입고 웃음을 머금은 채 다소곳이 앉아 있는 신부를 한참 바라보았다.

얼마 지나 주연도 파장시간이 되었다. 신부 쪽 손님들이 먼저 자리를 털고 일어섰다. 각 상의 남은 요리를 나무상자에 담아, 답례품인 파란 바구니와 함께 보자기에 쌌다. 문밖에서 기다리던 인력거꾼이 초롱을 들어 어둠을 밝히며 입구로 다가왔다. 돌아가는 사람들을 전송하는 소리가 한바탕 사방으로 퍼졌다. 인력거는 덜커덩거리며 비탈길을 오르고, 초롱 불빛이 심하게 흔들렸다.

한 사람 돌아가고, 두 사람 돌아가고, 한바탕 태풍이 불고 지나간 듯 집안이 고요해졌다. 센노스케 부부는 아랫방으로 가서 어머니에게 물러가는 인사를 고했다.

「벌써 돌아가는 게냐?」

어머니는 기분이 좋아 보였다.

「열 시가 넘었는 걸요.」

「벌써 그리 되었니?. 시간은 잘도 가네. 그럼, 내일 또 오거라.」

「오늘 힘들지 않으셨어요?」

하고 센노스케의 처가 묻자

「아아, 오늘은 좀 살 만했다. 맨날 오늘만 같아도 살겠는데…….」

「배도 안 아팠어요?」

센노스케가 잇달아 묻는다.

「아니, 안 아팠다. 덕분에 맛있는 거 많이 먹었느니라.」

하며 웃는다. 머리맡에는 상이 차려져 있고, 술도 한 병 곁들여 있다.

「술 많이 드시면 안되는데요.」

「많이는 뭘, 아주 조금 …… 잔칫날이니까…… 졸인 밤이 맛있더구나.」

「졸인 밤 같은 건 별로 좋지 않을 텐데.」

「그냥, 조금 맛만 봤는 걸 뭘.」

기분이 좋을 때는 평소의 그 심술과 욕설이 어디서 나오는지 궁금할 정도로 부드럽다.

「오우메, 거기 있지? 어디 얼굴 좀 보자.」

나이 어린 며느리가 통통한 얼굴을 생글거리며 머리맡으로 갖다 대자,

「불조심 하거라. 젊을 때는 조심성이 모자란 법이니까, 자칫하다간 일난다.」

「예……」 하며 오우메는 머리를 숙인다.

「그러면 주무세요.」

「안녕히 주무세요.」

두 사람은 형 부부에게도 인사하고, 음식을 싼 보따리를 들고 밖으로 나왔다.

十二

집 앞 저지대에는 안개가 희부옇게 가라앉아 있고, 하늘에는 드문드문 별이 보였다. 밤바람이 얼굴을 어루만지듯 가볍게 불어오고, 무성한 초목의 풋풋한 내음이 촉촉한 공기 속에서 은은히 풍겨오는 가운데, 땅에서는 생명을 키우는 따스한 기운이 가만가만 사방으로 퍼져 나갔다.

개구리 울음 소리가 논이나 밭에서 들려온다. 눈앞의 이층집 서양식 창에는 불빛이 밝게 빛나고 있다. 어딘가 멀리서 거문고 소리가 희미하게 들려온다.

그윽한 여자의 체취가 느껴지고, 성장한 의상에선 걸을 때마다 사각사각 옷자락 스치는 소리가 났다. 여인의 얼굴은 어둠 속에서 유난히도 희다. 센노스케는 문득 모종의 충동을 참을 수 없는 듯, 돌연 아내 곁으로 다가가 나란히 걸으며 그 손을 힘있게 잡았다.

「손이 차갑네.」

「당신 손은 어째서 이렇게 따뜻해요?」

「그야, 정열이 있어서지.」

오우메는 잠자코 그 손을 굳게 마주 잡아 주었다. 방긋 웃는 얼굴은 희고 아름다웠다.

「오늘은 어머니 기분이 좋으셨던가 봐요.」

「응…….」

「어머니가 건강하시면 정말 좋겠는데…….」

「그래, 됐어, 그런 건 아무래도 괜찮아.」

하며 센노스케는 더욱더 손을 굳게 잡은 채 걸어간다.

밭을 따라 난 길, 이삭이 길게 자란 보리에는 밤이슬이 내려 앉아 있고, 그 저편으로는 커다란 비자나무가 거무스름한 모습으로 서 있다. 센노스케가 4조반의 우중충한 서재에서 벗어나 처음으로 세상에 나와 얻은 집은 이 밭길의 막다른 곳에 있다. 젊은 아내가 항상 물길러 다니는 도르래가 달린 두레우물 앞을 지나 얼마쯤 가면 자그마한 대문이 나타나고, 마당에는 키 큰 노송나무가 두 그루. 처마가 낮은 자그마한 그 집은 어둠 속에서도 뚜렷이 눈에 들어온다.

대문 빗장을 벗기고 두 사람은 울타리 안으로 들어간다.

「열쇠 갖고 있지?」

「예」 하며 오우메는 오른쪽 소매자락에 손을 넣어 보지만 없다. 왼손 소매자락을 찾아보아도 역시 없다. 「이상하다, 아까 분명히 갖고 왔는데…….」

하면서, 보따리를 남편에게 맡기고 이번엔 오비 사이를 더듬어 보더니,

「여기 있네요」 하며 열쇠를 남편에게 건넨다.

부부 둘만의 살림, 별나게 값나갈 만한 가재도구 하나 없

지만 두 사람은 이렇게 현관문을 잠그고 다닌다. 센노스케는 열쇠로 열고 안으로 들어간다. 자노마인 6조방에는 천장에 매달린 램프가 희미하게 불을 밝히고 있는데, 나사를 조절하자 환해진 빛이 일순 방안을 밝게 비춰 주었다. 아내의 자줏빛 도는 밤색 지리멘(縮緬)[28] 몬쓰키와 슈친(繻珍)[29]의 오비, 빨간 댕기를 맨 올린머리가 더할 나위 없이 잘 어울려 청순한 결혼 당일 밤의 모습을 보는 것 같아 센노스케는 공연히 설렌다. 살결이 희고 눈썹이 진한 건 좋은데, 그 밖의 것은 보통 이하의 용모. 자기가 나서서 아내로 삼았지만, 때로는 좀더 얼굴이 예쁜 여자를 원했었는데 하는 생각이 들 때가 있다.

「연애가 신성한 거라느니 어쩌느니 하지만, 결국은 주머니 사정 때문에 튀김 먹을 걸 메밀국수로 때워 버리는 것과 같은 격이지」라는 극단적인 의견에 반대하며,

「연애는 신성하다. 미추의 문제가 아니다, 정신의 문제인 것이다」라고 논했던 일도 있다─아니 지금도 그렇게 생각하고 있지만, 그래도 역시 아름다운 아내를 가진 남자는 부러웠다.

들어오자마자 옷을 갈아입으려는 아내를 만류하며,

「갈아입지 말고 그대로 있어. 금방 잘 건데 뭐.」

하고 센노스케는 말했다.

「그래두, 차 드려야죠.」

「그래, 한 잔 줄래?」 하다가,

「우선 물부터 한 잔 줘. 목말라 죽겠네.」

「술을 너무 많이 마시니까 그렇죠.」

하며 불그스레한 센노스케의 얼굴을 보며 젊은 아내는 생긋 웃는다.

「그렇게 많이는 안 마셨는데……술에 약하다 보니 금방 취해 버리나 봐.」

아내가 가지고 온 냉수 한 컵을 맛있다는 듯 단숨에 들이 킨다. 오우메는 가볍고 티없는 몸놀림으로 나가히바치 앞에 앉아 쇠주전자 줄을 끌어내리고 불을 헤쳐냈다.

十三

「난, 처음에 굉장한 미인인 줄 알았어요.」

「좀 멀리서 봐야 미인인 얼굴이지.」

「얼굴형이 예쁘잖아요. 게다가 화장까지 했으니.」

「그래, 그만하면 예쁘지. 나이에 비해 젊고. 머리가 약간 고수머리인 게 별로지만.」

「그래요……? 난, 몰랐는데…….」

쇠주전자가 가늘게 소리를 내기 시작했다.

「저어, 차통 좀 꺼내 주실래요.」

찻장 하나 없는 가난한 새 살림, 한 칸짜리 오시레 아랫단에는 숯담는 그릇이랑 상이랑 찻쟁반 같은 것이 한군데 얼기설기 놓여 있고, 나머지는 텅 비어 있다.

센노스케는 양철 차통을 꺼내 준다. 닛코(日光)토산품인 쟁반 위에 지난번 비샤몬의 잿날에 함께 가서 사온 같은 모양의 후지나야키(布志名燒)[30] 찻잔에 차를 담아 가지고 와서는 한 잔을 네코이타(猫板)[31]위에 놓았다.

「뭐 좀 없어?」

「아무것도 없는데요…….」

하며 아내는 미소 짓는다.

「설탕졸임콩이 아직 있을 텐데.」

「벌써 다 먹어 버린 걸요.」

「다 먹어 버렸다구?」 하며 놀라는 시늉을 하면서

「못 말리겠네. 벌써 다 먹어 치웠단 말야. 당신한테 걸리면 남아 나질 않는군.」

「그치만 맛있는 걸요.」

「맛있기야 맛있지」 하며 천진한 모습이 더욱 귀여운 듯 가만히 아내 얼굴을 바라본다.

문득 어떤 불유쾌한 생각이 가슴에 치밀어 오른다. 그 설탕졸임콩은 어제 니혼바시에 있는 이름난 과자점에서 샀다. 북적거리는 어시장, 철도마차, 그의 원고를 사줄 잡지사는 혼초에 있었다.

　겨우 문단에 막 등단한 청년작가가 잡지사 기자로부터 받은 모욕은 말할 수 없이 심하게 그의 자존심에 생채기를 냈다. 신간 잡지를 가득 실은 마차, 시내 배포분을 재빨리 받아 가려고 오는 짐차, 사무실 한켠에서는 몇 사람의 남자들이 열심히 지방에 발송할 짐을 꾸리고 있었다. 주판 튕기는 소리, 펜이 종이 위를 달리는 소리, 구두 소리, 슬리퍼 끌리는 소리, 사방에서 바쁘게 돌아가는 모습은 그의 가슴을 철렁하게 했다. 그날 주필은 만나주긴 했으나 자못 바쁘다는 듯, 열심히 써 간 단편소설을 성의없이 훌렁훌렁 들춰 보았다. 지난번 써 온 것도 아직 못 싣고 있다는 둥 하는 걸 억지로 사정사정하여, 장당 30전을 쳐서 6원 60전을 받아냈다. 설탕졸임콩은 거기서 돌아오는 길에 일부러 가게에 들러 사왔던 것이다. 센노스케는 앞으로 십이삼일 밖에 남지 않은 월말을 생각하지 않을 수 없었다. 아내에게는 금전에 관한 건 털어놓지 않는다. 돈관리는 자신이 하면서, 일용 잡비는 그때그때 아내에게 건네주고 있다. 친정 부모에게서 어떤 언질을 받았는지, 수입에 관한 걸 캐내려 하는 아내를 무마하는 데도 적잖이 애를 먹었다. 만일의 경우를 생각해서 최소한의 액수는 종이에 잘 싸서 책갈피에 숨겨 두었다.

센노스케는 원고를 사줄 만한 잡지사와 서점들을 떠올려 보지만, 어느 곳 하나 마땅히 떠오르는 데가 없다. 고요(紅葉)[32] 로한(露伴)—그중에서도 요즈음 잘 나가는 모모 신진 작가가 부럽다.

저도 모르게 한숨을 쉬자,

「왜 그래요?」

「아냐.」

「그래두, 무슨 생각인가 하고 있었잖아요?」

「그냥—잠깐.」

월말의 부담이 가슴을 짓누른다.

「어머니 일을 걱정하고 있는 거죠?」

「아니—.」

「전요, 어떻게든 열심히 간호해 드리고 싶어요. 전, 이렇게 어수룩하고 약지 못하지만요, 어머니 일은 정말 마음 아파요.」

「그래, 잘 보살펴 드려.」

「예에.」

하며 남편의 얼굴을 본다.

얼마 있다가 센노스케는 마음을 돌렸다.

十四

「그만 잘까.」

「예에.」

하며 오우메는 일어나서 자시키로 간다. 거기에는 시집올 때 가지고 온 서랍장이 있다. 잠옷으로 갈아입는 모양인지, 오비 끄르는 소리, 사각사각 옷깃 스치는 소리—한 장 열린 후스마를 통해 흘러들어간 불빛에, 여자가 머리를 숙인 채 찬찬히 외출복을 개는 모습이 비쳐 보였다.

다 갠 외출복 위에 올려놓은 흰 버선이 선명하게 눈에 들어온다.

이윽고 서랍장을 열고 옷을 집어넣는 기척이 들린다. 센노스케는 갖가지 혼란스런 생각으로 가슴이 무거운 채, 아내가 오시레에서 이불이랑 잠옷이랑 꺼내 자리를 펴는 소리를 듣고 있다.

「연애는 본능이다.」

라고 비연애 신성론자가 한 말이 문득 가슴에 떠오른다.

「연애란 요컨대 본능인가.」

머리속이 심하게 흔들렸다. 하늘에서 땅 밑바닥으로 굴러 떨어진 기분이 든다. 감상주의, 이상주의, 그는 적어도 아름다움을 동경했다. 이른바 이상을 추구했다. 머리속으로 아

름다운 모습을 떠올리며 몸으로 지저분한 행위를 할 때에
도, 그것을 본능의 맹목적인 힘에 굴복하는 것이라고 인정
할 수 없었다. 더럽고 추한 인간 무리라 해도, 노력해서 개
선해 간다면 반드시 이상의 경지에 도달할 수 있으리라 믿
으며……오히려 반항하듯 병적으로 그것을 믿으며, 4조반
의 불결한 방에서 지저분한 생활을 해 왔던 것이다. 벼루에
는 먼지가 하얗게 쌓이고, 잡지나 책이 어수선하게 널린 속
에서 머리를 아무렇게나 기르고, 얼굴을 창백하게 하고, 스
스로 자신을 생채기 내고 있던 모습이 뚜렷이 눈에 보인다.
책상 위에 거울이 놓여 있었는데, 그 거울에는 수염이 덥수
룩이 자란 신경질적인 얼굴이 자주 비쳤다. 램프 덮개에는
사랑, 신성, 기쿠코(菊子), love, Amor[33], meine Liebe[34], 고민,
오뇌, 걸작 같은 글씨들이 빽빽이 쓰여 있었다. 때로는 형의
책장 깊숙이 감춰져 있는 책을 몰래 꺼내다가 다시 몰래 집
어넣어 두곤 했다. 어머니의 고통에 대한 생각이 떠오른다.
형의 실제적인 생활에도 생각이 미친다.

　형을 생활면에서 보면 형의 인생은 평범주의, 쾌락주의이
다. 쾌락만 추구하면 되는 것이다. 평범한 현상을 좇아서 어
떤 맹목적인 힘에 굴종해 가면 되는 것이다.

　「그것이 인생이란 말인가?」

라고 생각을 이어가다가 금방 마음이 바뀌어,

「어머니…… 어머니는 죽어 가고 있다!」

어머니가 죽어 가고 있는데 그 자식들은 결혼이라니, 이 사실이 센노스케의 마음을 또다시 심하게 흔들어 놓았다. 어머니에 대해 생각이 미치자 참을 수 없는 아픔이 가슴에 밀려온다. 어렸을 적 어머니와 같이 살았던 시골의 시조쿠마치(士族町)[35]의 정경에서부터, 유채꽃이 만발했던 밭길을 어머니를 따라 장에 가던 그 시절이 눈앞에 떠오른다. 어머니는 상냥한 성품이었다. 감정적인 데가 있어서 때로는 호되게 꾸중하는 일도 있었지만, 아마도 그것은 애비 없는 자식들의 교육상 필요해서 그리했을 것이다. 어머니는 꽃을 좋아하고 자연을 즐겨서, 때때로 툇마루에 서서 흘러가는 구름을 넋을 놓고 바라보는 일도 있다.

센노스케는 지금도 그렇게 생각하고 있다. 자기에게 만약 문학적 피가 흐르고 있다면 그건 어머니로부터 물려받은 귀중한 유산이라고. 또 생각을 뒤적여 보면, 동생이 사관학교 시험에 합격하던 해 가을, 어머니와 셋이 닛코의 주젠지호반(中禪寺湖畔)[36]에서 단풍이 아름답게 터널을 이룬 길을 즐겁게 거닐던 일도 있다. 그때 어머니의 자못 기뻐하시던 얼굴. 그 생각 끝에 이번엔 저녁 반주 때의 찌푸린 슬픈 얼굴과 요즈음 병으로 쇠해서 말라빠진 얼굴이 하나가 되어 센노스케의 눈앞에 어른거린다.

어머니를 행복하게 해드리지 못한 건 우리 형제들의 죄다!라고 그는 생각했다.

젊은 아내는 잠자리 준비를 다 끝내고, 잠옷 차림의 요염한 모습으로 자노마로 건너와 화로 앞에 사뿐히 앉더니,

「당신, 차 더 안 드세요?」

「한 잔 줘.」

오우메는 찻잔에 차를 따라 남편에게 건넨다. 그리고선 잠깐 자기의 잠옷 차림을 훑어보고는,

「이런 꼴을 하고서?」 하며 방긋 웃는다.

十五

오우메는 말을 이어서,

「어머니는 이젠 낫기 어려운가요.」

「미사키 박사도 그렇게 말할 정도니까, 아마 어려울 걸.」

「무슨 병이래요?」

「맹장염이라지만, 의사 말투로는 장에 암이 생겼다는 것 같애.」

「암이 뭐예요?」

「종양이라는 건데, 흔히 위암이니 뭐니 하잖아. 암에 걸리

면 절개해서 치료하는 길밖에 달리 방법이 없어.」

「절개!」

하더니 오우메는 애처로워 못 견디겠다는 듯한 얼굴을 한다.

「어머니도 젊다면 잘라내겠지만, 연세가 있으니 어려울 거야.」

「그렇겠군요」라며 잠시 생각하더니,

「내가 처음 시집올 때만 해도 그렇게 나쁘진 않으셨는데…… 늘 꽈리를 부시며, 저기 툇마루에 걸터 앉아서, 밭의 콩을 좀더 손봐 줘야 할 텐데 하시며 열심히 손질해 주시곤 했었는데.」

「그 무렵엔 아직 괜찮았지.」

「어쩌다 그런 병에 걸리셨을까요.」

센노스케는 삭막한 집안 분위기와 어머니 성격을 생각해 보았다. 인간은 몸담고 살아가는 현실에 적응하지 못하면 그 다음에 오는 것은 죽음이다!라고 말한 옛사람의 말이 떠올랐다. 어머니의 경우는 분명 스스로를 저주하고 스스로를 생채기 낸 결과로서 얻은 병이다. 작년 11월, 형이 자주 집을 비울 무렵, 당신이 그 부딪힘에 지쳐 떨어져, 「나 같은 성질머리는 차라리 빨리 죽어 버리는 게 낫겠다!」 하며 기가 다 꺾여서 한탄했다. 12월에 들어서면서 그 병은 이미 자리잡기 시작했다.

「나 지난번에 아주 혼났었어요.」

하며 아내는 화제를 돌린다.

「지난번? 언제?」

「그 왜, 약병을 깨트렸을 때 있잖아요.」

하며 오우메는 남편 얼굴을 본다.

「참, 그런 적이 있었지.」

「약 타 갖고 오는 길에, 베니야과자점에서 시오가마(鹽釜)[37]를 두 개 사오라고 해서, 거기 들러 과자를 사다가 그만 손이 미끄러져 병을 떨어트려 버린 거예요. 거긴 바닥이 다타키(三和土)[38]로 돼 있어서 약병이 그 자리에서 깨져 버리잖아요. 이를 어쩌나 싶데요.」

「다시 타 오면 됐을 걸.」

「그땐 왜 그 생각을 못했는지 몰라. 할 수 없다 싶어 그냥 집으로 돌아왔지 뭐예요. 그땐 정말 내가 어떻게 됐었나 봐요. 돌아와서는 오코마에게 여차저차한 얘기를 하니까, 자기가 잘 말씀드려 주겠다고 그러대요. 그래서 어머니께 인사도 안 드리고 그냥 집으로 돌아와서는 얼마나 가슴을 졸였는지. 그러고 있는데 오테이(오코마의 딸 이름)가 와서는 할머니가 찾으시니 잠깐 오셔 보세요! 하잖겠어요. 찔끔했죠. 할머니 화나셨어? 하니까 아니라고 해서 좀 안심하고 갔죠.

그땐 정말 어째야 좋을지 모르겠더라구요.」

「그다지 꾸중하시진 않았다고 했잖아?」

「예⋯⋯, 그럴 때는 찾아 뵙고 사과를 드리는 거라고 하셨을 뿐, 별다른 말씀은 없었어요.」

「조심해야지.」

「예, 예.」

문득 시계를 보더니,

「벌써 12시네요.」

「자자, 자자.」

하며 센노스케는 일어섰다. 갖가지 근심 걱정, 그런 걸 잊는 데는 눈앞의 쾌락과 수면이 제일이다. 문득 형과 새 신부의 일이 잠시 머리를 스친다. 이어 자시키의 모습이 눈에 비친다⋯⋯.

「당신 잠옷 거기 내놓았어요.」

센노스케가 옷을 갈아입자 아내는 서랍장 옆의 후스마 한쪽이 열린 곳에서 벗어던진 남편의 옷을 단정하게 개고 있다. 그것을 끝내자 서랍장에 넣고는 이번엔 줄에 매달린 램프를 손에 들고, 부엌 입구부터 뒤곁의 덧문 단속까지 남김없이 둘러보았다.

그로부터 1시간쯤 지났을 무렵, 앞의 덧문을 두드리는 소리가 들려 왔다.

센노스케는 깊은 잠에서 깨어났다.

「누구요?」

「접니다만…….」

하녀인 오테쓰의 목소리다.

「어쩐 일인가?」

센노스케는 놀라 일어났다.

「마나님께서 배가 많이 아프다고 하셔서…….」

十六

황급히 덧문을 열어 보니 오테쓰가 거기 서 있다.

「갑자기 배가 아프시다고 해서요. 주인나리도 새 마님도 일어나 계셔요. 나리께서 뒷집에도 알리고 오라 하셔서, 급히 달려 왔어요.」

「이것저것 많이 잡수시더니만」 하더니 「누가 한 사람 집에 와 있을 수 없나, 오우메가 혼자서는 무서울 텐데.」

「오테이라도 좀 와 있으라고 하죠.」

젊은 처도 일어나서 잠옷 차림인 채 열린 덧문으로 상반신을 드러냈다.

「배가 아프시다고?」

「어쩌나…… 막 잠이 드셨을 텐데 죄송하네요…… 갑자기 아프시다고 해서. 지는, 어떻게 허든 나리님을 깨우지 않고 오코마하고 둘이서 보살펴 드리려 했는데. 너무 아프셨던가 봐요. 그만 소리가 새나오니까 나리님도 마님도 일어나셔서……」

「그래……」

오우메는 어두운 바깥을 내다보았다.

센노스케가 가 보니 어머니는 아랫방에서 자리를 옮겨, 여느 때와 같이 남향의 큰 갸쿠마에 엎드려 있다. 배 아픈 것을 스스로 억제하고 있는 것이다. 베갯맡에는 대통받침의 램프가 흐릿하게 켜 있고, 뒷편에는 낡은 병풍이 반쯤 접힌 채 놓여 있다. 오늘 밤 이곳에서 경사스러운 결혼 축하연이 떠들석하게 치뤄졌다고는 도저히 상상할 수 없을 만큼 사방이 어둡고 쓸쓸했다. 오코마는 숙모 곁에서 구부린 자세로 아픈 배를 눌러주고 있다.

「어머니, 어찌 된 거예요?」하고 말을 걸자, 환자는 얼굴을 들어 보이더니,

「센이니…… 아파서…… 아이구 죽겠다」하며 얼굴을 찡그린다.

「술을 마시네 어쩌네 하니까 몸에 좋겠어요!」하며 센노스케는 된소리를 했지만, 그래도 어머니에 대한 동정의 마

음은 금할 수 없다.

　형은 자노마의 화로 앞에 앉아 연신 냄비 뚜껑을 열었다 닫았다 하면서 열심히 찜질용의 곤냐쿠[39]의 상태를 보고 있다. 갓 시집 온 신부는 교직의 노란 줄무늬 겹옷을 입고, 무엇을 어찌해야 할지 안절부절 앉았다 섰다 하고 있다. 뒷길의 작은집에 가기 위해 깊은 잠에서 깬 오코마의 딸은 졸린 눈을 부비며 이제 막 격자문을 나섰다.

　「아이구 아파라」

　노모의 얼굴에는 금방 깊은 고통의 주름이 새겨진다.

　「곤냐쿠는 아직도 안 데워진 게냐?」

하고 절망적인 말이 이어진다.

　「곤냐쿠, 곤냐쿠! 료씨, 이제 어지간히 되지 않았어요?」

하고 오코마가 재촉한다.

　며느리가 화로 앞으로 다가간다. 젊은 주인은 뜨거워진 두 모의 곤냐쿠를 후후 불면서 길다란 천에 싸서, 자! 하고는 급히 오코마에게 건네자, 오코마는 늘 그러하듯이 노모의 배 옆구리 응어리진 곳에 그것을 갖다댔다.

　고통은 얼마간 더 계속되었다.

　「의사를 불러올까?」

　센노스케가 묻자,

　「글쎄, 이걸로 좀 가라앉을 게다…… 벌써 한 시도 지났으니.」

주인은 이런 발작에는 꽤 익숙해 있다.

「도대체 술 같은 건 드리면 안된다니까.」

「그래두 경사스러운 날이라서 아주 쬐금 드렸는데……
딱히 그게 탈이 됐다고도 할 수 없잖아.」

「한참 됐어요?」

「사십 분쯤 전부터.」

「이 방으로 오자마자?」

「글쎄, 그러구서 한 시간 정도 지나서부터였던가?」

주인은 졸린 가운데서도 예의 그 참착하고 온화한 태도
다.

통증이 쉽사리 걷히질 않아 배를 쓸어 주기도 하고, 곤냐
쿠를 바꾸기도 하느라 그날 밤은 누구나 잠시도 손을 쉴 수
가 없었다. 4시가 가까워지면서 통증은 그럭저럭 수그러들
었다. 환자가 누워 잠을 잘 수 있게 됐을 즈음엔 여름밤은
훌쩍 밝아서 여명의 새로운 빛이 이미 사방에 가득 퍼져 있
었다. 센노스케는 새벽의 신선한 공기를 마시려고 앞쪽의
덧문을 열다가, 아랫방의 문이 빼꼼이 열려 있어서 문득 들
여다보니, 어슴프레 램프가 켜져 있는 방에는 이불, 잠옷, 신
부의 나들이 옷이랑 오비 등이 벗어던져진 채로 그냥……

十七

    원고쓰기에 지쳐서 무뎌진 붓으로 센노스케는 히로사키에 있는 동생에게 장문의 편지를 썼다.

    삼가 아룀. 어제 형님께서 경사스러운 결혼식을 올렸네. 형수되시는 분은, 귀하가 지난 봄에 나왔을 때 얘기는 들어서 알고 있을, 옆집 부인의 친구 되시는 분으로 태생은 우리 집 사람과 동향인 부슈교다 사람이라네. 어머니는 어느쪽이냐 하면, 마음이 썩 내키시지는 않지만, 형님이 스스로 나서 이야기의 결말을 맺은 터라, 우리들은 그저 형님을 위해 장래의 행복을 간절히 기원할 뿐이네. 형님, 참으로 불운하신 형님! 형님은 요시다가를 위해 우리들을 위해 그 공명의 뜻도 학문도 다 버리셨다네. 요시다가를 위해, 한 분 남으신 어머니를 위해 해야 할 책임이 있다면, 형님뿐만 아니라 나나 귀하도 나누어져야 한다는 것은 말할 필요도 없겠지. 그럼에도, 장남으로 태어났다는 것만으로 형님은 우리 몫의 책임까지도 혼자서 다 짊어지셨네. 형님은, 풍부한 상식에 세상 이치에도 훤한 양반인데, 그런 형님의 귀한 희생 정신이 없었다면 오늘날 우리들은 어찌 되었겠는가. 귀하는 결국 학자금이 없어서 사관학교에도 들어가지 못하고, 따라서 오늘의 성공도 보지 못했을 것이고, 나는 관청의 하급관리직에 몸을 내던진 채 내 한몸 건사하기에도 급급했을 것이네.

나의 눈으로 보면 형님은 용기가 부족하고, 자신이 없고, 분투노력하는 의지가 약하네만, 그러나 형님이 어디 처음부터 용기없고 자신없는 인물이었던가. 시골에서 도쿄로 올라왔을 적에 귀하는 열두 살, 나는 열일곱 살, 저 도미히사초의 첫번째 임시거처를 어찌 잊을 수 있겠는가. 그 무렵의 형님은 얼마나 엄격하셨던가. 당송팔대가의 문장을 제대로 읽지 못한다 해서, 반나절이나 무릎을 꿇어 앉혀 놓고 담뱃대의 대통으로 머리를 때리시던 일은 형제 서로간에 누군들 잊을 수 있겠는가. 형님의 온화한 가슴에도 전에는 요시다가의 격정적인 피가 흐르고 있었다네. 지금이야 그때의 그 피는 마르고, 그 가슴은 잠잠해져 버렸지만, 오늘에 이르러 그 원인을 생각해 보니 남모르는 눈물이 소매를 적시는 걸 금할 수 없네.

귀하는 27년 이후로는 대부분 군대생활·학교생활을 했기 때문에 집안의 고충을 절실히 느끼지는 못했을 터이나, 그래도 히데오(英男) 모친이 죽기 전후의 어머니는 알고 있을 것이네. 나는 어떤 때는 어머니의 몰인정과 비도의적인 처사에 진저리를 치기도 했다네. 그렇다 해도, 어머니께서 저리 되신 경로에 또 어찌 눈물이 없을 수 있겠는가. 시골을 떠나올 때

70

는 이제부터는 료가 보살펴 주게 됐다고 그렇게 좋아하셨는데, 하루 아침에 그런 신세가 되실 줄이야. 일찍이 아버지를 잃은 것…… 그것이 이 집안 비극의 씨앗이라 생각하네.

어머니의 병세는 점점 더 악화되고 있네. 지난 봄 귀하가 나왔을 때만 해도, 볕이 좋은 날이면 우리집까지 혼자 걸어서 오고 가시던 것을, 지금은 전혀 자리를 떠날 수 없을 정도가 되었다네. 열흘 전쯤, 미사키 박사가 왕진 오셨었는데, 형님이 나중에 들은 바로는 장에 암이 생긴 것 같다며 도저히 회복되기 어렵다 하네. 우리들은 자기 야심이나 일에 쫓기느라 그 은혜에 대한 보답을 한 자락도 못하고 있는데, 이제 헤어지지 않으면 안된다 생각하니 너무도 가슴이 쓰리고 아프네. 공무에 얼마나 바쁠지 사정은 잘 아네만, 형편 봐서 다시 한 번 다녀갈 것을 부탁하는 바이네. 히로사키는 어떠한가. 아직 한 번도 못 가 본 곳이라 잘은 모르겠네만, 지난 번 나왔을 때 들은 바로 대강 미루어 짐작은 가네. 하숙은 성 근처의 민박집, 귀하가 기거하는 방은 이층이라서 앞쪽으로 가까운 산이 보인다고 알고 있네.

매일 아침 시조쿠(土族) 마을을 지나, 교외에 있는 연대본부로 출근하는 싱싱한 사관생도의 모습이 눈에 선하네. 훈련하는 광경도 눈에 삼삼하고. 이곳은 보리이삭이 길게 자라 있고, 개구리 소리도 밭고랑에서 시끄럽다네. 밤에 어머니 병상 곁을 지키고 있노라면 뭐라 형언할 수 없는 슬픔이 고여 오네.

센노스케는 여기까지 써내려 오다가 줄을 바꿔서,
「거문고 타는 아가씨 이야기도 듣고 싶네」라고 이어 썼으나, 잠시 생각하다가 북북 지워 버렸다.

十八

거문고를 탄다는 처녀가 궁금했다. 히데오가 금년 3월 어머니 병문안차 열흘 정도 와 있었을 때, 거문고를 타는 센노스케 처 곁에 앉아서,
「형수님 것은 야마타류(山田流)⁴⁰⁾라는 거지요? 히로사키에서는 야마다류 같은 건 별로 인기가 없어요. 모두들 이쿠타류(生田流)⁴¹⁾라구요.」
하면서, 스스로 울퉁불퉁한 커다란 손가락에 깍지를 끼고 서투르나마 로쿠단(六段)⁴²⁾의 한 부분을 딩딩 연주해 보였다. 생각지도 못했던 숨은 재주.
「잘 하시네요. 어디서 배우신 거예요?」
하고 오우메가 묻자, 청년사관은 자못 자랑스러운 듯,

「이래 뵈도 어엿한 선생님께 사사하고 있다구요」라며 웃었다.

그 훌륭한 스승님은 하숙하고 있는 시조쿠(土族) 집의 딸이라는 사실을 나중에야 알았다. 형수 것과는 아주 다르다는 이쿠다류의 가락은 그 딸의 거문고 소리를 듣고 기억해 두었던 것이다. 현청을 아오모리에 빼앗기고 차차 쇠해 가던 쓰가루(津輕) 역대의 성시(城市). 상업도, 공업도 활기를 잃은 채, 일년 중 절반을 깊은 눈에 덮여 지내는 쓸쓸한 시가지도 청일전쟁 후 제8사단의 증설과 함께 새롭게 꿈틀거리는 기운이 마을 곳곳에 충만해 있다. 칼집을 철거덕거리며 씩씩하게 거리를 무리지어 걸어가는 청년사관들의 모습은, 쇠락한 무사들의 주택가인 쓰가루에 사는 소녀의 눈길을 끌어당기기에 충분한 것이었다.

「이래가지구 설라무네, 저래가지구 설라무네, 어드르카믄 좋갔시요」 하면서 히데오는 자주 사람들을 웃겼다.

「쓰가루 사투리로 된 오쓰에부시코(大津繪節)[43]」라는 것도 부르는가 하면, 풍속과 말이 달라 이해하기도 어려운 북쪽 지방의 이야기들을 지치지도 않고 늘어놓았다. 하녀인 오테쓰는 꽤나 재미있는 듯, 「완코(椀子)」, 「가마코(釜子)」, 「베베코」, 「네코노곳코(猫子のこっこ)[44]」 따위의 말들을 마구 주절대며 배를 쥐고 웃었다. 센노스케도 그 말투가 재미있

다면서 「삿갓도 안 썼디요, 도롱이도 안 썼디요」 하면서 입버릇처럼 되뇌었다. 이 이상한 쓰가루 사투리는 히데오가 있는 동안 집안의 단란함에 한몫을 단단히 했다.

「저쪽 여자들은 진짜 예뻐. 어찌 저리 피부가 하얄까 싶다니까. 뭐 가미가타(上方)[45]의 씨들이라나, 저쪽 여자들은……」라고 하자, 역사통인 큰형이,

「그렇지. 쓰가루나 아키다는 일찍이 배편이 열린 곳이라, 가미가타에서도 배가 빈번히 들고나고 했을 거야. 일본 역사에서는 태평양 연안보다 일본해 쪽이 빨리 열렸거든. 아베노히라후(阿部比羅夫)[46]가 미시하세(肅愼)[47]를 쳤을 때도 그 쪽 길을 지나갔다니까. 그러니 가미가타의 씨가 많을 수밖에」 하며 자신만만하게 설명했다.

어머니도 아주 좋아했다. 등바구니에 가득 담긴 빨갛고 파란 사과들, 기차에서 샀다는 특산품 쇠주전자, 아오모리 명산인 성게 알젓, 슴슴한 연어 자반 등 방바닥이 좁아라 하고 늘어놓았다. 어머니는 자리를 털고 일어나서, 이마에 모자 자국이 선명한 청년사관과 마주 앉았다. 히데오는 어머니의 병은 별로 걱정도 되지 않는다는 듯 신나게 갖가지 일들을 얘기했다. 바람이 심하게 불어서 뒤쪽 덧문을 닫은 상태라 실내는 여느 때와 같이 침침했지만, 좌석은 뭔가 떠들썩하고 즐거웠다. 센노스케는 그때 처음으로 아직 새색시인

자신의 아내를 상면시켰다. 「그렇게 여자에게 꿈을 가지고 있던 형의 아내는 결국 이 정도의 여자였던가」 하는 생각이 히데오에게 들었다. 그 무렵 어머니는 누웠다 일어났다 하며, 옆구리의 응어리진 곳이 아프지 않을 때면, 곧잘 툇마루의 양지 쪽에 나와 있곤 했다.

센노스케는 그날부터 이제까지의 일을 머리에 떠올리다가 다시 쓰다만 편지의 붓을 들었다.

애정문제는 진지하게 다루지 않으면 안된다고 생각하는데, 지난번 귀하가 사관학교 시험에 합격하여 다카사키 연대로 입영하던 날, 정류장 앞의 어느 여관집 이층에서 세찬 바람 소리를 들으며 사랑에 관한 이야기를 했던 걸 기억할 것이네. 청순하고 아름다운 여자를 얻어라, 두 형보다 비교적 성공을 한 귀하는 진지한 마음가짐으로 이상적인 이성을 얻으라고 말하던 것을 잊지 않아 주었으면 하네. 아름답고 귀여운 제수씨를 보고자 하는 것이 우리 모두의 바람이라네.

총총

5월 18일

히데오 귀하

이런 얘기들을 써놓고 보니 괜한 소리를 했다 싶어 또 지워 버리려 했으나, 마음을 바꿔 봉투에 넣고 겉봉을 썼다.
시계가 딩딩 울었다. 세어 보니 12시, 본가로 간병 간 아내
는 어쩐 일인지 아직도 돌아오지 않고 있다. 오월의 햇살은
마당의 푸른 잎들을 싱그럽게 비추고 있었다.

十九

아내는 얼마 안 있어 간병에서 돌아왔다.

시무룩한 얼굴로 양미간에는 그늘이 드리워 있다. 센노스
케는 한눈에 무슨 일이 있었다는 걸 알 수 있었다. 친정을
그리워하는 어린 아내를 감싸는 정과 어머니의 터무니없는
까다로움을 한탄하는 마음이 동시에 가슴에 치민다.

「왜, 어머니 심기가 안 좋으신가?」

「예」 하며 풀죽은 모습이다.

「또 뭐, 잘못이라도 저질렀어?」

「아녜요.」

「그런데 왜 그렇게 기운이 없는 거야?」

「내가 좀 변변치 못하긴 하지만……」 하더니 얼마간 내던
지는 듯한 어투가 되어,

「정말 어쩌면 좋죠?」

「대체 무슨 일인데?」

「어머니는 어째서 저리 까다로우실까. 정말 속상해서……」
라며 눈물을 훔친다.

센노스케는 젊은 아내가 가여웠다. 매일 아침 설겆이를
끝내면 즉시 어머니를 간병하러 쫓기듯이 달려간다. 어린
몸으로 노모의 간병이 쉽지 않다는 걸 알고 있다. 그 여린
가슴으로는 환자 곁에 있다는 것만도 겁나는 일이라는 것도
알고 있다. 그렇지만 자신의 아내만큼은 어머니의 마음에
들게 하고 싶다. 어떠한 희생을 해서라도 어머니를 기쁘게
해드리고 싶은 것이다. 형수와의 끊임없는 충돌을 지긋지긋
하게 생각하는 그로서는, 자기의 아내까지도 그 소용돌이
속에 휘말리게 하고 싶지 않다. 게다가 어머니는 사시면 얼
마나 더 사시겠는가……

「도대체, 뭐가 어쨌다는 거야?」

「아녜요. 내가 아니구요…….」
하며 오우메는 빨갛게 된 눈가를 훔치고서, 「형님이 곤냐쿠
가져오는 게 늦는 바람에 된통 혼이 났거든요. 오테쓰까지
말을 들었어요. 대체 시에미나 남편을 뭘로 보느냐고, 정말
서슬이 퍼랬어요. 그렇게 쇠약해지셨으면서 무슨 기운에 그
런 큰소리를 낼 수 있을까 싶더라구요. 난 뒤에서 어깨를 주
물러 드리고 있었는데…… 어쩌나 무섭던지.」

「당신도 꾸중 들었어?」

「아니요, 난 아니었지만…… 어제 갓 시집 온 형님을 붙들고, 너도 서방하고 살면서 고생이란 걸 해 봤을 테지만, 기껏 고까짓 걸로 이 세상을 살아 봤다고 생각하는 게냐고 노발대발 하시는데, 차마 듣고 있을 수가 없었어요. 게다가 오테쓰에게도 아주 심한 말을 했어요. 료가 코먹은 소리를 하니까 옳다구나 싶어서 마음대로 남의 아들을 홀리려 든다. 너희들은 다 여우다! 여우야! 하면서 마구 소리지르며 야단하셨어요.」

「거, 참 곤란한데.」

「그리고는 나중에 제게 그러셨어요. 오우메는 아직 어리니까 잘 들어 두어라, 저것…… 저것이라고 하셨어요. 저것들처럼 백 년 묵은 여우 흉내를 내서는 안된다. 어떤 경우에든 정직하고, 한 번 인연 맺은 남편은 무슨 일이 있어도 내칠 생각 같은 건 해서는 안된다. 나를 봐라, 젊어서는 호랑이 같은 시부모 밑에서 고된 시집살이하다가, 서른 여덟 나이에 남편 사별하고, 그때부터 노인 뒷바라지하며 자식들 다 길러냈다……고 하시며 서러운 듯 우시는 거예요…… 나도 그만 슬퍼져서」

「정말, 우리들은 어머니 덕분에 이렇게 다 큰 거야」 하며, 센노스케는 만감이 교차하는 듯 목소리를 흐렸다. 곧 말을

이어서,

「그래도 당신은 어머니 마음에 든 거야. 솔직하게 진심으로 대한다면 아무리 잔소리를 하신다 해도 금방 마음이 풀리게 돼……어머니는 앞에선 듣기 좋은 소리 하다가, 돌아서서는 험담하는 걸 제일 싫어하셔. 형수님 같은 양반들이 이제까지 늘 마음에 안 들었던 건 뒤에서 이러쿵저러쿵 불평을 하기 때문이야. 형님도 이젠 좀 어머니에게 마음을 열고 살아가면 좋을 텐데…….」

「그래요, 아주버님은 여자한테 너무 무르신 것 같아요.」

「그리구선 금방 돌아온 거야?」

「당신 점심도 걱정됐지만, 어디 그럴 분위기예요? 돌아가겠다고 말도 못 꺼내고 있는데, 어머니가, 벌써 점심 때다 하시며 당신이 기다릴 거라면서 돌아가라 하셔서 온 거예요.……그때쯤은 슬슬 마음이 풀리셨는지, 지난번 누에콩 참 맛있더구나, 좀더 갖다주지 않으련, 하시대요.」

二十

마당 한구석에 다섯 평 정도의 밭이 있다. 작년에 이곳으로 옮겨 왔을 때, 어머니가 괭이를 사 가지고 와서 밭을 일

구어, 재미삼아 푸성귀라든가 청대완두라든가, 누에콩 따위
를 심었다.

누에콩은 이제 막 여물기 시작했다.

밭 주위, 울타리 가장자리에는 옥수수가 벌써 두어 자 길
이로 자라 있다. 밭에는 역시 어머니가 병상에 눕기 전에 손
을 봐 둔 토란이 자잘한 잎을 내밀고 있고, 그 옆에는 감자
가 두어 이랑 심어져 잎이 무성해 있다.

파릇한 잎사귀들이 햇빛에 반짝거리는 사이로 젊은 아내
의 빨간 오비아게가 언뜻언뜻 눈에 비친다. 전정가위 소리
가 고요한 공기를 가르며 끊임없이 들려온다. 오우메가 어
머니에게 갖다 드리려고 갓 여물기 시작한 누에콩을 따고
있는 것이다. 채반을 옆구리에 끼고 고랑 사이에 쭈그려 앉
아 열심히 손을 놀리는 모습이, 책상 앞에 앉아 원고를 쓰는
센노스케 눈에 이따금 비쳤다. 올린머리와 새하얀 옆얼굴이
공상으로 어지럽게 뒤얽힌 머리에 한순간 선명하게 각인된
다…… 철 늦은 철쭉이 타오를 듯이 마당에 피어 있다.

얼마 지나자 아내는 누에콩으로 가득 찬 채반을 안고 밭
에서 나오더니, 그대로 남편이 일하고 있는 자시키 앞 툇마
루에 걸터앉아 살짝 웃으며,

「제법 여물었는데요, 이제 따도 될 것 같아요.」

「그래?」

하면서 남편은 붓을 열심히 움직이고 있다.

「이것 좀 보라니까요.」

하더니 이제 막 깍지가 검어지기 시작한 것을 하나 집어 남편에게 보인다.

「그렇군, 벌써 익었네」하며 대답은 하지만, 상념이 한창 피어오르는 듯, 종이 위로 붓 달리기에 여념이 없다. 오우메는 남편이 상대해 주지 않는 게 서운한 듯한 얼굴로 툇마루 기둥에 기대 앉아 잠자코 콩깍지를 까기 시작했다. 문득,

「어머, 이것 좀 봐요, 이렇게 큰 것도 있네······」

하며, 콩이 다섯 개나 들어 있는 콩깍지를 내밀어 보였으나 남편이 여전히 상대해 주지 않자,

「당신도 참!」

「왜 그래?」

「그렇게 일에 파묻히지만 말고 좀 쉬어 가면서 해요. 너무 지나치면 몸에도 안 좋아요.」

「왜 또 그래······.」

「이것 좀 도와주시면 안돼요?」

「그 여자 참 성가시네.」

말은 그렇게 하면서도, 센노스케는 붓을 놓고 일어나 툇마루로 간다. 아내가 방긋 웃는다. 금세 파란 여린 콩깍지가 툇마루 가득 쌓인다. 채반에는 갓 벗겨낸 말랑말랑한 콩이

그득해진다.

「얼마 안 있다가 모두 따야겠지요?」

「아직은 좀 이른 것 같은데. 내달이나 돼야.」

「그렇겠네요. 아무튼 금방 딴 건 정말 맛있어. 가게에서 사다 먹는 것과는 비교도 안된다니까.」

「당연하지.」

「난 밭이 정말 좋아. 어렸을 적 시골에서 살 때는 엄마 따라 콩 따러 밭에 다니곤 했었는데. 도쿄로 오고 나서는 밭 같은 건 보고 싶어도 볼 수 없게 돼 버렸어요. 이렇게 복잡한 틈바구니에 살고 있으니」하더니, 말투를 바꿔서 「또 다른 것도 많이 많이 심어 봐요. 네? 이번엔 가지가 좋을 것 같잖아요?」

「가지는 손이 많이 가서 힘들어.」

「그렇게 손이 많이 가요?」

「어머니가 건강하시다면야 이리저리 돌봐 주시겠지만…… 우리한테 가지는 무리야.」

「그래요?…… 그치만 옥수수는 잘 됐잖아요.」

「그래 옥수수는 금년에 잘 됐어. 곧 7월이면 딸 수 있을 거야.」

「정말로 밭은 재미있네요.」

이윽고 콩깍지는 거의 다 까지고, 새파란 누에콩이 채반

에 반 정도 됐다. 아내는 무릎을 털고 일어나더니 안에서 접
시를 하나 꺼내 와 절반 정도 담아 보자기에 썼다.

「그럼 잠깐 어머니 좀 뵙고 올게요.」

二十一

그날 밤, 형은 동생집을 찾았다.

나가히바치 앞에 동생과 마주하여 자리잡고, 젊은 처는
램프 맞은편에 다소곳이 앉았다.

「아까는 고마웠어요……어머니가 아주 좋아하시대요.」
하며, 우선 누에콩에 대해 제수에게 한마디 했다.

「별 말씀을, 너무 조금이라서…….」

「갓 따낸 맏물은 정말 맛있다니까, 게다가 그 콩은 작년
에 어머니가 손수 씨를 뿌리신 거라서.」

「정말 그래요.」

「좀 있다가 모두 따면 대여섯 되는 족히 될 거야. 그때 되
면 모두에게 나눠 드릴게」 하고 말한 센노스케는 아내를 향
해,

「아직 좀 남았지?」

「예…….」

「형님에게도 드려봐.」

「아주 쬐금인데요.」

「조금이라도 괜찮아. 형은 귀한 걸 좋아하니까.」

오우메는 일어나 부엌으로 갔다. 이윽고 갓 따내 삶은 누에콩을 쟁반에 담아 내왔다.

「당신, 저쪽으로 조금만」 남편이 자리를 조금 비키자, 나가히바치 가까이에 와서 차를 끓이려 한다.

「제수 씨, 그만두세요.」

「그래두……드셔 보세요. 아주 얼마 안되긴 하지만.」

「그러세요, 그럼.」

하며 형은 쌈지에서 담배대를 꺼냈다.

「어머니가 오늘은 통증이 그만그만 하셨다지요」 하고 센노스케가 말하자,

「아……다행히…….」

「어젯밤처럼 그렇게 계속해서 아프면 정말 곤란하지.」

「그래, 정말…… 어떻게든 안 아프게 해 드리고 싶은데…….」

「그런데 오늘은 꽤 힘들게 하셨다면서요?」

하며 센노스케는 형의 온화한 얼굴을 바라보았다.

「응」 하며 담배를 한모금 빨더니, 담배대를 나가히바치의 가장자리에 대고 가볍게 두드렸다.

「거 참 난처하겠네.」

「정말 힘들어.」

「어제 갓 결혼했는데…… 형수님 놀라셨겠어요.」

「좀 놀란 모양이야.」

라며, 여느 때의 쾌활함과는 달리 얼마쯤 풀이 죽어 있다.

「대체 어머니는 왜 그러시는 걸까.」

형은 잠자코 있다.

두 사람 가슴에는 오랫동안 되풀이 되어 온 집안의 갈등으로 인하여 서로 격하게 부딪히던 모습들이 떠올랐다. 남들은 들어도 상상할 수 없을 정도의 고통. 형은 「어머닌 내가 어떻게 해도 마음에 안드는 모양이니 센에게 모든 걸 넘기고 난 사라지겠다」고 자주 말했다. 어느 날 저녁 무렵의 충돌, 「그렇게 말씀하시면 난 죽어 버리겠어」 하며 형은 정말로 집안에서 대물림하는 단도를 꺼내 왔다. 어머니는 어머니대로 「너 같은 겁쟁이가 할복 같은 걸 할 수 있다구? 그래, 보고 있을 테니 어디 한 번 해 봐라」 하며 노성을 질러댔다. 센노스케는 울며불며 이 싸움을 말렸다. 또, 조카 히데오가 태어났을 때는 살림은 가난에 찌들고, 형은 실직 상태에 형수는 사망. 어머니는 울면서 겨울날의 찬바람을 맞으며 갓난아기의 기저귀를 빨아댔다. 센노스케의 젊은 아내도, 형의 새 아내도 이제 요시다가의 한 사람이 되었지만, 그녀들은 그 뼈에 사무치도록 괴로웠던 지난 시절에 대해서는 아무것도 모르는 것이다. 이 집안의 암울했던 고난도 이제 그 마지막에 가까워지고 있다 ……고 두 사람은 생각했다.

어머니를 가엾이 여기는 정은 형의 마음에도 가득하다.

「어머니는 역시 서글프신 거야.」

「정말, 그래」 하며, 센노스케는 온갖 상념이 떠오르는 듯, 「그래도 우리들이 그럭저럭 여기까지 온 건 정말 형 덕이야.」

「별 소릴……. 그나저나 이젠 모두들 남들만큼 살게 돼서 나도 안심이다. 히데오한테서는 소식 좀 없니?」

형은 짐짓 화제를 돌렸다.

二十二

「연락은 없었고, 오늘 편지를 써서 부쳤어요.」

「그래?」 하더니 차를 한 모금 마시고 누에콩을 집어들며,

「정말 맛있다니까, 가게에서 파는 거하고는 비교도 안 돼.」

「맛있지요?」 하며 오우메가 거든다.

「만물은 아무나 먹을 수 있는 게 아니라니까」 하더니, 「제

수 씨도 좀 드시죠.」

「저는 많이 먹었는 걸요.」

「그래두, 한 개만!」

하며 활짝 웃는다.

「삶는 게 서툴러서 제맛이 안 나」 하고 센노스케가 한마디 하자.

「잘 삶아졌는데 그래. ……그야 아직 젊으니까 뭐든 처음부터 잘할 수야 없지. 그렇죠, 제수 씨. 차츰차츰 배워 나가면…….」

형은 항상 동생의 젊은 새댁한테 너그러워서 매사 친절하게 가르쳐 주고 있다.

「히데오한테는 어머니 병환에 대해서도 적어 보냈니?」

「예, 미사키 박사가 하신 말씀도 전했어요. 그리고 형편을 봐서 한 번 다녀가라 했어요.」

「히데오도 바빠서.」

「그렇긴 하지만…….」

「여전히 유들유들 잘 지내고 있을 거야. '이래가지고 설라무네, 저래가지고 설라무네' 같은 소리나 하면서.」

「아마 그럴 거예요. 도련님은 명랑해서 좋아요.」

「군인들은 대개 그래. 시원시원하지.」

「정말 그래요」 하며 젊은 아내는 맞장구를 친다.

「시골에 계신 누님도 한 번 올 것 같던데, 형이 그러라고 했어요?」

「말은 했지만…… 애들도 있고, 집안 형편도 그 모양이니…….」

「그래도 한 번 다녀가라는 편이 나을 거요. 하도 별나서 나중에 뒷소리라도 하면 시끄러우니까. 이렇게 편찮으신데도 한 번 오라는 말도 하지 않았느니 어쩌니 할 게 뻔해요.」

「실은 오테쓰를 보내 버릴까 해서…… 오요네가 얼마 동안 와 있으면서 도와주면 좋기는 한데……. 오코마 씨더러 마냥 있어 달랄 수도 없는 일이고, 오케이도 아직은 서투르니…….」

「그럴 거요……내가 한 번 다녀 가라 해 볼까요.」

「글쎄……」하며 형은 썩 내키지 않는 기색이다.

시골의 베 짜는 집의 마누라로 딸린 아이가 다섯, 맨 막내가 올해 갓 태어났다. 센노스케가 시골에 있을 무렵, 그 매형을 따라 구경삼아 비단으로 유명한 아시카가(足利)⁴⁸⁾ 시장에 수레를 끌고 갔던 일이 생각났다. 유곽인 마쓰바라, 유채밭, 따스하던 봄날, 와타라세강의 나룻터, 시끌벅적하던 아시카가의 시장 풍경. 수금이 늦어져 부근 야나다 유곽에 당도했을 때는 벌써 등불이 켜져 있었다. 매형은 넉살좋은 장사꾼 기질의 소유자로, 여자들이 나앉은 집들을 한 집 한 집

눈요기하며 걸었다. 센노스케는 그때 처음으로 유곽이란 데를 보았다……

「요즈음은 그래도 경기가 좀 괜찮은 거 같던데.」

「무슨 소릴. 주변머리가 그 모양인 사람이라, 맨날 손해만 보는 모양이던데.」

그리고는 이어 이러저러한 얘기가 나왔다. 형이 다니는 관공서로 가는 길목 얘기, 관계하고 있는 역사 편찬 얘기며 국학에 관한 것, 한서적, 그리고 장기인 한문 비평도 나왔다. 형의 학창 시절엔 외국 학문은 이단의 가르침이라는 듯 청년들에게 배척당해서 외국어를 전혀 배우지 못했다. 그래서 요즈음 신문에 자주 오르내리는 모던이라는 말이 대체 무슨 뜻이냐고 센노스케에게 물었다. 결국, 오코마의 딸이 부르러 올 때까지 이런저런 얘기들이 오갔는데, 형은 어쩐지 풀 죽은 모습으로 여느 때의 농담이나 익살은 끝내 보이지 않았다.

「아주버님이 오늘은 기운이 없어 보이네요」하며, 형이 돌아가자 오우메가 말했다.

어머니는 가벼운 자리옷 차림으로 누워 있었다. 머리맡에는 약병과 접시에 담긴 딸기가 놓여 있고, 바람이 통하도록 앞 뒤 장지문이 활짝 열려 있다. 자시키에서 자노마는 한눈에 들어오고, 며느리와 하녀는 부엌에서 나지막한 소리로 쉴 새 없이 재잘거리는 가운데 때때로 그릇 부딪치는 소리가 들려온다.

6월의 눈부시게 빛나는 햇살, 만물이 싱싱하게 살아 움직이는 가운데 여름의 왕성한 생육의 기운은 오히려 사람 머리를 지긋이 짓누르기도 한다. 병든 이의 연약한 몸은 특히 그 강렬한 열기에 견디기 힘든 듯, 말라빠진 창백한 얼굴은 눈에 띄게 쇠잔해 가는 생명의 애잔함을 말해 준다.

옆구리에 통증을 느낄 때는 말로 형언하기 어려운 쓸쓸함과 고통을 맛보게 된다. 우울해지는가 하면, 머리까지 지끈지끈 아파온다. 어쩌면 좋을꼬 하는 절망적인 기분에 휩싸이면서 자기도 모르게 전신에 소름이 좌악 돋는다.

지금은 좀 잠잠한 상태다. 배의 통증도 안 느껴진다. 특별히 이렇다 하게 나쁜 곳은 없는 듯하나, 그래도 어딘가에 무서운 기운이 숨어 있다가 때를 기다려 몸을 위협해 올 것만 같다. 둔중하면서도 울적한 이유 없는 불안이 때때로 찾아온다.

어쩌다 이런 병에 걸렸을까를 생각해 본다. 그러고 보니 그 첫 조짐이라 할 만한 것이 생각났다. 지난해 초봄, 옆구리에 종기가 생겼다. 잘라내야 하는 게 아닐까 하고 적잖이 걱정했는데, 단골의사가 최선을 다해서 4월경에는 완전히 나았다. 그 무렵부터 이 병은 싹수를 보이고 있었던 거다. 그때 제대로 된 의사에게 보였으면 좋았을 걸. 절개해서 나쁜 고름을 말끔히 짜내 버렸으면 좋았을 것을.

센노스케가 따로 살림을 낸다고 할 즈음, 가재도구를 장만하러 번화가인 가구라자카(神樂坂)[49]에 같이 나가곤 했다. 나가히바치라든가 쌀뒤주라든가 밥통이라든가 그릇 등 이것저것 샀다. 가재도구 상점도 몇 군데나 값을 물어 보며 돌아다녔다. 그 무렵, 파출소에서 얼마 떨어져 있지 않은 우체국까지 가는 길이 유난히 힘들고 귀찮았다. 평소에는 그런 일이 없었는데…….

그 무렵부터 이 병은 자리잡기 시작한 거라는 생각이 든다.

료의 처, 센노스케의 처, 그러다 곧 생각은 뒤로 달려 사오십 년이나 이전의 옛날로 돌아간다. 오쿠니가에(御國替)[50] 이전의 일이 눈에 떠오른다. 데와야마가타에서 30리 떨어진 다카다마에 있는 어느 영주의 작은 별저(別邸)에서 자랐던 일이 어른거리고……. 돌 많고 물이 적은 다치야라는 강이 있었지. 다치야강에서 다시 생각은 갈래를 타고 료의 누이 (그 아이는 죽었다)가 갓 태어났을 때, 남편이 야근하고 아침에 귀가하던 중, 그 다치야강에서 올빼미를 잡아온 일이 생각난다. 그 강변에서 까마귀가 올빼미를 쪼아대며 괴롭히고 있는 것을, 크고 작은 두 자루 칼을 찬 남편이 살금살금 다가가는 광경이 마치 그림이라도 보듯 자기와는 아무 관계도 없는 것처럼 눈에 보인다. 집에 가지고 와서는 자시키의 도코노마 위에 놓아 두었다. 올빼미는 가만히 웅크리고 있었다. 꼭 장식품 같다는 둥 그런 말을 했던 기억이 난다. 이웃에서 사람들이 잔뜩 구경하러 왔다. 그러다 밤이 되자, 가엾다고 뒷창으로 도망가게 해 주었더니 푸드득푸드득 큰 날개짓을 하며 밤나무 숲으로 날아가 버렸다.

최근 일과 먼 옛날 일이, 마치 원근 없는 동판화를 보는 것처럼 한데 뒤얽혀 떠오른다. 여러 얼굴과 여러 가지 광경이 주마등처럼 눈앞을 스쳐 지나간다. 자신이 올해 예순한 살이라는 것을 잊지 않았으면서도, 한편으로는 아주 젊은 것 같은 기분도 든다. 마당의 떡갈나무 잎이 바람에 가볍게 움직이고, 그 사이사이로 햇살이 비쳐든다. 집 앞 우물에서 물긷는 소리가 난다. 하녀인 오테쓰가 문간에서 뭐라고 하는 소리가 들려온다. 바로 그 오치아이의 야채가게 아저씨 음성이다.

「마님은 좀 어떠신가?」

하고 문안하는 소리가 들린다.

오테쓰가 뭐라고 대답한 것 같은데, 알아들을 수가 없다. 도코노마에 있는 도자기로 된 사자가 눈에 들어온다. 며느리의 서랍장 위 화장대 거울에 누워 있는 자신의 말라빠진 다리가 비쳐 보인다. 예의 그 불안과 함께 모종의 어떤 힘이 압박해 온다고 느끼는 순간 배가 쿡쿡 쑤시기 시작한다. 마음이 초조해진다.

二十四

통증이 시작되면 기분이 몹시 언짢아진다. 온몸의 신경이 한꺼번에 다 그리로 몰려드는 듯 지금까지 마음속에 자리잡고 있던 온갖 추억과 기억들은 환상처럼 사라져 버리고, 오로지 지끈지끈 아픈 배의 현실만 남게 된다.

어머니는 대찬 성격의 소유자이다. 아버지가 돌아가시고 20년, 그 동안 남에게 손가락질 한 번 받은 일이 없다. 매사에 이해가 빠르고, 정직하고, 그런가 하면 감정적이고 피가 뜨거운 면이 있다. 그래서인지 애증이 확실하다. 한 번 마음에 들었다 하면 무작정 그리로 엎어지고, 마음에 들지 않는 건 그 약점만 눈에 들어온다. 특히 어떤 속셈이 있는 걸 아주 싫어한다.

「나도 절에나 다녀 볼까」 하는 소리도 때때로 한다. 그렇게 말할 때는 언제나 집안의 갈등으로 인하여 빚어지는 끊임없는 불화에 몹시 지쳤을 때이다. 그러나 그것을 실행에 옮기진 않았다. 염주를 돌리며 불경을 외우거나, 절에 다니거나, 손자를 봐 주거나 하는 여느집 할머니들을 보면, 어째 저리 여유가 있을까 하고 생각할 정도로 그 마음은 현실적인 문제에 얽매여 있다. 별다른 근심 걱정없이 며느리나 자식 하는 대로 맡겨 두고, 마음 편히 볕좋은 데서 해바라기나 하고 있으면 좋으련만, 아무래도 그러질 못한다. 눈이 있다, 일이 보인다. 그러면 곧 그 예민한 머리가 움직이며 불안, 불평이 생긴다. 한시도 마음이 편할 여유가 없다.

그것은 본래 타고난 성질 탓도 있겠으나 환경적 요인도 한몫 했으리라는 건 말할 필요도 없을 것이다. 여자라 해서 남들에게 무시당해선 안되지 하는 오랫동안의 긴장감과 그것을 극복하려는 노력은 신경을 항상 팽팽한 긴장 상태로 내몰았을 것이다. 게다가 어머니는 여자의 절대복종을 요구하는 환경 속에서 그 꺾이지 않는 격렬한 성격을 간직해 온 터이다. 자신이 경험한 절대적 복종이라는 것은 그 자신이 주권자가 되었을 경우, 대체로 자신이 인내해 온 만큼의 절대적 복종을 다른 사람에게도 요구하게 되는 법이다. 봉건 시대라면 그런 대로 통하겠지만, 시대가 한참 달라지고, 사람도 사상도 습관도 달라졌다. 그러다 보니 격렬한 충돌에 불평, 불안, 황량한 생활이 한데 맞물리면서 거기서 끝내 벗어날 수가 없게 된 것이다.

어머니는 배가 아플 때면 이제 살 날이 얼마 남지 않았음을 짐작한다. 보통의 노인네들이라면 그럴 경우 극락왕생을 빌어 볼 터이지만, 이 노모에겐 그럴 마음이 전혀 없다. 그런 건 추호도 염두에 두지 않는다. 때론 그래 볼까 하는 마음이 일지 않는 건 아니지만 곧 식어 버린다. 죽어서 어찌 될까 하는 것보다 당장의 육체적 고통이 더 절박하다.

배가 조금씩 아파 와서 약간 엎드린 상태가 된다.

셋째인 히데오에 관해 생각한다. 그 아이가 그렇게 남부럽지 않게 성공한 것이 무엇보다 기쁘다. 나라의 부름으로 히로사키같이 먼 데로 가 버린 건 못내 서운하지만 어쩔 수 없는 일이라 단념했다. 지난번에 다니러 왔을 때「엄마가 널 다시 볼 수 있을지…… 몸성히 지내거라」했더니「응……」하며 예사로 대답하고는 눈물도 보이지 않고 차에 올랐다. 그 남자다운 면이 귀엽다. 무엇이건 거침없이 시원시원 대답해 주어서 좋다. 료하고는 전혀 다르다. 그런 생각을 하다

보니, 그 군복 입고 검을 찬 훤한 이마의 천진스런 얼굴이 선명하게 눈에 떠오른다. 다시 한 번 보고 싶다. 다시 한 번, 그저 한 번만이라도 좋으니 보고 싶다.

센노스케에게 편지를 써 달래야지…… 라고 생각했다.

배가 또 아프다. 곤냐쿠를 붙였으면 싶은데, 그 애들의 신세를 지는 것도 성가시고 해서 그냥 참는다. 이불로 배를 지긋이 눌러 본다.

二十五

눈으로 보지 않았지만, 며느리가 앞마당을 지나 4조반 아랫방 쪽 울타리 가로 가는 것을 훤히 알겠다. 며느리는 거기서 울타리 너머로 옆집 아낙과 긴 수다를 늘어놓곤 한다.

노모는 기분이 언짢아서 견딜 수가 없다. 예민해진 신경 덕에 그 수다가 이곳까지 뚜렷하게 들려오는 것처럼 느껴진다. 전의 며느리도 우물가에서 꽤 수다를 떨었었다. 어째서 요즘 젊은 것들은 저 모양일까? 저럴 여가가 있으면 환자 수발이라도 해 주면 좋으련만. 아니면 더러운 고쟁이라도 빨아 입든가. 지난번에도 지저분한 빨래거리가 저쪽에 내던져져 있는 걸 보았다. 여자가 그렇게 칠칠치 못한 건 더할 수 없는 수치다. 문득, 전의 며느리가 아침밥 눌은 게 먹기 싫어, 누더기에 싸서 오시레 구석에 몰래 쑤셔박아 놓은 게 생각나 참을 수 없이 역한 기분이 된다.

집안의 충돌은 세끼 식사 때에도 불거져 나왔다. 아무도 눌은 밥이나 식은 밥 먹는 걸 좋아하지 않는다. 그래도 노모는 사십 년이 넘도록 그걸 먹어 왔다. 며느리도 당연히 먹어야 하는 걸로 생각하고 있다. 그런데 마음 약한 이 집 주인은 그걸 안됐다고 생각하고, 한두 공기 도와준다. 형이 먹는데 동생 주제에 안 먹을 수 있나. 두 동생마저 도와주면 며느리 몫으로 남는 건 한 공기나 될까, 나중에는 더운 밥을 담는다. 그러니 동생도 불평, 노모도 불평. 「도대체, 툐가 받아주니까 길이 잘못 드는 거야」 하는 호된 비난이 따른다.

히데오(英男)가 서너 살 무렵, 누룽지를 아주 좋아했다. 어느 날 센노스케는 농담으로 「죽은 형수가 하두 누룽지를 먹어서 히데오도 누룽지를 좋아하는 거야」 했다. 노모는 벌컥 역정을 내며, 바보 같은 소리 말라며 나무랬다. 그 일을 생각하자 머리가 지끈지끈하다. 배는 콕콕 바늘로 찌르는 듯이 아프다. 신경은 점점 더 날카로워진다. 머리가 절로 흔들흔들한다. 예의 그 짜증을 누르려 애써 보지만 쉽질 않다. 추억, 고통, 가책, 절망……

「나같이 업보가 많은 사람은 그만 죽어야 해, 죽어야 해」

하지만, 한편으로는 죽는 것이 무엇보다도 무섭고 싫다.

더 이상 참을 수 없게 되자,

「오테쓰! 오테쓰!」

하고 신음하듯이 부른다. 대답이 없자 다시,

「오테쓰!」

오테쓰가 달려왔다. 노모는 얼굴을 찡그리고, 점점 심해지는 배의 통증을 누르고 있다.

「아프세요?」

「아프니까 곤냐쿠 좀 붙여 줘. 그리구, 오케이가 저쪽 울타리께에서 수다를 떨고 있을 게야, 좀 불러 줘」

일어서 가며 「아씨 마님, 아씨 마님」 하고 부르자, 이윽고 대답하는 소리가 들리더니 며느리가 얼굴을 내민다.

머리는 어수선한 채, 혼방 줄무늬 홑겹옷에 검은 공단과 목공단을 맞댄 오비를 매고, 부지런한 척 다스키[51]를 두르고 있다. 눈치빠른 태도로,

「어머, 어머니 배 아프세요? 그것두 모르고 수다를 떨었으니…… 옆집 아줌마가 붙잡고 놔주어야지요.」

라면서 자노마로 간다.

「어느쪽이 붙잡고 안놔 주었는지 누가 알겠누」 하며 배를 누른 채, 노모는 며느리 뒷모습을 흘겨본다.

한 시간 정도 아프다가 그나마 운좋게 그럭저럭 가라앉았

다. 곤냐쿠도 한 번 붙이는 걸로 끝이 났다. 그러는 차에 약을 가지러 갔던 센노스케 처가 돌아왔다.

보자기에서 배를 세 개 꺼내들고 앉는다.

노모는 둘째며느리의 발랄한 차림새와 싱싱하고 젊은 혈색을 대견스러운 듯 흐뭇한 표정으로 보고 있다. 히데오에게도 색시가 생겨서 이렇게 와 있어 준다면 얼마나 좋을까 생각한다. 또다시 청년사관 생각으로 가슴이 차오른다.

二十六

메이지유신 때, 다테바야시한(館林藩)[52]은 심하게 어지러웠다. 황족이었던 우쓰노미야(宇都宮) 성주는 반란군(도쿠가와 막부[53]쪽 군대)에게 습격을 받아 성을 빼앗기고, 큰칼 작은칼을 모두 성 안의 민가에 맡기신 채, 남의 눈에 띄지 않는 복장으로 사가와타구치(早川田口)로 해서 달아나셨다. 오시한(忍藩)[54]도 형세가 불리해지자, 적의 편을 든다고 하는 소문이 자자했다. 한(藩)은 벌써 사방으로 포위되어 언제 전쟁이 일어날지 모를 상황이었다. 스치는 바람 소리에도 적이 쳐들어오지 않나 놀라면서 사람들은 모두 힘을 합했다. 기운있고 쓸 만한 남정네들은 이미 대부분 출병해 버린 터에 나이든 사람까지 사방에서 끌어 모아 망보는 요소요소에 배치하여, 어느 집이건 남아 있는 건 아녀자뿐 힘이 될 만한 사람이라곤 없었다. 마침 7월의 더운 때였다. 여차직하면 재빨리 달아나야 할 판이어서, 이웃 아낙네들은 문간에 나와 목소리를 죽여 가며, 어디로 어떻게 달아나야 할지를 이러쿵저러쿵 얘기했다. 첫째로 이불을 가져가지 않으면 안된다. 모기장도 잊어선 안되지. 조상님들의 위패만은 다른 걸 제쳐놓고라도 모셔 가야 한다. 이것도 가져가야 한다, 저것도 가져가야 한다. 생각하면 그때는 정말 가슴이 조마조마했다. 마침 그때 오요네가 뱃속에 있었다. 일어섰다 앉았다 안절부절못하면서, 금방이라도 대포 소리가 터질 것만 같아 제정신이 아니었다. ⋯⋯이튿날 관군이 전열을 갖추어 들어오는 것을 보자, 마치 죽을 목숨이 살아난 듯 사람들은 기뻐했다. 보기만 해도 반가운 관군 복장, 창이 눈부시게 햇빛을 반사했다. 「아저씨 아저씨 씩씩한 군인아저씨, 그대 말 앞에서 알짱알짱거리는 것은 무엇일까요. 그것은 역적의 군대⋯⋯」 하는 군가 도코톤야레나 가락이 성 아래까지 널리 퍼졌다. 밤에 목욕탕에라도 다녀올라치면, 그 노랫가락이 골목 어귀에서, 뒷 텃밭 너머에서 들려오곤 했다. 반딧불이 휘익휘익 어둠을 누비며 날았다.

　그때 료는 세 살이었다. 언제나 오후엔 한 차례 낮잠을 자는데 마침 그 시각쯤이면 군인들이 북소리에 맞춰 훈련을 한다. 둥, 둥, 두두둥…… 그 소리가 너무 시끄러워 모처럼 잠든 아이가 깰까 봐 얼마나 신경이 쓰였던지.

……생각이 금방 바뀐다. 메이지 10년 2월, 남편이 경시청에서 돌아온다. 드디어 전쟁에 나가기로 했다는 것이다. 「여보, 부모님이랑 아이들을 두고 만약의 일이라도 생기면 어쩌시려구요?」 하고 정색을 하자, 「그때는 또 그때지, 돼가는 대로 해야지」 하며 차분한 어조로 「유신 때 거의 죽을 뻔했는데, 그러고도 10년 더 살았다. 이제 죽은들 무슨 여한이 있겠나」 했다. 그 무렵 남편은 도쿄로 나가, 시타야(下谷)의 네기시(根岸) 경찰서에 근무하고 있었다. 어머니에게는 그때가 가장 자유롭고 편안한 시기였다. 남편 근무처와 가까운 팽나무가 있는 부근에 셋집을 얻어 살았다. 근방에는 야채 시장이 있어서 밤이면 간데라의 거무스름한 연기가 좁다란 거리를 메우고, 물건값을 외치는 소리가 시끄럽게 들려 왔다. 새하얀 무, 파란 김치거리를 실은 짐수레가 어수선하게 자리잡고 있었다. 그 언저리 어느 골목 어귀의 노점에선 갓 잡아온 생선을 팔고 있었다. 오늘은 정어리가 싸던데 하고 남편이 귀가길에 보고 와서 말한다. 그러면 얼른 달려가 사 가지고 와서는 남편의 저녁 반주에 안주로 내놓았다. 전쟁에 나가기 반년 전, 그 12월에 히데오가 태어났다.

료는 13살, 오요네 11살, 센노스케 6살, 남편이 전쟁에 나
간 다음은 작은 집을 빌어 고인덴의 언덕 밑에서 살았다. 히
데오가 허약해서 다른 아이들은 앞 집에 맡겨 놓고, 띠를 매
들쳐업고 아사쿠사 뒷거리에 있는 소아과에 자주 다녔다.
사카모토 거리에는 풍속화 그림집이 있었는데, 전쟁에 관한
그림이 많이 나와 있었다. 그것을 오고가는 길에 보면서 전
쟁터의 광경을 머리로 그려 보았다. 3월 말경 전지로부터 온
편지에는, 「버드나무 가지 길게 늘어지고, 유채꽃도 피는 화
창한 계절로 접어들었네」라고 씌여 있었는데, 4월 중순 전
투에서 남편은 전사해 버린 것이다. 5월이 되면서 한때 끊어
졌던 우편이 다시 오기 시작하고, 어느 집에나 소식이 있었
지만, 요시다가에는 없었다. 우체부 아저씨가 지날 때마다
기다리고 기다려 봤지만, 끝내 소식은 오지 않았다. 어느 날
맏아들인 료를 같은 한(藩)에 살던 사람 집에 사정을 알아보
러 보냈다. 해질녘을 기다려 고인덴의 언덕 위를 바라보고
있노라니, 이윽고 그 집에서 받은 커다란 황매화 가지를 멘
소년의 모습이 땅거미 어스름 속에서 떠오르듯이 나타났다.
황매화 꽃을 도코노마의 화병에 꽂았다. 그 달 말에서야 전
사통지가 경시청으로부터 날아왔다.

시골에서 시아버지가 오시고, 7월에는 집안을 정리해서
시골로 내려갔다. 도네강가의 거룻배, 거적에 싼 짐을 몇 개

씩 겹쳐 쌓아올린 뒤쪽으로 어머니는 그 맏아들인 소년이 사공들과 어울려 여울가에서 천진난만하게 헤엄치며 노는 것을 보았다. 여름의 뜨거운 햇살이 수면 위에서 무수히 반짝거렸다…….

二十七

료가 장성하여 집을 떠나 혼자 도쿄로 올라가던 때의 도네강가가 이어서 어머니 눈에 떠오른다. 거룻배, 뱃사공, 뜸으로 이은 지붕, 물가의 대숲, 버들, 그런 것들이 모두 그 일생과 밀접한 관계를 갖고 있다. 그리고 시골집. 비좁고 낡은 초가의 시골집이 액자에 들어 있는 그림처럼 선명히 눈에 비친다. 벽에 붙여진 채 검게 그을린 서남전쟁(西南戰爭)[55]에 관한 풍속화, 노즈 대령이 검을 휘둘러 군기를 다시 빼앗았다. 그 옆쪽엔 도쿄의 명소인 시노바즈 연못(도쿄 우에노공원에 있는 연못) 그림이 한 장 붙어 있고, 도쿄제국대학의 시계탑이 높다랗게 후지산과 함께 솟아 있었다. 문득 죽은 며느리 얼굴이 눈앞에 어른거린다. 자간이라는 병은 임신중의 심한 정신적 압박에서 온다고 어떤 이가 말했다. 결국 내가 못되게 괴롭혀서 죽게 한 것 같다. 그런 생각을 하자 신경이 팽팽하게 긴장되면서 가슴이 심하게 울렁거린다. 그때, 마악 숨을 거두었다 해서 벌벌 떨면서 자시키에 가 보았다. 며느리는 창백한 얼굴을 하고 죽어 있었다. 료는 격정에 못 이겨 흐느끼며 울고 있고, 불쌍한 갓난아기는 한곁으로 밀쳐진 채 누구 하나 돌봐 주는 이가 없다. 그 죽은 창백한 얼굴! 지금 생각해도 오싹 소름이 돋는다.

도탑던 젊은 부부의 정, 이십 수년 자기 몸 이상으로 사랑으로 돌보며 길러온 자식을 그대로 빼앗겨 버린 듯한 기분이 되어, 한편으론 한없는 외로움을 느끼는 동시에 한편으론 이유 없는 질투와 분노를 느꼈다. 후스마 한 장을 사이에 두고 밤이면 소근거리는 소리, 노모는 며느리를 묵은 원수처럼 미워했다.

누가 키워 주었는가. 이 어미 덕에 남못지 않게 컸던 게 아닌가. 이 어미가 없었으면, 그때 재혼이라도 해 버렸으면…… 재혼한 예는 얼마든지 있다…… 느이들은 어찌 됐을지 누가 알겠누. 그런데도 며느리한테 푹 빠져서 어머니를 홀대하다니. 남자답지 못하게스리 패기도 없이, 공부는 무엇 때문에 했누. 「공자님 말씀에 그렇게 적혀 있다냐」고 자주 호통을 쳤다. 며느리는 그리 예쁜 얼굴은 아니었지만 소심하고 착한 여자였다. 화목하던 가정에서 이곳으로 시집와 폭풍 같은 시어머니의 고약한 성미에 시달리며 끊임없는 갈

등에 마음 상하고, 차츰 병자처럼 핏기없는 얼굴이 되어갔다.

창백한 얼굴을 생각지 말아야지 하지만 또다시 눈앞에 떠오른다. 장례식 때의 그 소란스러움, 친정아버지의 비분강개…… 다시는 다시는 생각지 말자 하고 눈을 감는다.

그럼에도 불구하고, 반대로 자기가 혹독하게 했던 당시의 이러저러한 일들이 집요하게 가슴을 파고든다. 그때는, 며느리는 시어머니에게 복종해야 하는 것이다라는 한 가지 생각에서 자기 식대로 하며 못살게 했지만, 어머니 입장에서는 나름대로 젊은 부부로부터 한층 더한 압박과 어떤 모욕을 느끼고 있었던 것이다.

갓난아기는 어머니가 키웠다. 배에서 기계로 꺼냈기 때문에 그로 인해 후두부에 상처가 생겨 끊임없이 고름이 나왔다. 그것을 센노스케가 열심히 치료해 주었다. 센노스케의 문학을 좋아하는 여린 가슴에 그 광경은 참혹한 상처로 깊게 새겨져 집에 있는 게 견딜 수 없을 정도였다. 수양아들로 줄 만한 마땅한 자리가 나타나지 않아 오랫동안 젊은 주인은 어린 것을 품에 안고 잤다. 밤새도록 잠을 설쳐 칭얼대는 것을 안고 젊은 주인은 툇마루를 서성거렸다. 어머니는 도와줄 생각이 없는 건 아니었으나, 왠지 심사가 뒤틀려서, 속으로는 인정머리 없는 짓이라고 생각하면서도 그걸 태연히 보고 있었다.

아오야마에 있는 며느리 묘가 눈에 떠오른다. 동백, 단풍
나무, 비바람을 맞고 있는 묘석. 며느리의 물건들을 돌려보
낸다 안 보낸다로 한바탕 옥신각신 입씨름이 있었는데, 해
결사 같아 보이는 남자가 친정에서 와서는 다섯 시간이나
난폭한 언사로 해댔다. 주인의 사람 좋아 보이는 대응에 속
이 탄 어머니는 옆방에서 더 이상 듣고 있을 수 없어 뛰쳐나
가 볼 생각을 몇 번이나 했다. 결국 협상 끝에, 지리멘 혼례
복을 팔아 그 아오야마의 묘석이 세워지게 된 것이다.

머리가 어지러워 무심결에 자신도 모르게 푹 엎드려 있자
니「또 아프세요?」하는 소리가 들린다. 문득 정신을 차려
보니 둘째 며느리가 어깨를 쓸고 있다.

二十八

이웃집 아낙이 예의 젊게 차린 모습으로 툇마루에서 병문
안을 한다며 떠들다 돌아갔다. 시계가 세 시를 쳤다. 조금
지나자 문앞에 인력거 소리가 나고, 의사가 왔다.

이 근방이 아직 시골이었을 무렵부터 있던 의사로, 작달
막한 키에 건강하고 친절한 50세 정도의 남자다. 의사는 가

만가만 자시키로 들어와 환자가 일어나려 하는 걸 손으로 만류하고는, 우선 가슴을 헤치고 배를 만져본다. 응어리가 있는 부위를 지긋이 누르며 「아파요?」 하고 묻는다. 노모는 머리를 가볍게 흔들었다.

「늘상 아픈 데가 여긴가」 하며 조금쯤 생각해 보는 듯하더니, 「음—」 하고 고개를 끄덕이고는 가방에서 청진기를 꺼내 가슴 여기저기에 대본다. 마지막으로 옆구리 응어리진 곳에 오랫동안 귀를 기울이고 있더니,

「좋아요.」

하며 벌어진 환자의 가슴을 여며 주고 청진기를 가방에 넣는다. 오테쓰가 금속 대야에 물을 담아 와서는 새 수건을 내민다.

손을 닦으면서,

「아주 좋아요.」

「기분은 그런 대로 괜찮은데, 가끔 가다 아플 때면 정말 힘들어요.」

「그렇게 빨리 낫기는 어렵죠.」

하며 의사는 웃어 보인다.

「어떻게 배 아픈 것만이라도 없애 주셨으면…….」

「좋아요, 제가 꼭 고쳐 드리죠.」

자못 대수롭지 않은 병이라는 어투다. 문득 그 자리에 오

케이가 앉아 있는 걸 보고,

「주인 양반 색시 되시나.」

며느리는 황급히 인사를 한다.

노모는 「지난번에 들렀습니다만…… 부족한 점이 많습니다…… 모쪼록 잘 부탁드립니다.」

「난 또, 지난번까진 이분이 며느님인가 했습니다」 하며 올린머리의 오테쓰를 돌아본다. 오테쓰는 얼굴을 붉히며 자노마로 가 버렸다.

「……아니에요, 저긴 일하는 사람……」 하는 노모의 소리가 들린다.

「이쪽은 동생분 색시랬죠?」 하더니 의사는 미안한 기색도 없이 태연스레 말을 잇는다. 「할머니, 이렇게 훌륭한 며느님들을 두셔서 정말 행복하시겠어요. 이제 편히 지낼 수 있고.」

「아니에요, 뭘…….」

좀더 이야기를 계속하려나 했더니, 따라 놓은 차도 마시지 않은 채 그대로 휑하니 일어나 가 버린다. 인력거가 덜컹덜컹 언덕을 오른다.

마침 그 무렵 이 집 주인은 가구라자카 거리를 걷고 있었다. 삼사 년씩 입어 후줄근해진 감색 여름 나사지 양복에 누렇게 변색된 파나마 모자를 쓰고, 보라색 모슬린 보자기를 옆구리에 끼고 있다. 보자기 속에는 오늘 밤 검토해야 할 역사 편찬 서적이 들어 있다. 뜨거운 여름길을 걷다 보니 셔츠도 속바지도 땀에 흠뻑 절어 발걸음 떼는 것조차 여간한 일이 아니다. 주인은 때때로 주머니에서 더러워진 손수건을 꺼내 모자를 벗고 이마의 땀을 훔쳐 냈다. 거리에는 차들이 빈번히 오간다, 학생이 간다, 여학생이 간다. 얼음가게 집 유리주렴이 햇빛에 반짝거린다. 모퉁이의 파출소에는 흰 제복을 입은 순경이 고단한 모습으로 서 있다.

그는 지금 지칠 대로 지쳐 있다. 직장일도, 촉탁받은 역사 편찬도 지겨워서 견딜 수가 없다. 새로 맞아들인 처에 대해서도 각별하게 애틋한 마음이 일지 않는다. 단골집 기생을 잠깐 떠올려 보지만 그 역시도 아무런 감흥도 없이 사라져 버린다. 문득 가슴팍의 지갑에 50전이 있다는 생각이 났다. 마침 눈앞 가게가 청과물가게. 과일이나 통조림류가 산처럼 쌓여 있는 것이 눈에 띄어 어머니를 기쁘게 해 드릴 양으로 뚜벅뚜벅 안으로 들어가 살구 통조림 하나를 샀다.

二十九

「오케이, 재미있는 얘기 좀 해봐요」 하고 이웃집 여자가

조르자,

「무슨 소릴 하라는 거야, 또…….」

하며 때리는 시늉을 하는 오케이의 말에는 교다(行田) 사투리가 남아 있다.

「왜 이래 나만 혼자 떠들잖아 …… 자긴 가만히 듣고만 있구…….」

「재미있는 일이 하나두 없다는데.」

「그래두 너무 하잖아.」

「뭐가 너무 해?」

하고 웃으며 오케이는 짐짓 무릎 걸음으로 물러난다.

「할머니가 질투한다는 둥…… 한에리(半襟)[56]를 사다줬다는 둥……. 내가 얌전히 들어 줄 테니까 어디 털어놔 봐.」

오케이는 딴청을 부리며

「이번에 햇고구마가 나오면 제일 맛있는 걸로 골라서 실컷 맛보게 해 줄게.」

하며 웃는다.

「사람을 바보 취급하고 있어…….」

하며 이웃집 여자가 때리는 시늉을 한다.

「허지만 사실이 그런 걸.」

「사실이 그렇긴 뭘 그래? 그리구 난 고구마라면 딱 질색이야.」

「그래? 고구마가 싫다구? 그러면 단팥죽이라도…….」

「단팥죽도 싫어.」

문득 오케이는 생각이 나서 「단팥죽이라면, 어제 되게 혼 났어…….」

「누구한테…….」

「어머니에게.」

「왜?」

하며 조금 진지해진다.

「어제 아침에 단팥죽이 먹고 싶다, 가루팥이 아닌 통팥으 로 만든 것이 먹고 싶다고 하시잖아. 마침 오우메도 올 테니 까 점심 때까지 만들도록 해라 하시대. 그래서 난 이 더운 데도 열심히 불을 지펴서, 새알심 떡을 사러 세 군데나 돌아 다니다 겨우 사다가, 국물이 맑은 게 좋겠다 싶어 체에 얌전 히 걸러서 만들지 않았겠어?…… 그랬는데 된통 혼이 났어 요.」

「입에 안맞으신 게야?」

「글쎄, 들어 보라니까. 나야 맛있게 끓여졌다 싶어서 어머 님 것만 따로 작은 냄비에 담아 들고 들어갔지. 처음엔 좋아 하시며 다 된 게냐? 하고 자리에서 일어나시대. 그러길래 난 일이 있어서 부엌에 가 있으려니까, 오케이! 오케이! 하며 날 카롭게 부르는 소리가 들리잖겠어?」

「그래서…….」

「놀라서 뛰어가 보니, 벌레 씹은 얼굴을 하시고…… 오케이! 이게 뭐냐? 이것도 단팥죽이라고 끓인 게냐 하시며 수저를 상 위에……」하며 우스꽝스럽게 흉내를 내보이며 「이런 식으로 내던져 버리지 않겠어.」

그리곤 말을 이어,

「동서도 보는 앞에서, 이렇게 멀건 미음 같은 단팥죽을 어떻게 먹으라는 게냐. 단팥죽 끓이는 것도 모르니 원, 그러시는 거야. 그게 그렇게 화내실 일이야 어디? 걸죽하게 촌스럽게 끓였으면 좋았을 걸, 신경쓰고 해드린다고 한 게 오히려 마음에 안드셨던 거야. 정말이지 까다로운 할마씨야.」

「할마씨라니, 그런 말 막 하면 어떡해.」

「네, 네 알았습니다요」하며 일부러 장난스런 태도로 「용서하세요, 잘못했습니다, 이제부터 조심하지요…….」

「오케이는 금방 저래서 안된다니까. 좀 진지해져 봐.」

「네, 네」하며 웃는다. 그러더니 곧,

「그래두 그이는 맛있다며 잘 먹던 걸.」

「잘됐네.」

하며 이웃집 여자가 놀렸다.

三十

　잠시 얘기가 끊어지는가 싶더니 이윽고,

　「오테쓰는 아직 안 돌아갔어?」

　「보낸다, 보낸다, 말은 하지만 언제 갈지 몰라. 처음엔 나도 이상하게 생각했지 뭐야. 그 얼굴에 분을 처덕처덕 처바르고는 괜히 흐느적거리며 꼴값을 떨고, 때때로 서재에 들어가서는 우리 그이와 뭐라고 소근소근거리는 게 아니겠어요. 처음에 난, 꼭 그런줄 알고…… 오키쿠(이웃집 여자이름)도 오키쿠지, 날 이런 데다 소개시키면 어쩌라는 거야 하는 생각까지 들었었다니까.」

　「설마하니 료씨가 …….」

하며 이웃집 여자가 웃었다.

　「응, 물론 그럴 리 없다는 건 이내 알았지만.」

　「잠자리에서 다그치기라도 한 거야?」

　「그런 셈이지 뭐. 아무튼 그렇게 싫은 사람도 없을 거야.」

　「할머니에게도 그것 때문에 눈밖에 난 모양이던데?」

　「그럴 거야. 그래두 저러고 있는 걸 보면, 필시 우리 그이에게 꽤나 마음이 있었던 게 아닐까.」

　「그럴지도 모르지.」

　「얼마 있으면 시골에서 시누이가 온대. 그때까지만 있게 할까 하고 생각중인가 봐.」

「그래?」

또 이야기가 바뀐다.

「센노스케 씨, 문병 자주 와?」

「응.」

「아주 별난 사람이지?」

「응, 난 손들었어. 어떻게 저렇게도 우리 그이와 다른지 모르겠어. 까다롭구, 하기사 보통사람이 아니니까.」

「할머니조차도 센은 괴짜라 정말 힘들어 힘들어 하셨는 걸 뭐…… 아무튼 희한한 사람이야. 요 옆에 4조반 방에 살던 때부터 알아봤지만…… 왼종일을 핏기없는 얼굴로 말없이 책상 앞에 앉아 있곤 했다니까. 그러다가 이따금 큰소리로 신체시라나 뭐라나 하는 걸 읊는 거야. 정말 이상한 사람이더라구. 그러다 친구가 오면 무슨 토론인가를 하는데 그게 싸움이라도 하는 게 아닐까 싶을 정도로……」

「지금도 그런데나 봐……. 그런데, 오우메는 자기가 골라서 데려왔다구?」

「그래」하며 웃는다.

「그 괴짜가 동서 일이라면 대단하게 구니까 우습잖아. 동서가 어머니에게 말이나 듣지 않을까 그냥 신경을 쓴다니까. 게다가 동서는 진짜 어린애야.」

「좀 천진스러운 데가 있잖아.」

「혼수를 굉장히 해왔다고 하두 그러길래, 옷가지는 뭘 해왔나 싶어 지난번에 보여 달랬더니……. 몬쓰키 일습 두 벌에 장롱이 한 짝. 첫 시집오는 신부치고는 뭐 대단한 것도 아니잖아.」

「그래두 뭣두뭣두 다 갖춰 왔다구 할머니가 자랑하시던 걸.」

「그까짓 경대나 신발장 같은 거라면 얼마든지 장만해 올 수 있는 거 아니야? 벌써 장궤 같은 건 손잡이 고리가 떨어져 나갔는데.」

바느질 친구들은 감추고 말고도 없이 온갖 얘기를 주어섬긴다. 과자 그릇은 바닥이 나고, 차는 몇 번이고 우려냈다. 이따금 오케이의 호들갑스러운 웃음 소리가 사방으로 흩어졌다. 잠시 후,

「그런데, 지금 제일 곤란한 것은」 하며 오케이가 자못 진지한 어조로 입을 연다.

「얘기를 할 수 없는 게 제일 힘들어. 서재에 들어가서 무슨 얘기라도 할라치면 금방 시끄럽게 잔소리를 하신다니까. 정말로 어째볼 수가 없어.」

「아무리 금실 좋은 부부라도 부모 앞에서 서먹서먹한것처럼 보이라는 옛말도 있잖아」 하며 이웃집 여자가 웃음지

으며 말하자,

「또 저런다니까, 글쎄」하며 살짝 눈흘기는 시늉을 해 보이며, 「그래서 싫다니까. 그런 얘기가 아니라는 데두, 참……」, 「그야, 그렇겠지……」하며 이웃집 여자도 어조를 바꾸어, 「조금만 참아 봐. 잔소리를 하시더라도 고분고분 대하면 그러저럭 넘어가잖아. 이제 저 지경까지 되셨으니, 어차피 길지는 않을 거야. 요즈음 좋아지신 데는 없지?」

「응, 응, 점점 나빠질 뿐이지.」

「참고 있어 봐」라고 하는 이웃집 여자의 목소리는 이제까지 농담을 주고받던 사람이라고는 생각되지 않을 정도로 진지했다.

三十一

오테쓰는 6월 하순 장마비가 추적추적 내리는 날, 그 집을 떠날 준비를 하고 있었다. 대만으로 부임해 가는 가족을 따라 갈 것인가, 어느 병원의 간호부로 갈 것인가, 이 두 갈래길이 그녀의 운명이었다. 작년 말경, 어떤 기대를 품고 이 집안에 들어오고 나서 참으로 많은 이러저러한 일들이 있었다. 그때마다 화가 나기도 하고 서럽기도 하여 울기도 많이

했다. 까탈스러운 노모를 원망한 일도 한두 번이 아니었다. 그래도 반년 이상 가족으로서 한솥밥을 먹으며 지내다 보니 이제 헤어지는 마당에 섭섭하지 않을 수 없다.

새 며느리가 손에 익을 때까지만이라며 머물러 있었지만, 어느 정도 며느리도 간병에 익숙해졌다. 이젠 시골의 여동생이 올라올 때까지라고 나리님은 말씀하시지만 언제까지고 그렇게 질질 끌 수만도 없는 일. 불운한 자기 신세의 결말도 짓지 않으면 안된다. 천지간에 기댈 곳 하나 없는 자신의 고독한 처지를 생각하고 오테쓰는 소매를 적셨다.

새 며느리가 그만 나가달라는 식으로 대하는 것이 화가 나 견딜 수 없었다. 그러다 보니 거꾸로, 앞으로 그 며느리의 수발을 받으며 죽어갈 노인네가 가엾어서 마음이 아프다.

오테쓰는 3조짜리 현관을 가득 메운 짐을 정리하고 있다. 작은 경대를 접어서 고리짝 안에 넣는가 하면, 책 두세 권을 그 구석에 찔러 넣기도 하고, 이불이나 자리옷을 큰 보자기에 싸기도 한다. 어제 손질한 올린머리에 이세자키 메이센(伊勢崎 銘仙)[57]으로 만든 홑겹옷, 검정색 공단의 오비를 맨 모습은 그런 대로 말숙하다.

덜컹덜컹 소리가 나더니 인력거가 도착했다.

곧 자시키로 가서,

「그럼 노마님, 그 동안 신세 많이 졌습니다. 모쪼록 조리 잘하시고요……, 요다음에 찾아뵐 때는 건강하시기를 ……」 하고 말하다가는 목소리를 흐렸다.

「벌써 가는 게야」 하며 노모는 일어나 앉으며,

「여러 가지로 신세 많이 졌네. 넉넉히 인사도 했으면 좋으련만, 내가 이런 꼴이 돼놔서……」 하고 잠시 말을 끊었다가,

「어제, 대만에 간다고 하는 것 같던데, 그렇게 먼 데로는 가지 말게…… 도쿄에 있으면서 오다가다 들러 줘!」

노모의 눈에도 눈물이 비쳤다.

「나리님에게도 인사 전해 주세요…….」

「그럼, 잘 말해 주고 말고. 그 사람도 자네한테 신세 많이 졌네…….」

「아녜요. 무슨 말씀을.」

갑자기 「오케이는 뭐하는 거냐? 오케이! 오케이!」

「놔두세요. 아랫방에 계시니까, 제가 가 보죠.」

하며, 툇마루쪽으로 나가려는 참에 오케이가 얼굴을 내밀었다. 해서, 작별 인사가 다시 되풀이되었다.

짐은 인력거꾼이 실었다. 오테쓰는 발등을 가죽으로 덮은 굽높은 나막신을 신고, 뒷길의 작은집에도 인사하고 오겠다며 문을 나섰다. 파아란 잎사귀에 내리 쏟아지는 빗줄기. 길

118

게 이어지는 섶나무 울타리로 해서 누런 보리밭을 따라 서둘러 가는 지우산. 이윽고 얕으막한 문 안으로 우산이 사라지는가 싶더니, 십여 분쯤 지나자 이번에는 센노스케의 젊은 아내와 나란히 이쪽으로 걸어오는 것이 보인다.

문앞에는 그래도 오케이가 전송하려고 나와 있다.

「지금이라도 인력거를 한 대 더 부르는 게 낫지 않겠어요?」

하며 짐으로 가득찬 인력거를 보며 오우메가 말했다.

「괜찮아요, 바로 저기 야쿠오지(藥王寺) 앞에 아는 사람이 있어서, 우선 거기에 좀 있을 생각이니까요.」

덮개를 반쯤 씌운 인력거가 움직이기 시작했다.

장마비가 쏟아지는 가운데 지우산을 받치고 세 사람은 작별 인사를 나누었다.

「잘 가요.」

「안녕히 계세요.」

오테쓰는 인력거 뒤를 따라 언덕을 올랐다. 자신의 불행한 처지, 앞날의 불안이 가슴을 메어 와 눈물이 절로 흐른다. 언덕 위에 올라 뒤돌아보니, 푸른 잎새들로 둘러싸인 얕으막한 집에 비가 비스듬히 빗발치고 있고, 센노스케 젊은 아내의 지우산이 마악 문 안으로 들어가려는 참이었다. 오테쓰는 떠나온 집에 대해 생각하면서 진창길을 걸었다.

장마비가 계속 쏟아진다. 마당의 무성한 잎사귀들은 낮은 추녀를 가리듯 덮고 있다. 바닥의 다다미는 습기로 울룩불룩해지고, 곰팡내 섞인 습한 공기는 사람의 기분까지도 축축 처지게 했다.

주인은 낡은 장화를 신고 매일 아침 빗속을 뚫고 출근한다. 오테쓰가 떠나 버린 집안은 갑자기 쓸쓸해졌다. 며느리 오케이는 그래도 성심껏 환자를 돌봐 주려 하지만 아무래도 노모 마음에는 들지 않는 모양이다. 죽이 입에 맞지 않는다거나, 살림살이 다루는 일이 서툴다거나, 비위를 맞추려 하나 잘 맞아떨어지질 않거나 해서, 아무튼 불만이 잦다.

노모는 늘 말도 없이 찡그린 얼굴로 잠자리 위에 일어나 앉아 쟁반에 놓인 작은 냄비의 죽을 자못 맛없다는 듯 혼자 먹었다.

어깨를 쓸어 드릴까요, 해도 오케이에게는 거의 맡기지 않았다. 며느리 입장에서는 그런 취급을 받는 것이 너무나도 괴롭다. 그러나 어떡하든 어머니의 기분을 맞춰 드려야지 하는 생각은 스물여덟의 재혼녀에게는 별로 없는 모양이다. 센노스케의 아내에게 뒷일을 맡기고는 기분전환하러 휑하니 이웃집으로 가 버린다. 주인이 돌아오면 쪼르르 서재로 따라들어가 뭔가를 한참 소근거린다. 특별히 시어머니의 뒷말을 하는 것도 아니건만, 그것이 적잖이 어머니의 기분을 상하게 했다. 「봐라, 오케이가 또 속없는 남편한테 알랑거리면서 남의 흥을 보고 있잖니?」 하며 곁에서 시중들고 있는 오우메에게 턱짓을 해 보이곤 했다.

게다가 손주녀석이 좀체로 오케이를 따르지 않았다. 「할머니, 할머니」 하며 노모에게만 기대고, 새어머니는 안중에도 없다. 학교 가는 일, 옷 입는 일, 신발 신는 일 등등 하찮은 일에서도 자주 다툼이 일었다.

오테쓰가 돌아가고 나서 오케이는 아들 아이를 데리고 잤다. 어느 날 밤 아이는 잠을 설치며 심하게 울어댔다. 그러자 노모는 「느이들한테는 애도 못 맡기겠다. 료도 료다. 제 자식인데 어쩌면 그럴 수가 있니」 하면서 다음날 밤부터는 자신의 모기장 한켠에서 재웠다.

환자는 밤잠을 잘 이루지 못했다. 모기장 속엔 사방등이 희미하게 불을 밝히고 있고, 물체의 그림자가 어두컴컴하게 방안에 드리워져 있다. 약병이랑 과일통조림, 물주전자 같은 것이 베갯맡에 놓여 있다. 방 칸막이로 후스마가 있지만, 문틈이 잘 맞질 않아서 부부가 자고 있는 옆방인 자노마의 램프 불빛이 새나온다. 시계 소리가 유난히 크게 들린다. 그러고 보니 족제비라도 사는 모양인가, 이따금 천정에서 요란한 소리가 났다.

램프 불빛이 갑자기 사라진다.

장마비가 며칠이고 계속해서 내린다.

뒷밭의 보리는 이미 누렇게 익어서 곧 거둬들여야 할 때다. 늙은 농부 부부가 도롱이에 삿갓을 쓰고, 비에 푹 젖어 밭일을 하고 있다. 길이 엉망이 돼서 굽높은 나막신을 신은 발이 진흙에 빠져 꼼짝 못하는 젊은 여자의 모습도 보인다. 센노스케는 마땅히 팔 곳도 없는 긴 소설에 손을 대기 시작했다. 두부장수의 딸랑이 소리도 비에 젖어 있고, 주문 받으러 돌아다니는 술집 아저씨 삿갓에서도 빗방울이 뚝뚝 떨어졌다. 매실이 노랗게 익어 갔다.

어느날 저녁 무렵 인력거가 와서 문간에 닿았다. 이윽고 두어 살짜리 어린아이를 안고 머리를 동여맨 30대 초반의 시골아낙 같은 여자가 모습을 나타냈고, 인력거꾼이 커다란 보퉁이를 끌어안고 앞장서 격자문을 열었다. 여자는 새된 목소리로 사람을 청했다.

현관으로 나온 주인은,

「어이구, 오요네구나.」

「오빠!」 하는 목소리엔 사뭇 그리움이 배어 있다.

「어머니, 어쩌다 이렇게 되셨어요」

자시키에 들어가 초췌해진 어머니의 모습을 보자마자 오요네는 목소리를 떨면서 말했다. 감정이 북받쳐 주체할 수가 없는 것이다.

「오요네구나, 잘 왔다 잘 왔어.」

「어머니—.」

말을 못 잇고 얼굴을 묻었다. 가는 줄무늬의 겹옷을 입고, 머리는 빗으로 감아 올려 붙였다. 살결이 거무스름하고 넓적한 이마에 삐드렁니, 영락없는 시골 장사치 마누라 같은 모습인데, 무릎에 매달리는 두어 살짜리 여자아이를 끌어안더니 가슴을 풀어헤치고 커다란 젖을 꺼내 물렸다.

「이렇게 나쁘리라고는 생각도 못했어요.」

말하는 오요네의 감정은 얼마간 진정된 듯싶었다.

「그래두 용케 올 수 있었구나?」

「올 수 있었는지 없었는지 원……, 어차피 무리 안하고는…….」

「무리해서 온 거라면 뒷탈이나 없겠니?」

「그래두 엄마가 이렇게 중병이 들었는데…… 내가 어떻게 안 와 봐요. 무리에 무리를 해서 온 거죠.」

라며, 얼마간 자포자기한 듯한 말투다.

오요네는 억척스러운 데다 성깔이 있어서 남편과도 자주 티격태격하고, 그때마다 사네 안 사네 말도 많았다. 그래서 주인도 어머니도 오요네 때문에 적잖이 애를 먹었다.

오요네는 또 오요네대로 자기 혼자만 시골에 남아, 가난한 베짜는 집 마누라로서 올망졸망한 아이들과 무기력하고 무심한 남편 때문에 마음고생이 심했다. 어제 집을 나올 때만 해도 남편은 물건을 받으러 나가지도 않고 골이 나서 술에 취해 자빠져 있었다. 굳이 간다면 두 번 다시 돌아오지 말라고 윽박질렀다. 오요네는, 아무렴, 갈라서 주신다면 바라던 바 올시다! 하고 나와 버렸다. 눈치빠른 열 살짜리 딸이 알아채고 울며 따라나오는 걸 완강하게 뿌리치고 왔다.

「아범은 여전히 그 모양이냐?」

「맨날 그 타령이지 뭐.」

「그래도 장사는 잘 꾸려가겠지?」

하며 환자는 새삼 마음이 언짢다.

「장사도 열심히 하면 모를까 …… 게으름만 피운다니까.」

「요즈음은 경기가 좋다잖았어?」

「그야 아시카가는 한참 경기가 좋죠. 여름 물건은 꽤 재미를 보는 거거든요. 그러니 이럴 때 조금만 더 열심히 하면 좀 좋아요.」

「왜 그 모양일까, 참.」

오요네는 잠자코 있다.

어머니는 딸을 지긋이 보고 있더니,

「너 또 가졌구나?」

「예……」 하며 오요네는 부끄러운 듯, 화가 난 듯 얼굴을 조금 붉혔다.

「몇 개월째냐?」

「이 달로 벌써 5개월 …….」

「참 답답하구나, 애는 자꾸 늘어가는데 싸움질만 하고 있으니…….」

오요네는 기분이 상해서 가만히 고개를 떨구고 있다.

그때 마침 주인이 차를 가지고 왔다. 며느리인 오케이는 초대면이라 옷을 갈아 입고 나왔다. 한 차례 인사가 오갔다. 오요네는 선물로 가지고 온 상품인 발 고운 기모노 옷감 한 감을 약소하나마 성의 표시로 새 올케에게, 또 한 감은 어머니의 자리옷으로라도…… 하고 내놓았다.

잠시 이런저런 얘기를 주고받고 있다가 오요네가,

「올케 언니, 정말 보통 일이 아니겠어요」 하자,

「아니예요, 아직 이것저것 모르는 게 많아서…… 제대로 할 줄 아는 것도 없습니다……」 하고 장황한 어투로 인사를 한다. 뺀질뺀질한 게 얄미운 느낌이 드는 사람이라고 오요네는 생각했다.

「할머니」하며 손자 히데오가 들어오다가 낯선 손님이 있으니까 주춤하고 서 있다.

「히데짱, 아이구 많이 컸구나!」

「할머니, 연필 사게 돈 줘.」

「이런, 손님이 계신데. 엄마가 곧 줄 테니 인사부터 드려야지.」

「할머니, 할머니.」

「그래, 그래, 줄게」하며 환자는 이불 밑에서 지갑을 꺼냈다. 시골에서 누이가 왔다 해서 센노스케도 이윽고 건너왔다.

三十四

저녁 무렵의 갑작스러운 소란. 주인은 램프 내다 걸랴, 화로불 보랴, 어머니 수발 들랴…… 나중에는 찬가게에라도 가 보고 오겠다며 우산을 쓰고 나갔다.

며느리는 풍로에 팔락팔락 불을 피워서 반찬 준비를 서둘렀다. 어느덧 어둠이 내려 앉았다. 밖에서는 가느다랗게 다시 비가 내리기 시작하고, 이웃집 이층에서 흘러나온 불빛이 희미하게 어둠을 갈랐다. 딸아이가 신통하게도 잘 자고 있어서 오요네는 모처럼 어머니의 식사시중을 들었는데, 그 일이 끝나자 냄비와 쟁반을 부엌으로 물리고 센노스케가 앉아 있는 나가히바치 옆에 와서 앉았다.

사내아이는 램프 불빛 아래서 사가지고 온 연필로 공책에 글씨쓰기 연습을 하고 있다.

「히데짱, 고모 알겠니?」

히데오는 잠자코 쓰고 있다. 머리를 들어 보려고도 하지 않는다. 문득 터진 소맷자락이 눈에 띄어서, 참말로 어미 없는 자식은 가엾구나 하는 생각이 들었다.

「참한 색시를 얻었다며?」

「뭘…….」

「열아홉 살이라구?」

「응.」

「오빠두 너두 모두 자리잡아서 어머닌 이제 한숨 놓으시겠다.」

「응」 하며 센노스케는 오늘치 신문을 보고 있다.

「이제 어머니만 건강하시면 되는데…….」

「정말이야…….」

신문을 옆으로 밀쳐 놓고,

「얼마 동안은 간병해 줄 수 있다고 했지?」

「그럼…… 이번엔 그럴 작정으로 온 거니까, 한두 달 쯤……」

「그렇게 해 주면 어머니도 마음 든든하실 거야. 여기 형수님도 우리집 사람도 결국은 남이잖아. 역시 피붙이가 있어야……」

「그렇구 말구.」

문득 얼굴을 가까이 대고 작은 소리로 「어머닌 아주 나쁘신 거니?」

센노스케는 그저 고개를 끄덕여 보인다.

「나중에 자세히 듣게 되겠지만…… 큰일이네」 하며 얼굴을 흐렸다. 이윽고,

「히데오(秀雄)두 잘 있지?」

「응.」

「좀 못 와 보려나?」

「좀 있다가, 여름 휴가 때 다니러온다고 연락이 왔었어.」

「정말 오랫동안 못 봤네, 아주 근사해졌겠다.」

「응.」

「아직 중위 계급장은 못 달았대?」

「그렇게 빨리 되겠어? 연한이란 게 있는데, 아마 내년이면 될 거야.」

「중위라도 되면 좋은 색시를 맞을 수 있겠는데」 하며 오

요네는 웃는 얼굴이 된다.

「웅.」

센노스케는 별로 신명이 나지 않는 어투다

현관의 격자문이 열리는가 싶더니, 「모처럼 대접 좀 할까 하고 가 봤더니, 뭐가 있어야지. 역시 여긴 시골이라」하며 주인이 들어왔다. 얼마 안 있어 상이 차려지고 아쉬운 대로 마구로(다랑어)회, 두부국, 누에콩, 밥이 모자랄 듯해서 메밀국수가 여섯 장 정도 놓였다. 술이 나오고 주인은 센노스케에게 술잔을 내밀었다.

환자는 오랜만에 딸을 만나서 기분이 좋다. 여느때 같지 않은 밝고 떠들썩한 저녁식탁의 단란함. 시골에 살던 때의 아야기가 나오고, 그곳의 이 사람 저 사람에 대한 얘기로 화제가 끝이 없다. 문득 생각하니, 오요네는 큰딸 아이의 우는 얼굴도 잊고 있었다.

三十五

오요네와 오케이는 얼마 안가서 부딪치기 시작했다.

오요네가 어머니의 뒷바라지를 하면 할수록 오케이는 따돌림당하는 것 같은 서운한 기분이 들었다. 오요네는 오케이가 뺀질뺀질대면서 환자의 간병도 제대로 하지 않는 것이 화가 나서, 일만 있으면 톡톡 쏘아댔다. 그래도 처음 얼마 동안은 속으로만 그럴 뿐 겉으론 내색을 하지 않았지만, 이삼일 사이 어머니의 병세가 뜻 같지 않자 집안 분위기가 어둡게 가라앉으면서 모두들 신경이 날카로워졌다. 그럴 때는 별 수 없이 감정의 부딪침이 잦기 마련이다.

장마철에 부엌 지저분한 것이 깔끔한 오요네의 신경을 유난히 건드렸다. 항아리에서 물을 푸노라면 밑에서부터 앙금이 장구벌레와 함께 떠오른다. 개수대에는 밥알 찌꺼기가 덕지덕지 붙어 있고, 설겆이 할 냄비나 그릇들이 한구석에 그대로 쌓여 있다. 찬장을 열라치면 곰팡내가 코를 찌르고, 지저분한 접시나 그릇이나 간장 종지 같은 게 어수선하게 흩어져 있다. 오요네는 없이 살기는 해도 부엌이 너저분한 것은 질색이다. 그래서 어느 날, 모처럼 아침부터 구름이 잠시 물러가고 푸른 하늘에서 환한 햇살이 사방으로 퍼지자, 오요네는 딸아이를 들쳐 업은 채 바지런히 이불을 말린다, 잠옷을 말린다, 나막신을 말린다, 하더니 막판에는 맨발로 항아리의 물을 새로 갈고, 굽높은 나막신의 진흙이 수북이 쌓인 하수구를 깨끗이 씻어냈다.

올케도 그저 보고 있을 수만 없어서 찬장 속을 열심히 닦고 있는데,

「언니, 내가 할게요」 하고 오요네가 말했다.

별다른 뜻은 없었다. 그저 한마디 했을 뿐이다. 그러나 서로간에 좋지 않은 감정 상태이다 보니, 그것이 적잖게 오케이의 기분을 상하게 했다. 남이 하는 일에 대체 깨끗하다느니 더럽다느니 웬 참견이람 하고 화가 나서, 휘익하고 저쪽으로 가 버렸다.

그 태도가 오요네의 비위에 거슬렸지만, 마음대로 하라지, 더러우니까 깨끗이 하려는 거지 하는 투로 열심히 정리할 것은 정리하고 씻을 것은 씻었다.

부엌 청소를 끝내자, 이번엔 빨래에 달려들었다.

「언니, 오빠 빨래거리도 내놔요, 하는 김에 할 테니…….」하며, 4조반방을 들여다 보며 굳이 말하자,

「아녜요, 됐어요.」하는 소리뿐이다.

「되긴 뭐가 돼요. 더러워서 냄새가 날 지경이잖아요. 사양말고 내놓으라는 데두요.」

「내가 나중에 빨 거예요.」

「나중이라니. 낮에 빨아서는 다 안 말라요. 내일도 날씨가 좋을지 어떨지는 모르는 일이고.」

「됐어요, 내가 빨 거라니까요.」

목소리가 뾰족해 있다.

「상관 말고 놔두려무나…… 저리 말하니.」

하고, 시끄러운 소리를 듣다못해 환자가 한마디 거들었다.

「정말 보통문제가 아니라니까, 한심해서 원」하며 오요네는 혼자말로 중얼거리며, 우물가로 갔다. 두레박 퍼올리는 소리가 나고, 이윽고 빨래하는 소리가 철퍽철퍽 들린다.

장마 중간의 모처럼 맑게 개인 날씨, 환자는 스스로 이불 위에 일어나 앉았다. 툇마루에는 이불이랑 솜을 둔 잠옷이랑 옷가지들이 주르륵 볕을 쬐고 있다. 환자는 마당의 푸르른 잎새들과 파란 하늘을 물끄러미 바라보고 있다. 한달 전과 비교해 보면 눈에 띄게 쇠약해져 있다. 주름진 얼굴은 누렇게 떴고, 날카롭던 눈은 이제 그 빛을 잃었다. 이가 빠진 입은 벌어진 채고, 아무렇게나 붙들어맨 머리는 허옇고, 가슴 언저리는 차마 보기 괴로울 정도로 앙상해져서 머잖아 이 세상 사람이 아닐 거라는 건 한눈으로도 알 수 있다. 환자는 혼자서 말라빠진 손을 무의미하게 뒤집어 보고 있다.

三十六

환자가 종일 괴로워하다가 간신히 진정이 된 어느 저녁 무렵, 오요네는 아이를 안고 뒷길의 작은집 툇마루에 걸터

앉아 센노스케와 이야기하고 있었다.

「아무래도 저렇게 아파하신다면 보통 일이 아니야.」

「그러게 말이야.」

「무슨 방도가 없을까.」

「손을 써 볼 만큼은 다 써봤는데도…….」

「그야 오빠도 너도 할 만큼은 다 해 봤겠지만…….」

「그 병은 도저히 어쩔 수 없대나 봐.」

오요네는 한숨을 내쉬며,「인제 좀 편히 사실 만하게 됐는데, 어머니도 참 복도 없으셔. 이젠 너도 이렇게 한 살림나고, 히데오(秀雄)가 어머니 한 사람 정도는 어떻게 해드릴 만큼은 됐으니, 불편하다면 오빠네하고 같이 안 살아도 될테고…….」

「정말로 복도 없으시지.」

하고 센노스케도 한숨을 토해내더니「통증이 시작되면 마음이 급해져서 손도 제대로 쓸 수 없겠지만, 그래도 간병 좀 잘해 드려.」

「그럼, 물론이지…… 그 때문에 와 있는 건데…… 그래두 말야, 새언니란 사람은 좀 너무해.」

센노스케가 아무런 대답을 안하자,

「어머니 수발도 제대로 안든다니까. 뒷방에 틀어박혀서 뭘 그렇게 꾸무럭거리고 있는지. 아까만 해도 그래. 어머니는 그렇게 아파하시는데 얼굴도 안 비치는 거야. 정말 질렸어.」

「그러니까 피붙이가 제일이라는 거 아냐.」

「그야 피붙이보다 더한 건 없겠지만, 그래두 저런 며느리두 없을 거야. 열이 받아서 내가 두팔 걷어 붙이고 하는 거 아냐, 어머니 수발이든 히데오(英男) 뒷바라지든 닥치는 대로 말야…… 자기는 그러면서 오빠한테 별별 소릴 다 일러바치는 거야. 애들도 안 그러겠다, 서른 살이나 다 돼가지고 서방한테 찰싹 붙어서 울었다 웃었다…… 그러니까 어머니도 화를 내시지. 저런 며느리는 다신 없을 게다면서.」

그러더니 곧 이어서,

「요전에도 저녁밥을 먹고 있는데 오빠가 말야. '오요네, 오케이가 아직 서툴러서 그러니 니가 잘 이해하고 사이좋게 간병해 줘', 글쎄 그러잖아. 오빠가 어떤 사람인 줄 아니까 별달리 마음에 두진 않지만, 아무래도 저 오케이가 일러바쳤다고 생각하면 약이 올라서 말야. '뭐 사이 나쁘게 한 것도 없는 것 같은데' 하니까, '너는 어머니 수발에만 신경 쓰고, 부엌일은 하지 않아도 돼' 그러는 거야. 울컥하고 치밀어 오르는 걸 꾹 참고 '응' 하고 대답해 줬지. 내가 아무리 촌년에 가난뱅이지만 경우는 알고 있으니까」

「무슨 소용 있겠어, 그런 소리 한들. 아무튼 사이좋게 지내지 않으면 정말 다들 힘들 거야.」

「그야 나로선 올케되는 사람이니까, 저쪽에서 제대로 해주면 얼마든지 대접해 줄 수 있지…… 허지만 너무 어처구니 없이 구니까 그렇지.」

「그렇게 뻣뻣하게 그러지 마.」

「그치만 너무 비위에 거슬리는 걸. 나는 온 지 이삼일밖에 되지 않았을 때라서 잠자코 있었지만, 어머니가 뭔가 좀 언짢은 말씀을 하시니까 글쎄 오빠가 '그렇게 무리한 말씀을 하시면 어떻게 해요. 오케이는 어머니 간병만 하는 게 아니잖아요' 그러잖겠어. 정말 너무하지 않아. 오빠도 그렇게 말하는 게 아닌데, 자기 여편네가 쏘삭거리니까 그런 말을 하는 거야. 난 너무 분해서 눈물이 다 나왔다니까」

「어머니도 너무 까탈스러우시니까 형도 불쑥 그런 말을 한 거야.」

「아무리 까다롭기로, 그래두 너무 하잖아. 저런 환자한테…… 언제 죽을지도 모르는 환자한테…….」

하며 못내 분해한다.

「그래, 그래두 사이좋게 간병하도록 해야지…….」

「그만 됐어, 저런 인간한테 간병 같은 거 안 받아도 좋아. 내가 무슨 수를 써서라도 돌봐 드릴 테니까.」

「바로 그게 틀렸다니까.」

「틀려도 좋아.」

하며 점점 더 열을 올린다.

「글쎄, 누이가 그렇게 형수하고 사이가 틀어져 있으면, 환자도 마음이 불편하고 형도 힘들어…….」

오요네는 잠시 말없이 있더니,

「정말 저렇게 얄미운 여자도 다신 없을 거야. 그래서 난 될 수 있는 대로 말도 섞지 않고, 옆에도 얼씬거리지 않아. 게다가 암내도 지독하고.」

하며 부러 얼굴을 찡그려 보인다.

「누이도 참 유난스럽기는…….」

하며, 센노스케는 웃어 버렸다.

「오빠도 참 여자복도 없지. 곱슬머리에다 암내라니…….」

「글쎄, 사람을 그런 식으로 흉보는 건 좋지 않아」

「시집온 지 두 달도 안된 주제에 어엿한 마누라 행세를 하려 드니까 아니꼬운 거지. 뭐라두 제대로 할 줄 아는 게 있으면 그래두 봐 주겠는데, 히데오(英男) 봐 주는 거 하나도 옳게 못하면서 어떻게 여기가 내 집입네 할 배짱이 있는지 몰라.」

「그거야 이 집의 며느리니까……..」

「저런다니까, 글쎄. 너도 뭘 몰라서 하는 소리지. 저런 여자한테 요시다 집안이 휘둘리는 걸 가만 보고만 있을 줄 알구. 난 태어난 본가니까 언제든 들어와서 떳떳하게 있을 수 있어. 저런 여자한테 죽어 지낼 것 같애?」

「그야, 기죽어 있지 않아도 좋지. 사이좋게만 지낸다면 야……..」

「누가 기죽어 있는데?」

아이가 울기 시작해서, 오요네는 일어나서 얼르며 마당을 걸었다. 얼굴에는 격한 감정의 흔적이 그대로 나타나 보였다. 센노스케의 전혀 동조하지 않는 말투가 한층 기분을 상하게 한 것이다. 센노스케는 이 누이의 어린 시절이 생각났다. 히데오(秀雄)가 아직 어렸을 무렵, 동네아이들에게 놀림받고 울고 들어오는 일이라도 있으면, 반드시 자기가 앞장서서 앙갚음을 해 주었다. 요시다의 딸이라 하면, 그 억척스러운 것과 눈이 예쁜 걸로 소문이 나 있었다. 집안에는 할아버지가 손수 베낀 『신쇼다이코키(眞書太閤記)』[58]와 『구스노키테이이히칸(楠廷尉秘監)』[59]이라는 책이 있었다. 누이는 그

책에 흠뻑 빠져서 히데요시(秀吉)나 마사시게(正成), 기요마사(淸正)를 마음속에 이상형의 남자로 간직해 둘 정도였다. 히데요시(秀吉)가 산길에서 교고쿠(京極)의 딸의 가야금 소리를 듣고 그녀를 사랑하게 되는 대목에 젊은 가슴은 얼마나 설레었던가. 센노스케도 이 누이의 영향으로 한때 영웅호걸에 흠뻑 고취되었었다. 그 누이가 이렇게 시골의 가난한 베짜는 집 아낙이 되다니…….

센노스케는 착잡한 기분이 되었다.

「요즈음은 책 안 읽어?」

「책 읽을 틈이 어딨어.」

「그래두 기분전환겸 가끔 읽어 보지 그래.」

「야담(野談) 같은 건 애아버지가 어쩌다 사들고 들어오긴 하지만, 그런 닌조본(人情本)[60]은 시시해서.」

「핫켄덴(八犬傳)[61]이라도 읽어 봐.」

「그런 게 있어야지.」

「아랫집에 있어. 형이 가지고 있잖아.」

「그래? 있다구?」 하며 자못 반가운 듯「정말 있어?」

아직 젊은 시절의 피가 흐르고 있는 듯했다.

「하찮은 일로 아웅다웅하지 말고 책이나 빌려서 봐.」

三十八

이윽고 누이가 돌아갔다.

센노스케는 혼자가 되었다. 아내는 목욕탕에 가서 아직 돌아오지 않았다. 생각하지 말자 하지만 어머니의 일이 절로 머리에 떠오른다. 오늘의 고통은 참 너무도 심했다. 말라빠진 육신을 둘 곳을 몰라 하며 괴롭게 뒤척였다. 곤냐쿠를 붙여도 안되고, 미리 준비해 둔 진통제로도 안되고, 오요네가 배를 세게 눌러도 효과가 없었다. 너무 아프니까 신경이 곤두서서, 짜증을 내며 안절부절 못했다. 곁에서 간병하는 식구들은 일분일초라도 빨리 아픔을 사라지게 하고 싶은 마음 간절하지만, 그 일이 그렇게 생각처럼 쉽질 않다. 환자의 이마에서는 비지땀이 뚝뚝 떨어졌다.

센노스케는 차마 보고 있을 수가 없었다. 처음에는 어머니의 고통에 대해 한없이 안타까운 마음이 앞섰지만, 나중엔 그것이 고통에 대한 혐오의 감정으로 바뀌었다. 신음 소리…… 창자를 끊어내는 듯한 신음 소리가 지금까지도 귀에 쟁쟁하게 남아 있다.

쉽사리 진정될 기미가 보이지 않자 오케이가 의사를 모시러 달려갔다. 의사는 공교롭게도 왕진중이어서 자리에 없었다. 대신 봐 줄 사람이라도 좋으니 빨리 보내달라 하고 돌아왔는데, 그게 또 그렇게 시간을 질질 끌었다. 드디어 대진해 줄 사람이 와서 한숨 놓았다 싶었더니, 가방에 넣어둔 주사기가 보이지 않는다는 것이다. 센노스케가 날 듯이 달려가 주사기를 가져왔다. ……별스럽게 가운데 가르마를 탄 대진의가 환자의 배를 헤치고, 아픈 곳에 주사를 놓았다. 어머니는 백발의 머리를 바닥에 댄 채 고통으로 일그러진 창백한 얼굴을 반쯤 드러내고 센노스케를 멍하니 보고 있었다. 눈물이 뚝뚝 떨어졌다.

「그 꼿꼿하시던 어머니가 어쩌다 저 지경까지 되셨을까.」
하고 생각하니 센노스케도 참담했다.

그래도 그걸로 우선 한고비 넘겼다.

센노스케는 다시금 이런저런 생각을 하다가, 문득 일어나 자시키에 이어진 툇마루로 갔다. 거기엔 며칠 전에 사다 걸은 해먹이 달려 있다. 등의자를 사고 싶었지만, 부족한 대로 그걸로나마 공상에 빠지는 즐거움을 맛보고자 했던 것이다. 사오자마자 기둥에 못을 쳐서 보기 좋게 매달아 놓고 아내와 번갈아가며 그 위에 누워 노을녘의 구름, 밤하늘의 별들을 바라보았다. 아내를 위해 가볍게 흔들어 주기도 했다.

센노스케가 익숙한 몸놀림으로 그 위에 올라 타자 해먹이 기분좋게 흔들거렸다. 벌써 어둠이 깔리기 시작했다. 석양 빛을 받아 한때 아름답게 물들던 구름도 사라지고, 저 멀리

언덕 나무 위로 별이 하나 둘씩 나타났다.

어머니 생각이 가슴 가득 끓어오른다. 스스로도 자신이 너무 다감하다는 걸 알고 있지만, 그래도 그 마음은 도저히 떨쳐낼 수가 없다. 의사의 선고도 모른 채, 언젠가는 나을 거라고 믿고 있는 어머니를 생각하노라면, 가슴이 답답해서 견딜 수가 없다.

반딧불이 하나, 열어놓은 자시키에서 빠져 나와 해먹 위를 날아갔다.

三十九

배달부가 문에 달린 우편함에 부스럭부스럭 우편물을 떨어뜨리고 가는 기척이 났다. 어제 부탁한 신문소설 건에 대한 답신일지도 모른다는 생각에, 센노스케는 부랴부랴 해먹에서 내려와 우편물을 꺼내보니, 요시다 히데오라는 커다란 글씨가 어둠속에서 흐릿하게 눈에 들어왔다.

히로사키에 있는 동생으로부터였다.

기대가 어긋난 것이 다소 서운하긴 했지만, 곧장 자노마로 가서, 어두워지면 켜 주세요 하면서 아내가 매달아 놓고 간 램프에 성냥불을 댕겨 붙였다. 그리고 그 아래서 봉투를 뜯어 편지를 읽었다.

큼직큼직한 글씨가 한칸에 대여섯 자 정도밖에 안 적혀 있다. 능숙한 것도 같고 서투른 것도 같은 자기식의 필체인데, 그 문장 또한 펜가는 대로 제멋대로다. ―하옵니다 하는가 하면―습니다 하다가, 또 말하는 투를 그대로 옮겨 놓기도 했다. 농담조가 있는가 하면 또 진지한 내용도 있다. 어머니의 병도 꽤 걱정하며 적어 놓았다.

가벼운 발소리가 들리며 아내가 돌아왔다.

갓 목욕에서 돌아온 얼굴은 뽀얗고, 엷게 화장한 뺨 주위가 아름답다. 프란넬 홑겹옷을 입고, 모슬린 오비를 매고 있다. 센노스케 손에 들린 편지를 보며,

「어디서?」하고 묻는다.

「히로사키」하며 오우메에게 건넨다.

오우메는 대강 훑어보고 나서,

「여전히 농담은 잘 하네요.」

「당신을 놀리는 대목도 있을 걸.」

「그러네요」하며 웃는 얼굴이 된다.

「그런데 뭔가 좀 달라졌지 않아? 그 거문고 탄다는 처녀가 애인이 된 게 아닐까?」

「그래요?」

「자, 봐, 여기 그렇게 쓰여 있잖아」하며 편지를 펼쳐 보

이며「여기에, 봐, 거문고 선생님과 함께라고 씌여 있잖아. 아무래도 이 대목이 수상해.」

「그렇군요.」

「분명히 연인이 된 걸 거야.」

「그럴지도 모르겠군요.」

하며, 몇 번이고 우려내서 맛이 엷어진 차를 따라 마시며,

「어떤 사람일까? 사진이라도 보내 주면 좋을 텐데…….」

「다음 번에 보내라고 해 볼까?」

「그래요」하더니, 곧,

「미인이겠죠?」

「글쎄…… 얼굴은 이쁠지 모르지만, 쓰가루 사투리라면 도리가 없지.」

「좀 그렇긴 하네요.」

「고등여학교에 다니고 있다든가 뭐 그랬었지? 지난번에 왔을 때.」

「예— 그랬어요. 지난번에 나한테, '형수님은 초등학교 졸업했죠?' 하데요. 그래서, 네 그래요, 나도 가고 싶었지만 집안 형편이 여의치 않아서 했더니, '안됐군' 그러더라구요. 기분이 좀 그렇대요. 그러더니 조금 있다가 '내가 하숙하는 집의 딸은 고등여학교에 다니는데' 그러잖겠어요?」

「싱겁기는」하고 센노스케는 웃었다.

「그런데, 언제 나온대요.」

「딱히 언제라고는 안 써 놨지만, 여름 휴가 때는 나올 걸.」

「그럼 8월이겠네요.」

「그렇겠지.」

「어머니가 저렇게 좋지 않으신데 좀더 일찍 나올 수는 없을까요.」

「못 올 것도 없겠지만서도…….」

四十

「빨리 오라고 하는 게 좋지 않을까요.」

「그렇게 말해 보지.」

「만에 하나 무슨 일이야 없겠지만…… 어차피 간병해 드릴 거라면 하루라도 이른 게 좋잖겠어요?」

「그래, 형도 오늘 그렇게 말했어.」

오우메는 문득 툇마루에 여름 방석이 나와 있는 걸 보고,

「누가 왔었어요?」

「으응, 시골 누이가 잠깐…….」

「내가 나가자마자?」

「응.」

「무슨 할 말이 있었대요?」

「그렇지 뭐, 워낙 별난 성미니까 이리저리 편안치 않은 거지 뭐.」

「큰 동서에 대해 뭐라 그랬지요?」

센노스케는 고개를 끄덕여 보인다.

「뭐라 그래요?」

「그냥 흉보는 소리지 뭐.」

「왜 그렇게 사이가 안 좋을까 몰라.」

「원체 극성맞으니.」

「그래요, 좀 극성스럽죠? 어머니 많이 닮았어요.」

「형제 중에서 제일 많이 닮았지.」

「당신도 닮았잖아요?」

「글쎄.」

「성미 급하고, 까다롭고. 난 가끔 아슬아슬해요.」

「그야 부모 자식이니까 얼마쯤은 닮았겠지.」

「도련님도 좀 닮은 데가 있어요. 그래도 아주버님이 제일 차분하시죠.」

「당신도 마찬가지야. 장모님 쏙 빼 닮았어.」

「그래요……」 하며 방긋 웃는다.

「요전에 스기다가 왔을 때 말야, 잡지에서 어떤 여자 사진을 보고 있었는데…… 맞아 맞아, 그 무슨 자작인가 하는 집안의 사진이었어. 자작과 자작부인과 그의 두 딸. 근데 그 맏딸이 꽤 미인이었는데, 자작부인을 빼다 박은 듯이 닮은 거야. 그러니까 스기다가, 아무리 미인이라도 나중에 자작부인 같은 할망구가 된다구 생각하니 사랑이고 뭐고 다 달아나네, 그러잖아. 그러더니 '자네 프라우도 무터 빼다 박았지!' 그러는 게 아니겠어.」

「무터가 뭐예요?」

「프라우는 아내, 무터는 어머니.」

센노스케는 웃으며 설명해 준다.

「스기다 씨가 그런 말을 했어요?」

「응.」

「너무해, 이번에 오면 한마디 해 줘야지.」

「너무한 거 없어. 나도 그렇게 생각하는 걸. 나이 먹으면 장모님처럼 허리를 굽신굽신하면서 꼭 그런 식으로 인사치레를 하겠구나 생각하면 지겨워지는 걸.」

「설마 내가…….」

하며 또 생긋 웃는다.

「근데, 누님이 뭐라고 흉을 봤어요?」

「암내가 난다는 둥 고수머리라는 둥, 좀 심한 말을 하대.」

「누님도 너무한 것 같아요. 그렇게 사사건건 걸고 넘어지지 않아도 될 텐데. 지난번에도 너무 심하게 하니까 아주버님이 화내셨어요. 그렇게 싸움만 할 거면 방해만 되니 차라리 집으로 돌아가라구요. 그러니까 누님도 지지 않고, 나는 어머니 간병하러 왔으니 돌아갈 수 없다구 그러대요.」

「정말 큰일이야.」

「형님도 사실 그렇게 나쁜 사람은 아녜요.」

「그렇지 그럼 …… 그래서 형은 처음부터 시골에서 누이가 오는 걸 달가와하지 않았던 거야.」

젊은 부부는 좀더 이야기했다. 이윽고 센노스케가 자시키로 가려 하자,

「오늘밤도 늦게까지 일하실 거예요?」

「응.」

「오늘은 빨리 끝내세요.」

「그러지, 조금만 쓸게.」

센노스케는 아내가 심심해 하는 걸 알지만, 그렇다고 해서 자신의 생명이나 다름없는 창작을 이유 없이 쉬는 건 스스로에게 허락하지 못한다. 그래서, 그날 밤도 늦도록 책상 앞에 붙어 앉아서, 뜻같이 나가지 않는 붓을 늦도록 움직였다. 이윽고 책상에서 물러났을 때는, 젊은 아내는 이미 깊은 잠에 푹 빠져 있었다.

四十一

　오요네가 와서 환자도 처음엔 꽤 반가워했지만, 날이 감에 따라 그 각별하던 감정도 차츰 시들해졌다. 좋은 점이 있는 반면에 성가신 일도 적지 않았다. 유난히도 허약한 계집아이가 찍 하면 징징거리고 울어댄다. 게다가 아직 대소변을 잘 못가려서 여기저기다 지려 놓는다. 더러워진 기저귀가 이리저리 굴러다니고, 잘못하다가는 한바탕 싸놓은 걸 밟는 일도 적지 않다. 센노스케는 아이들을 싫어해서 우는 소리가 들리면 언짢은 얼굴을 하는가 하면 때로는 「그 아이 참 잘도 우네」, 「누나, 거 좀 진작 달래주면 좋잖아」하며 툴툴거린다. 그러면 오요네는 금방 토라져서, 팔자가 기구하다 보니 무식한 남편 만나 고생하고, 형제들한테까지 무시당한다고 생각한다. 그러다가는 뭘 그렇게까지 거추장스러워하지 않아도 되잖아 하는 욱하는 기분이 되어서, 「애가 우는 건 당연하잖아?」하며 얼굴색을 바꾸고 발딱 일어나 툇마루로 간다. 그리고는 가슴을 반쯤 풀어 헤쳐 커다란 젖을 처억 꺼내 물린다. 다섯 달이나 된 눈에 띄게 불룩한 배를 끌어안고 아무렇게나 행동하는 폼은 보기에도 그리 좋은 꼴이 아니다.

　「오요네도 그런 남편과 살다 보니, 성질이 나빠져서 저러는 거니 어쩌겠니」 하고, 환자는 어느 날 센노스케에게 말했다.

　주인은 그래도 여자아이를 꽤 귀여워해 주었다. 안아 주는가 하면 얼러 주기도 하고, 때론 장난감 같은 걸 사다 주기도 했다. 거무스름한 살결에다 짱구에, 머리칼이 빨간 못생긴 아이인데, 그 웃는 것이 귀엽다면서 자주 놀아 주었다. 센노스케에게는 기이하게 생각될 정도였다.

　환자는 오요네의 도움을 받고는 있지만, 아이의 울음 소리와 그 거친 행동거지와 억척스럽게 기승을 떠는 일은 역시 싫었다. 오케이와 부딪치는 건 그렇다치더라도, 그것도 모자라 주인과 부딪치고, 센노스케와 부딪치고, 센노스케의 젊은 아내와 부딪치는 걸 보기란 정말 괴로운 노릇이었다. 한편 오요네의 입장에서는 시골집 일도 마음의 짐이려니와 큰딸 아이의 우는 얼굴이 계속 마음에 걸리고, 남편한테서는 편지 한 통 없는 것이 슬며시 걱정이 되었다. 자기 기분이 그렇게 편칠 않다 보니 이 사람 저 사람과 부딪치다 보면 그것이 또 불쾌해서 기분이 두 겹 세 겹으로 언짢아진다.

　이러한 상황 속에 어머니의 통증이 때때로 끼여든다. 장마도 거의 물러가서, 기분좋은 햇살이 구름 사이를 뚫고 환히 비치게 되었지만, 집안 분위기는 여전히 어둡고 무거웠다.

「아가씨, 나 어디가 나쁜지 말해 줄래요?」

「언니 같은 사람한테는…….」

「그러니까 말해 달라는 거지.」

「됐다니까요.」

오요네는 뾰족한 소리로 대답하며 자시키로 가 버렸다. 어느 일요일의 일이었다.

주인은 자노마에 있다가 부엌 쪽을 내다보며,

「또 무슨 일이야?」

한다. 오케이는 찬장 앞에 서서 얼굴을 가리고 사뭇 분해하고 있다.

「왜 그러는데?」

주인이 묻지만, 말을 들을까 봐 잠자코 있다.

「정말 골치아픈 사람들이네.」

주인은 불쾌한 듯이 말했으나, 굳이 풍파를 일으키고 싶지 않은 듯 더 이상 캐묻지 않았다.

한 시간 정도 지나 센노스케의 아내가 찾아왔다. 그러자 오케이는 손짓으로 오우메를 부엌으로 살짝 불러 들였다. 주인은 환자 방으로 가고 자노마에는 없었다. 오요네는 현관 옆 노송나무 그늘에 대야를 갖다 놓고, 깊이 잠든 아이를 업은 채 열심히 빨래를 하고 있었다. 그리고, 오케이와 오우메는 장시간 부엌 찬장 앞에 서서 무언가를 얘기하고 있었

다. 오케이의 소근거리는 낮은 소리에,

「예예……, 그렇고 말고요」 하는 오우메의 음성이 간간이
섞였다.

「세상에 그런 여잔 둘도 없을 거야. 하늘도 훤히 내다보
고 있는데.」

「예예……, 그럼요.」

그 곳으로 공교롭게도 오요네가 빨래비누를 가지러 왔다.

四十二

센노스케가 잠깐 마실을 와서는 주인과 나가히바치 앞에
앉아 세상 돌아가는 이야기를 하고 있었다. 빨래를 끝낸 오
요네는 툇마루를 통해 자노마로 올라와서는, 잠이 깨서 칭
얼거리는 등 뒤의 아이를 재주도 좋게 빙그르 돌려 앞으로
받아 안더니 그곳에 앉아서 젖을 물렸다. 뭔가 심상치 않은
기색이 얼굴에 역력히 내비쳤다.

오우메는 남편이 왔으므로 교대해서 집으로 가야겠기에
어머니에게 인사하고 자노마로 왔다. 그러자 오요네가 갑자
기,

「올케, 아까 무슨 얘기들 하고 있었어?」

「네?」

말투에 가시가 돋혀 있어서 센노스케의 아내는 깜짝 놀라 시누이의 얼굴을 바라본다.

「아까 부엌에서, 큰 올케와 무슨 얘기를 하고 있었느냐고 묻잖아.」

그러자 사정을 알아차린 오우메의 얼굴이 순간 빨개졌다.

「안 듣는다고 뒤에서 멋대로 찧고 까불고 해도 되는 거야. 정말 그럴 거야? 그렇게 사람 병신 취급하지 마. 못마땅한 게 있으면 떳떳하게 내 앞에서 얘기해야 할 거 아냐.」

상대가 서슬이 시퍼래서 몰아세우니까, 오우메는 그 자리에서 숨을 죽이고 있다.

「왜 그러는 거야?」

하고 주인은 정색하며 오요네를 본다.

「왜 그러느냐구?…… 오빠, 아까 비누를 가지러 부엌으로 가니까, 글쎄 이 두 올케들이 짝짜꿍이 돼가지고 내 흉을 보고 있는 거야. 그런 나쁜 인간이 어디 있냐는 둥, 하늘이 다 보고 있다는 둥……」 하고 목소리를 떨며 「나쁜 년이든 뭐든, 웬 잔말들이야. 난 어머니 간병하러 왔을 뿐이야.」

너무나도 분한 나머지, 눈물을 소매로 훔쳐낸다.

「또 그런 소리…….」

하며 주인은 달래려 든다.

센노스케는 얼굴을 찌푸렸다.

「가난하다고 사람 그렇게 무시하지 마」그렇게 말하는 오요네의 음성에는 울음이 섞였다. 「아무리 내가 시골 촌년에 가난뱅이라지만……」

「넌 툭하면 잘 삐쳐서 탈이야. 누가 널 가난하다고 무시해?」

「누구냐구? 다들 무시하고 있잖아.」

「니가 너무 기만 세우고 까다롭게 구니까 그렇지」하더니, 주인은 「오케이, 오케이.」

환자 옆에 가 있던 오케이가 그 자리로 왔다.

「당신, 오요네에 대해서 이러쿵저러쿵 흉봤어?」

「아니요……」

「세상에 저렇게 딱 잡아떼는 것 좀 봐. 내가 분명히 들었는데두.」

주인은 굳이 더 캐묻지 않고,

「정말 좀 사이좋게들 지낼 수 없겠어. 넌 여기 뭐하러 왔니? 어머니 간병하러 와 있잖아. 그러면 서로 양보하면서 마음에 안 드는 일이 있어도 좀 참고, 어떻게든 어머니를 더 잘 보살펴 드리는 게 도리 아니겠어. 그런데 이게 뭐냐. 별것도 아닌 일로 서로 으르렁거리며 아웅다웅 다투기만 하고. 오케이, 당신도 또 그렇지. 아무것도 모르는 오우메까지

끌여들여서 쑥덕거리기나 하니.」

오케이는 잠자코 있다.

주인은 옆에서 숨죽이고 앉아 있는 오우메를 향해 부드러운 어투로,

「그만 돌아가시죠, 집도 비어 있을 테니.」

오우메는 이때다 싶어 공손히 인사하고, 남편 기색을 살짝 엿보더니 툇마루로 해서 나막신을 신고 문밖으로 나섰다. 구루메콘가스리(久留米絣)[62]에 모슬린 오비를 맨 올린 머리의 뒷모습이 여름햇살 속에서 선명하게 비쳐 보인다.

四十三

뒤를 이어 또 한바탕 입씨름이 이어진다.

「대체, 왜들 그러는 거냐?」

「오빠, 나는 이렇게 괄시받고 무시당하면서 그냥 있을 순 없어요. 나쁜 년이라는 둥 뭐라는 둥…….」

「오케이, 정말 그런 말 했어?」

「아녜요……. 그런 말 한 적 없어요. 동서하고 그냥 얘기하고 있었을 뿐이예요.」

「그런 소리하면 안 되죠. 내가 이 두 귀로 똑똑히 들었다

는데두…….」

　　오요네는 분하다. 이렇게 애써 도와주러 와 있는데, 아이를 귀찮아 하질 않나 우는 것조차 시끄러워하질 않나, 정말 너무나도 서운하다. 어머니는 불치의 병, 남자 형제들은 여편네 비위나 맞추려 들고, 여차 할 경우 의지해야 할 친정이 어쩌다 이 모양이 됐을까 생각하니 새삼 자기 팔자의 기구함이 가슴에 사무쳐 서러움이 북바쳤다.

　　「오빠, 내게 못마땅한 게 있으면 내놓고 말해 줘요. 난 뒷소리 듣는 게 제일 싫으니까.」

　　「오케이도 뒷소리해선 안돼.」

하며 주인은 아내를 나무랐다.

　　「올케에게도 얘기해 줘!」

하며 오요네는 센노스케를 향해 말했다. 그 목소리가 자못 뾰족해 있어서,

　　「오우메는 그런 거 몰라.」

　　「그렇지만 아까 보니까 같이 그러던 걸.」

　　「흥을 보니 마니 …… 오우메는 누나 험담 같은 걸 할 사람이 아니야. 그리구 누나는 너무 극성맞어.」

　　센노스케가 기분이 상해서 이렇게 말하자,

　　「나도 극성맞긴 하다만, 그렇다고 자기 마누라 그렇게 싸고 도는 게 남자 할 짓이냐?」

그렇게 투실투실한 여자가 어디가 좋다고, 하는 비아냥이 오요네에겐 있었다.

「감싸주는 게 뭐가 나빠.」

「그야 나쁠 건 없겠지만…….」

「나쁠 거 없다면 그런 말할 필요 없잖아.」

「어쨌든 남자가 돼 가지고 마누라 비위나 맞추려드는 건 꼴불견이란 말이야.」

「웬 참견이야!」

하며 센노스케는 꽥 소리를 질렀다.

「됐어, 됐어, 그만들 해.」

하고 주인은 무마하며 「오우메는 아무것도 몰라. 그렇게 나쁜 마음이 있을 리도 없고……. 오요네, 너도 잘못했어. 공연히 쓸데없는 소리를 해 가지고…….」

「그래두 너무 하잖아.」

「관 둬!」

하며 센노스케는 벌떡 일어나더니 환자에게로 가 버렸다.

환자는 돌아누워 있었다. 여름의 한낮은 더워서 가벼운 자리옷도 뒤로 젖히고, 솜을 둔 잠옷을 가슴 위에 걸치고 있다.

「어머니, 뭘 좀 드시겠어요?」

환자는 힘겹게 돌아 누우며 센노스케의 얼굴을 보았다.

너무나 야위셨구나 하고 센노스케는 생각했다. 앞으로 한 달을 견디실까 말까 하다는 의사의 말이 떠올랐다.

「아무것도 드시고 싶지 않아요?」

어머니는 힘없이 끄덕였다. 자노마에서는 아직도 그 옥신 각신이 끝나지 않은 듯, 오요네의 빠른 말씨와 주인의 느릿한 음성이 들려온다. 이따금 오케이의 음성도 섞인다. 중간 막이인 후스마가 한 장 열려 있어서, 이쪽을 향한 환자의 눈에도, 오요네의 뒷모습, 나가히바치, 시계, 주인의 얼굴 등이 보인다.

「뭐라고들 하는 게냐, 아까부터.」

「그냥, 별 거 아니예요.」

「울면서 뭐라 하고 있질 않니?」

「누나는 정말 골치야, 쓸데없는 소리나 하고…….」

「어째 저럴까」 하더니, 갑자기 소리를 높여서 「오요네! 오요네!…… 오케이도 환자를 놔두고 무슨 말들이 그렇게 많은 게냐!」

그러자 자노마의 언쟁이 뚝 그쳤다. 오요네는 아이를 들쳐업고 툇마루로 해서 마당으로 내려섰다. 오케이는 부엌 쪽으로 갔다. 주인은 환자 방으로 들어왔다. 집 앞의 논 너머에 있는 학교에서 학생들이 체조하는 소리가 떠들썩하게 들려 왔다.

四十四

자잘한 부딪침들이 있는 가운데 시간이 흘렀다.

환자는 점점 나빠지기만 했다. 배의 통증도 그러하지만, 요즈음은 더욱 성미가 고약해져서 기분이 언짢을 때는 당할 재간이 없어, 간병하는 사람마다 너나없이 애를 먹고 있다. 특히 입맛이 제일 까다롭다. 진귀하면서도 몸에 이로운 것을 찾아내기란 그리 쉬운 일이 아니다. 우유는 옛날사람들이 대개 그렇듯 냄새조차 맡기를 싫어한다. 게다가 이삼일 새 병세가 악화되어 이젠 일어나 앉지도 못할 정도로 쇠약해졌다. 그런데도 신경은 반대로 더 예민해져서, 수 틀리면 물건을 집어던지거나 이 사람 저 사람 가리지 않고 마구 닥달을 해댔다.

오케이와 오요네는 끊임없이 티격태격하고 있다. 그러다 그런 기색이 조금이라도 눈에 띄면 환자는 사정없이 화를 냈다. 「느이들은 여기 왜 있는 게냐. 싸움이나 하려거든 썩 나가거라」며 짜증스런 음성으로 꾸짖었다. 그런가 하면 주인을 붙잡고는 「너는 하나밖에 없는 에미가 죽어가는 걸 보고만 있을 거냐. 왜 좀 나은 의사를 안 데려오느냐!」며 심한 말로 몰아세웠다. 어느 날, 센노스케가 비위에 안맞는 말을 하자 「멍청한 놈! 멍청한 놈! 대체 소설 쓰는 일이 뭐라고 그렇게 시건방을 떠는 게냐. 그래 가지고도 소설을 쓸 수 있을 줄 아는 게냐」하며 호통을 쳤다.

그전까지는 아이가 좀 울어도 「어린애가 우는 거야 도리 없잖니」했었는데, 요즈음은 「시끄러운 아귀 같으니라구. 오요네도 이제 느이 집으로 가 버려라」고 귀찮아했다. 딸자식이긴 하나, 오요네의 발끈발끈 하는 성깔이 피곤한 데다, 커다란 배를 안고 뒤뚱거리고 다니는 꼴도 보기 싫어서 눈쌀을 찌프리며, 「정말 한심한 인간 같으니라구. 제대로 키우지도 못하면서 아귀 같은 것들을 싸질러 놓기만 하니, 개 돼지와 뭐가 다르겠느냐」며 혀를 찼다.

어느 날 밤, 배가 아파서 누가 좀 와 봐라 하고 불렀다. 주인도 오케이도 낮 동안의 간병에 지쳐 깊은 잠에 떨어져 있었다. 당번인 오요네도 환자가 잠들어 있어서 잠시만 하고 아랫방으로 가서 막 잠이 든 참이었다. 두세 번 소리쳐 부르자, 간신히 알아들은 오케이가 모기장 밖으로 나오는데 그 모습이 칠칠치 못하다. 머리는 헝크러진 채, 잠옷 끈이 풀려 앞자락이 풀어헤쳐져 있었다. 환자는 아픈 배를 감싸쥐고 「끌어안고 잠만 자면 제일이냐!」

오케이는 못들은 척하며,

「눌러 드릴까요」하며 다가가자 자못 더럽다는 듯 무시하고는,

「료! 료!」

주인이 일어나서 오자,

「료! 너는 에미 은공도 모르느냐.」

「……」

「여편네하고 잠만 자면 다냐. 에미가 이렇게 아픈데, 모른 체 잠만 자고, 공자님이 그렇게 가르치더냐.」

주인은 대답할 바를 몰라한다.

「부모가…… 자식 길러내는 일이 예삿일인 줄 아느냐. 느이들이 이만큼 다 큰 것도 다 누구 덕인데…….」

환자라고 생각할 수 없을 정도로 말투가 격렬하다.

「어머니, 그렇게 심한 말씀은 그만두세요. 잠시 잠에 빠져서 얼른 못 일어난 것뿐이잖아요.」

「됐다, 그만. 이젠 느이 수발 안 받을란다. 가서 잠이나 퍼자거라.」

「그런 말씀 마시고…….」

「됐다니까, 병수발 필요없다. 나는 혼자서 죽을란다.」

매사 모든 일이 이런 식으로 까탈스러웠다.

四十五

툭 하면 「에미 은공을 잊었느냐」고 한다. 「에미가 죽어도 느이들은 눈꼽만치도 서운하지 않을 것이다」 하며 몰아세운다. 평소의 심술이 한층 더 고약해져서, 남의 약점을 물고 늘어졌다. 그런가 하면 마음 여리고, 슬프고, 우울한 그런 소리를 할 때도 있다. 마음속에서 우러나오는 깊은 정이 담긴 훈계도 누누이 되뇌인다. 마음의 상태가 눈에 띄게 극에서 극으로 달리고, 신경이 끊임없이 동요했다. 감정의 움직임도 모두 발작적이어서, 심리 상태를 도통 짐작해 낼 수가 없었다. 의식하지 않는다 하더라도 이젠 도저히 나을 수 없다는 무서운 사실이 이미 그 마음을 잠식하기 시작한 것이다.

어느 땐가, 무슨 생각 끝엔지 울고 있어서,

「무슨 일이 있었어요?」 하고 묻자,

「료! 죽는 게 싫다. 이런 좋은 세상에 나와서, 느이들도 다 크고 훌륭하게 되었는데, 내가 왜 죽어야 하니, 싫다!」
하며 서럽게 울었다.

「그런 일은 없을 테니, 마음 편히 가지세요.」

「아니야……, 이젠 죽을 수밖에. 의사는 낫는다 낫는다 하지만, 이제 죽을 수밖에 없어.」
하며 이불을 뒤집어 쓰고 더 더욱 섧게 울었다. 아무리 위로

하고 달래며, 의사가 한 말 중에서 희망적인 말만 골라 해드
려도 소용이 없었다. 마음이 약해질 때면 꼭 애들 같았다.

「저 세상에 가 느이 아버지 만나, 아이들은 모두 무사히
잘 커서 센에겐 색시가 생겼고, 히데는 훌륭한 아버지의 후
계자가 됐다고 얘기해 드리면 얼마나 좋아하실까……」
하며 흐느껴 울다가,

「아버지가 살아계시면 올해로 예순다섯, 아직 그 나이까
지 정정한 사람도 많더구만…… 나라를 위해서라며 빨리도
가 버리셨으니 너무도 아깝다. 노인네 아이들 뒷바라지 하
느라 세상 한 번 편히 못살아 보고……」
목소리를 작게 하며,

「그러고 보면 난 그래도 호사도 하고, 재미있는 일도 봤
다. 이제 죽은들 무슨 여한이 있겠느냐마는……」

오요네도 얼굴을 감쌌다.

「어머니, 그런 말씀은 마시고 나을 생각을 하셔야죠」 하
고 센노스케가 말하자,

「이런 몸으로는 아무래도 힘들어」 하며 센노스케를 보고

「넌 알고 있지, 아버지가 너를 제일 귀여워하셨던
거……. 네기시에 살 땐, 자주 널 새로 생긴 목욕탕에 데리
고 다니셨지. 기억 나니?」

늘 들어서 익숙한 얘기지만, 평소에 그저 재미있게 듣던

때와는 달리 이 경우엔 찡하니 가슴에 와 닿았다.

「나 죽거들랑 성묘 같은 거 신경 안 써도 좋다. 꽃 같은 거
안 꽂아 주어도 좋아.」

하면서 얼굴을 찡그리는가 싶더니 눈물을 뚝뚝 떨어뜨렸다.

「형제지간에 우애있게 지내고, 건강에 유의해서 이 생을 즐
겁게 오래오래 살도록 하거라.」

평소 까탈스러운 어머니인 만큼, 그 말씀 한마디 한마디
가 더 더욱 사람들 마음에 꽂혔다. 아무리 까탈스러워도 어
머니는 역시 어머니이다.

「오케이는?」

「잠깐 심부름 갔는데요.」

「오케이에게도 잘 전해다오. 료야, 의좋게 서로 도와가면
서…… 짧은 한세상이니까 어찌하든 재미있게 살아야 한
다…… 그리구 오요네도, 너무 딱딱거리지 말구…… 이건
유언은 아니지만…….」

「그만해요 어머니, 그런 말씀…….」

오요네는 참을 수 없다는 듯 가로막았다. 자리엔 잠시 침
묵이 감돌았다. 어머니의 일시적인 감정의 격랑은 얼마 있
다가 가라앉았는데, 문득 무슨 생각이 난 듯 센노스케에게,

「오우메가 애기 가진 모양이지?」

「그래요?」

하는 센노스케의 얼굴이 붉어진다.

「몰랐었니?」

「뭔가 몸에 변화가 있다고 했지만서두.」

「요전에 마당에서 매실을 먹고 있는 걸 잠깐 봤는데, 몸
이 왠지 무겁고 기운없어 보이더라.」

「하지만 아직은 잘 모르잖아요?」

「아냐, 그런 것 같던데, 뭘」

하며 오요네는 약간 웃음기를 띠었다.

四十六

정오 무렵 오우메가 간호하러 갔더니 어머니는 평소와는
달리 싱글벙글 기분이 좋아 보였다. 임신에 대해 물어 봤다
는 남편의 말을 들은 터라 필시 무슨 얘기가 있겠구나 싶었
지만, 첫 임신한 몸이다 보니 쑥스럽기도 하고 창피하기도
하고 무섭기도 하여 작은 가슴은 까닭없이 두근두근 뛰었
다.

심기를 건드려 빈정거림이라도 당하면 어쩌나 걱정하며
온 터라 시어머니의 웃는 얼굴이 더없이 기뻤지만, 그래도
왠지 얼굴을 보이는 것이 부끄러워 우물 쭈물하고 있는데,

「좋은 일이 있다지?」

웃으면서 어머니가 묻는다.

「……」

「달거리는 이제 안하지?」

「예…….」

간신히 대답하자 얼굴이 빨갛게 달아올랐다.

「잘 됐구나.」

환자는 보기 드물게 기분이 좋아서

「첫 임신이니까 각별히 조심해야 한다. 어쩐지 요전번부터 좀 이상하다고 했더니만…… 역시 그랬었구나.」

「……」

「아무것도 걱정할 거 없느니라. 마음을 편히 가지면 돼. 처음이니 만큼 뭐가 뭔지 잘 몰라 힘이야 들겠지만, 무리만 하지 않으면 아무 일 없을 게다.」

하며 한참을 며느리 얼굴을 쳐다보다가,

「얼마 된 일인데, 네가 임신한 꿈을 꾼 적이 있길래 실은 이제쯤은 애기를 가져도 좋겠다 싶었거든…… 그러고서는 네가 애기를 안고 있는 꿈을 꾼 적도 있었지. 이렇게 삐뚜름하게 안고 있어서 애기가 아주 힘들어 하잖겠니. 꿈이라는 건 참 묘한 거로구나.」

아픈 것도 잊은 듯이 기분 좋아하며,

「언제고 아이가 생길 때를 대비해서 헌 옷가지들을 조금 모아 두었느니라. 그것 좀 가져와 보렴」하며 자시키의 오시레를 보라고 한다. 오우메는 얼른 일어나서 도코노마에 접한 쪽의 문을 열자,

「아니 그 쪽이 아니고 저쪽」하며 손가락으로 가리킨다. 다른 쪽을 열어 보니, 윗칸에는 책과 잡지들이 가득하고 아랫칸에는 낡은 함 하나가 가로놓인 채 그 위에 여러 도구들이 올려져 있을 뿐, 그럴 만한 것이 눈에 띄지 않아 우물쭈물하고 있자,

「거기 없니? 큰 보자기로 싸 놓았는데……」

「없는 것 같아요.」

「그렇담 내가 잘못 알았나 저쪽 툇마루의 광문을 열어 봐라.」

과연 그 광의 한쪽 구석켠에 색바랜 큰 보따리가 하나 있었다.

「이건가요?」

「그래, 그래」환자는 고개를 끄떡인다.

머리맡으로 가져와서는 시키는 대로 펼쳐 본다. 보통이 속에는 이미 만들어 놓은 여러 장의 크고 작은 기저귀와 여러 가지 낡은 헌 옷가지들이 잔뜩 들어 있었다.

어머니의 처녀 시절에 입던 기모노의 헤진 조각이라든가,

어린아이들이 어렸을 때 입던 통소매 조각 따위들이 한데 섞여 있었다.

「애기를 낳게 되면 이런 허드렛 것들이 많이 필요하겠기에 지저분한 것 같지만 이렇게 모아 두었지. 기저귀도 지금 같으면 도저히 마련할 수 없었겠지만, 4월경이었기에 그나마 이거라도 장만할 수 있었단다.」

「이렇게나 많이…….」

기저귀를 뒤적여 보면서 나이 어린 며느리는 시어머니의 진심을 기쁘게 생각했다.

「집에 가져다 두렴.」

「정말 감사합니다.」

고마움을 표하곤 보따리를 본래대로 싸서 방구석에 놓았다.

「조금 쓸어 드릴까요?」

하며 옆으로 다가가니 물끄러미 오우메의 얼굴을 보며,

「내 몸이 성하면 산바라지도 좀 해 줄 텐데……」 한다.

너무나도 슬픈 듯이 보였다.

이윽고 오우메는 뒤로 돌아서 다리를 가볍게 주물렀다. 바싹 마른 것이 유난히도 마음에 걸렸다. 편안히 내맡기듯 두 다리를 나란히 뻗고 있지만, 그게 이상스레 잿빛으로 혈색이 없고, 정강이 같은 데는 메뚜기 다리처럼 가늘었다.

四十七

이러한 환자의 자상함도 모두가 일시적인 발작일 뿐이었
다. 우는 것도 웃는 것도 화내는 것도 짜증을 내는 것도 모
두 죽음의 불안과 공포에서 오는 것이기 때문에 어느 때는
초조와 불안으로 안절부절못하며 어쩔 줄을 몰라하곤 했다.
새싹이 나옴에 따라 고엽이 조락하는 것 같은 고통이 거세
게 그 가슴을 덮쳐 왔다.

기저귀를 꺼내 줄 때의 자상함은 나이 어린 며느리의 여
린 마음을 감동시켰지만, 그 후론 그와는 정반대로, 오우메
는 자신에 대한 시어머니의 태도가 너무도 변한 것을 차츰
느끼기 시작했다. 변했다. 완전히 변했다!

이제까지는 오우메의 통통한 혈색 좋은 얼굴을 마주한다
든지, 티없고 재빠른 말씨로 재잘거리는 얘기를 듣노라면
환자는 무언가 희망이 넘치는 기분이 되어, 그 부드러운 손
으로 어깨나 다리를 쓸어 주면 더없이 흡족한 기분이 되곤
했었는데, 임신이 확인된 뒤로는 모종의 싸늘한 감정이 환
자의 가슴에 자리잡기 시작했다. 새애기의 홀쭉해져서 어딘
가 요염해 보이는 얼굴이나, 눈 주위에 생긴 거므스름한 그
림자나, 슬슬 눈에 띄게 커져가는 젖가슴이나, 어쩐지 나른
해진 듯한 몸놀림이나, 투실투실 살이 올라 펑퍼짐한 몸매

를 보면, 지금까지 자기 것이라고 생각했던 것이 갑자기 자신에게 등을 돌려 버린 듯한 씁쓸하면서도 서운한 생각이 들었다.

오우메로서는 다리를 쓸어드려도 시어머니가 이전처럼 기뻐하지 않는 것을 처음엔 이상하게 생각했다. 가끔 가다 한 번씩 뭔가 비위에 안맞는다는 듯,

「이제 됐으니까 저리 가거라!」라며 쌀쌀맞게 말했다. 환하게 웃는 얼굴…… 유독 오우메에게만 보여 주던 환한 얼굴도 이제는 볼 수 없게 되었다. 뭔가 마음에 들지 않은 일이라도 한 게 아닐까? 남편에게 물어 봐도 그럴 만한 일은 없었다.

센노스케의 다감한 마음으로는 아내가 임신했다고 하는 사실이 왠지 부도덕한 죄악과 같은 기분이 들지 않는 것도 아니었다. 옛날에는 부모의 삼년상 동안은 부부가 각방을 썼다는 말도 있다. 부모의 죽음을 애도하는 마음이 간절하다면 당연히 그리 해야 할 것이다. 새삼 옛 중국 성현의 가르침이 센노스케의 마음에 와 닿았다.

생활은 여전히 어려웠다. 매달 이십 엔의 수입을 얻기가 힘들었다. 전력을 쏟아부은 장편소설은 완전히 실패해서 이백여 장 쓰고는 찢어 버리고 말았다. 값싼 번역일, 공상으로 꾸며댄 기행문. 그런 것들을 팔아서 겨우 생활을 이어갔다.

게다가 이제 겨우 이름이 알려지기 시작했을 뿐인데, 빗발치듯 날아드는 혹평, 그것이 무엇보다도 쓰리고 아팠다.

신혼의 달콤함도 점점 사라져 갔다. 반년 정도 지났을 때가 가장 파탄나기 쉬운 때라고 한다. 겉으로는 평탄해 보여도 안에선 여러 가지로 불만이 싹튼다. 요즈음 센노스케의 마음은 극도로 헝크러져 있다. 4조반 방에 있을 때는 번민이나 고통도 요컨대 아름다운 공상인 셈이었다. 지금처럼 실제적인 고통은 한 번도 경험한 적이 없다. 지금의 것은 번민을 번민으로 끝내 버릴 수 있는 것들이 아니다. 주관적인 수식을 덧붙여서 가치가 없는 것에도 가치를 부여하고, 호기심에서 쾌감을 쫓고 하는 것도 아니다. 그리고 이러한 절실한 고통이 어머니의 죽음을 기다리는 마음과 뒤엉켜서 센노스케의 뇌리를 어지럽게 맴돈다.

젊은 아내는 몸이 불어옴에 따라 다소 우울하게 변해 갔다. 평상시의 천진함도 얼마간 어두운 그림자를 드리우고, 툭하면 툇마루 끝에서 눈가를 붉히곤 했다. 나른하다면서 자주 자리에 드러눕고, 몸치장 하는 것도 귀찮은 듯 틀어올린 머리가 흐트러져도 다시 빗어 올리려 하지 않았다.

소맷자락에는 늘 푸른 매실이 들어 있었다.

四十八

아오모리를 오전 9시 50분에 출발한 기차는 해질녘 가까이에, 기타카미강에 펼쳐진 평야를 달려 히라이즈미로 향하고 있다.

후지와라(藤原) 3대의 위업, 서쪽의 교토를 모방한 시가지에는 지금까지도 해자의 흔적과 주춧돌과 옛 절이 남아 있고, 곤지키도(金色堂)[63]의 고색은 빽빽한 삼나무 숲 속까지 그 빛을 발했다. 시원한 물줄기, 산의 자태─바쁘고 조급하게 기차 여행을 하는 사람이라도, 이런 절경을 그냥 지나쳐 버리는 사람은 한 사람도 없다. 한바탕 그 고적에 얽힌 이야기가 기차 안 여기저기서 떠들썩하게 들려 왔다. 요시쓰네(義經)가 전사한 다카다치의 구릉을 손가락으로 가리키는 사람들도 있었다. 문득, 2등실 차창으로 소위 군복을 입은 거무스름한 얼굴이 보였다. 석양이 그의 한쪽 볼을 눈부시게 비쳤다.

군모를 오른손으로 누르고 긴케이잔(金鷄山) 쪽을 하염없이 바라보고 있다가, 기차가 고로모강의 철교를 덜컹덜컹 건너기 시작하자 얼굴을 제자리로 돌리고 바로 앉았다. 옆에는 큰 마대 가방과 으름덩굴로 짠 작은 바구니 한 개, 여행 안내용의 문예구락부가 놓여 있고, 신간의 가이코샤(偕行

社)[64]기사가 읽던 채로 그 위에 엎어져 있다. 앞자리에는 센다이의 상인이라는 파나마 모자를 쓴 한 사람뿐이었다. 바로 이 군인이 요시다 히데오다.

히데오는 작은형의 일을 생각했다. 작은형은 이름난 여행가로, 이 부근을 산을 넘고 물을 건너, 모리오카부터 아키타까지 돌아보고 이야기하던 것들이 생각났다. 이어서 그 자신이 히로사키로 부임하는 도중, 고적을 유람하다 기차를 놓쳐 하룻밤을 역전의 더러운 여인숙에서 지냈던 일도 떠올랐다. 작년 군사 훈련중 이 가도를 남하하여 남군과 고고타 부근에서 접전했던 기억도 스쳐 지나갔다. 그때 아군 대대는 연대의 주력이 되어 무서운 기세로 적의 주력 부대를 공격했다. 낮은 솔밭 지대에서였다. 허둥대는 적을 바싹 뒤쫓아가 끝내 몰아내 버렸다. 그때만큼 유쾌했던 적도 없었다. 야영할 때의 광경, 밤늦게 도착해서는 취사 당번으로 바쁘게 돌아치던 일, 갑작스런 명령을 받고서 늦은 저녁 식사도 끝내지 못한 채 출발했던 고생스러웠던 일들이 주마등처럼 떠오른다.

이어 히로사키 연병장의 지독한 황토 먼지 속에서 까맣게 된 채 사병들을 교육하는 자신의 모습이 눈에 아른거린다. 돌연, 창밖 풍경에 정신이 팔려 잊고 있었던 어제 받은 전보가 새삼 섬광처럼 뇌리를 스친다.「모친 위독 급 귀가 요」,

이 전보를 받고서 서둘러 중대장에게로 달려갔다. 그리고 함께 대대장에게 갔다. 여름 휴가까지는 아직 열흘이나 남아 있다. 그걸 사정해서 휴가를 얻어 하숙으로 돌아와 바로 준비를 시작했다.

어머니 병세가 마음에 걸린다. 3월에 갔을 때도 이미 도저히 나을 수 없는 병이라는 걸 각오는 하고 있었지만, 일이 이리 되고 보니 멀리 있는 만큼 더 걱정이 되었다. 서둘러 선물 꾸러미를 마련했다. 저장 사과도 듬뿍 샀다. 하숙집 아주머니(미쓰코의 어머니)에게 사정 얘기를 하자 깜짝 놀라며 이것저것 챙겨 주었다. 계단 밑 어두운 곳에 하얀 얼굴의 처녀가 서 있었다. 아무도 모르게 살짝 손을 잡아 주었다.

완고한 그녀의 구식 할머니도 그 집에 함께 있었다. 손녀딸은 그 할머니의 사랑을 한몸에 받고 있었기 때문에 히데오와의 사이가 알려지기라도 하는 날에는 그야말로 큰일인 것이다. 쓰가루 기질을 타고나서 단도를 들이댈지도 모르니 그 정도는 각오해야 할 거라고 처녀는 종종 말했다. 게다가 처녀를 사랑하는 히데오에게 커다란 걱정거리가 또 하나 있었다. 할머니의 같은 손자로 처녀의 사촌에 해당하는 부잣집 아들이 하나 있는데, 할머니는 진작부터 마음속으로 그쪽을 손녀딸의 배필로 점찍어 두고 있는 점이다. 그녀의 부모는 그런 대로 트인 구석이 있어서 혈족 결혼에는 찬성하지 않는 입장이고, 처녀 또한 도쿄에서 온 젊고 싱싱한 사관에게 마음을 빼앗기고 있지만, 온 집안에서 절대적인 권력을 휘두르고 있는 할머니는 여간해서 마음을 움직이려 하지 않았다.

아침 6시에 히로사키를 떠났다. 처녀는 어머니의 뒤에 서서 슬픈 얼굴을 하고 전송했다. 어젯밤 히데오는 어떻게 해서든 구실을 만들어 언제나처럼 처녀를 살짝 이층으로 불러 올리려 했지만, 그 목적을 달성하지 못했다.

이치노세키에 도착했을 때는 완전히 해가 진 뒤였다. 도시락 파는 소리가 떠들썩하게 들려 왔다. 히데오는 주머니에서 잔돈을 찾아, 창문으로 도시락과 오차를 샀다.

四十九

기차는 칙칙폭폭 요란한 소리를 내면서 밤을 달린다.

기차 안의 램프 밑에서 히데오는 옆으로 기대 눈을 붙여 보려 했다. 그러나 꾸벅꾸벅 조는가 싶으면 금방 눈이 떠지고 마는 것이다. 조그맣고 흐릿한 육각형의 늘어진 램프 몇 개가 한결같이 쓸쓸한 시골 정거장을 뿌옇게 비추고 있다.

반은 자고 반은 깬 상태에서도 뇌리에는 여러 가지 일들이 스쳐 지나간다. 연대 본부의 장교실, 대대장의 거무스름하고 깐깐한 얼굴, 피엑스에서 일하는 아저씨 귀에 붙은 사마귀, 죽음을 목전에 두고 있는 어머니의 주름투성이 얼굴, 어딘가의 훈련장에서 부상을 당한 병사의 피투성이 모습, 그러다 문득 처녀의 하얀 얼굴이 보이면서 눈이 떠졌다.

하숙집 자기 방이 먼저 떠오른다.

이층을 오르면 6조와 4조반, 4조반은 창고로 되어 있다. 6조에는 도코노마가 붙어 있고, 철따라 피는 꽃을 처녀가 거르지 않고 꽂아 주었다. 그곳에 하숙하게 되면서, 처녀의 귀여운 모습을 처음 봤을 때의 감동이 떠올랐다. 그리고 지금의 또 다른 어떤 것을 생각했다. 처녀를 머리에 떠올리면 반드시 그 어떤 것이 따라서 생각나게 되는 것, 그것이 요즈음 그의 버릇이다. 이제 내 것이다!라는 생각이 그것이다. 그녀의 할머니가 더없이 까다롭게 굴더라도, 그녀의 부모가 허락하지 않을지라도, 그녀는 이미 내 것이다. 그는 마음속으로 이렇게 다짐했다.

이층 계단을 살금살금 올라오는 발소리가 어렴풋이 들린다. 이윽고 옷자락 스치는 소리가 애타게 기다리는 그의 귓전에 또렷이 전달된다. 6조의 미닫이 문을 반쯤 열어 놓았다. 이층은 캄캄했지만 일층 자시키의 사방등이 희미하게 켜져 있기 때문에 계단을 올라오는 처녀의 얼굴이 하얗게 비쳐 보인다.

「이젠 내 것이다!」

그는 다시 한 번 되뇌었다. 기쁨이 가슴 가득 피어오른다.

할머니는 그 사랑스런 손녀딸을 잠시도 곁에서 떼어놓지 않았다. 잘 때도 그 방에서 함께 이불을 깔고 잤으며, 낮에는 거문고를 켜게 하거나, 옛날 이야기를 읽히거나, 꽃꽂이를 시키거나, 차를 끓이게 했다. 히데오는 종종 그 할머니와 이야기를 했다. 쾌활하고 꾸밈이 없으면서도 정직한 청년 사관의 성격은 그녀 부모뿐만이 아니라 완고한 할머니까지도 기쁘게 해드리기에 충분했다.

처녀는 미쓰코라 한다. 동료들이 왔을 때 처녀가 히데오의 방에 함께 있었기 때문에 차츰 눈치를 채게 되어, 어느 날 술자리에서 한바탕 놀림을 당한 적도 있다. 술자리가 파하면, 전에는 으레껏 색시집에 어울려 몰려가곤 했었는데, 그 일 이후로는 「자네에게는 사랑하는 미쓰코가 있으니 같이 가자기도 뭣하고……」 하며 놀려댔다. 그러나 아직 그때는 깊이 사랑하지는 않았다. 미쓰코가 아니면 안된다는 마음도 들지 않았었다. 그러던 차에 그런 놀림이나 소문들이 끝내는 사랑에 빠지게 되는 촉매 역할을 하게 된 것이다.

사랑을 하게 된 지금은 잠시의 이별도 너무 가슴 아프다. 게다가 요즈음 갑자기 불거져 나온 사촌과의 혼담도 마음에

걸려서,

「어떻게든 이번에 가면 짬을 봐서 형에게 말하고, 사정이 허락한다면 어머니에게도 말씀드려 어엿한 아내로 맞아들이고 싶다」고 생각했다. 그러나 지금 상황에선 도저히 될 수 없는 일이라는 건 자신도 잘 알고 있다.

정신이 들자, 기차가 마침 정차해 있어서 어딘가 하고 몸을 반쯤 일으켜 창 밖을 봤다. 정거장의 늘어진 육각등 위 파란 부분에 흰 글씨로 지명이 쓰여 있다. 「오가와라」라고 어렴풋이 보인다.

시계를 꺼내보니 10시 반이다. 아직 멀었다.

다시 자려고 눈을 붙였다. 센다이에서 꽤 많은 사람이 탔던 것 같은데 그래도 아직 기차 안은 빈 곳이 많았다. 기차가 출발하자 이내 마음이 놓여 곧바로 꾸벅꾸벅 졸았다. 또다시 여러 가지 일들이 뇌리를 스쳐 지나간다. 이번에는 어머니의 얼굴이 한층 역력하게 눈에 보이는 듯하다. 그것과 겹쳐서 처녀의 웃는 얼굴이 보인다.

「모친 위독 급 귀가 요」 위독이란 글자가 자꾸자꾸 마음에 걸린다……

어느새 잠이 들었는지 히데오는 후쿠시마를 지나는 것도 몰랐다.

五十

나스노를 넘어서자 눈부신 아침해가 솟아올라 기누강의 맑은 물줄기가 햇살에 반짝반짝 빛났다. 히데오의 가슴은 유쾌하고, 평온하고, 한가로웠다. 스스로도 이상하리만큼 어머니 일을 생각하고 있지 않았다. 그렇다고 어두운 집안 분위기나 환자의 말라빠진 모습이 눈에 떠오르지 않는 건 아니나, 그것이 자신과 별로 관계가 없는 듯이 생각되었다. 어머니가 혼잣몸으로 고생고생해서 우리 4남매를 키워 주신 큰 은혜를 생각하면, 어떡하든 앞으로 오륙 년 건강하게 사셔서 남은 여생을 편안히 해드리고 싶은 건 항상 뇌리를 떠나지 않는 바람이지만, 운명이라는 어쩔 수 없는 힘 앞에선 그런 염원 따위는 별 수 없이 무력한 것이 되고 만다. 젊은 사람은 젊은 사람의 길을 가지 않으면 안된다고 하는 생각이 꾸역꾸역 솟아올랐다.

아름답게 갠 하늘처럼, 찬란하게 떠오르는 아침해처럼, 또한 천지가 싱그러운 푸르름으로 둘러싸인 것처럼 그의 가슴엔 파아란 희망이 차고 넘쳤다.

고야마에 도착해서 아침을 먹었다.

이제 도쿄는 코앞이다. 여행 안내서를 들여다보니 7시 40분에는 우에노에 도착할 수 있겠다. 히데오는 벌떡 일어나

178

서 옆의 가방 속을 뒤졌다. 하마터면 잊어버리고 올 뻔한 미쓰코의 사진이 흰 종이에 싸여 그 안에 들어 있다. 명함판 크기의, 작년 여름에 찍은 홑겹옷 차림의 모습이었다. 얼굴이 갸름하고, 눈썹이 아름다운 호리호리한 모습으로 키는 약간 작은 편이다. 정말로 미모의 처녀다. 이 정도로 이목구비를 갖추기도 쉽지 않을 것이다. 특히 눈이 아름답다. 분위기가 있다기보다는 착 가라앉은 편으로, 눈으로 풍부한 감정을 나타내진 않지만 아름답기는 더없이 아름답다. 아쉬운 것은 옷차림이 아무래도 촌스럽다는 것. 모모와레(桃割)[65]로 빗은 머리 모양부터 기모노를 입은 맵시까지, 어딘가 세련되지 못하고 오비 매는 방법이 특히 구식이다.

쓰가루 소녀의 사투리 섞인 말씨—히데오는 그 애교스런 쓰가루 사투리가 불현듯 생각나서 못 견디게 그리워졌다. 젊은 혈기가 전신에 용솟음쳤다.

얼마 후에 사진을 본래대로 가방 속에 집어넣고는, 이번에는 종이에 싼 사과 한 알을 꺼냈다. 빨갛고 반들반들 윤이 나는 것이 어쩐지 쓰가루 소녀의 냄새가 이 과일 한 개에도 묻어 있는 듯싶다. 히데오는 조끼 주머니에서 나이프를 찾아 껍질을 벗기기 시작했다. 문득 옆자리에 스물일곱 여덟의 올린머리를 한 부인이 일곱 살쯤 된 귀여운 사내아이를 데리고 있던 것이 생각나, 가방에서 얼른 두 개를 더 꺼내

웃으면서 아이에게 건네줬다. 히데오는 아이들을 무척 좋아
했다. 사내아이는 기쁜 얼굴로 군복 입은 청년 사관을 존경
스러운 듯 올려다봤다. 「정말 고맙습니다」하며 부인은 몇
번이고 인사를 했다.

기차가 도네강의 긴 철교를 지나가자 히데오는 어머니,
할아버지, 할머니와 함께 배를 세내서 도쿄로 나오던 때를
잠시 회상했다. 급행 열차는 구리하시, 구키, 오미야, 아카바
네를 쏜살같이 지나, 오지의 공장 지대 굴뚝에서 뿜어져 나
오는 연기도 뒤로 한 채, 이윽고 우에노역에 도착했다.

역에서 인력거를 빌려 기쿠이초의 집에 당도한 것은 8시
반이 지나서였다. 낮은 대문, 무성한 정원의 나무들, 툇마루
에는 풀먹인 빨래가 널려 있었다. 대문 앞에 인력거 멈춰서
는 기척에, 우물가에 있던 오요네가 뒤돌아보니 눈에 비친
것은 훌륭한 젊은 군인의 모습! 오요네는 「어머! 히데다」라
고 소리치며 달려나왔다.

칠팔 년 만나지 못했기 때문에 새삼스럽게 오누이의 가슴
은 뛰었다.

「어머니는?」

거두절미하고 히데오가 묻자,

「오늘은 좀 괜찮았지만…… 괜찮다고 나아지는 게 아니
니.」

하더니 곧바로 툇마루로 달려가서,

「어머니! 히데가 왔어요.」

청년 사관은 대검을 끌면서 마침내 그 화려한 군복 모습을 툇마루 앞에 드러내었다.

五十一

환자는 눈물을 흘리며 기뻐했다. 그러나 그 기쁨은 이내 깊은 슬픔의 강이 되었다. 저항할 수 없는 그 숙명에 대한 비애는 서로 피를 나눈 부모와 자식의 맥박을 뛰게 했다.

볼을 타고 흘러내리는 노모의 눈물과 히데오의 말없이 외면한 얼굴을 가만히 지켜보고 있던 오요네는 더 이상 참지 못하고 얼굴을 묻고 울기 시작했다. 히데오도 어떤 커다란 힘에 짓눌린 듯 꼼짝 않고 앉아서, 얼굴을 돌려 고개를 숙인 채 폭포처럼 가슴속으로 밀려드는 눈물을 아랫입술을 깨물며 억눌렀다. 주변은 깊은 침묵 속으로 빠져들었다.

그러나 그것도 순간이었다. 눈물이나 비애는 길게 이어지는 것이 아니다. 얼마 가지 않아 그 침묵은 깨지고, 눈물은 말랐으며, 비애 또한 희미해졌다. 환자의 머리맡에는 빨갛고 예쁜 사과 몇 개와 지방 명물인 사과양갱이 나란히 놓였다. 환자는 요즘 들어 부쩍 식욕이 떨어졌다. 겨우 몇 숟가락 떠넣어 보지만 바로 토해 버린다. 또한 제대로 넘겼다고 해도 장의 통증이 두려웠다. 그러나 모처럼 히데오가 멀리서 가져온 것이다. 오요네는 제일 맛있어 보이는 것으로 골라 반을 잘라서, 껍질을 벗겨 작게 잘라 그 손에 쥐어 주었다. 환자는 히데오의 얼굴을 지치지도 않는 듯 바라보며 아주 맛있게 사각사각 소리까지 내며 사과를 먹었다.

큰형은 관청에 가고 없었다. 오케이도 약 찾으러 갔다가 곧 돌아와서 첫인사를 나눴다. 센노스케도 소식을 듣고, 이제 막 쓰기 시작한 값싼 원고를 팽개쳐 둔 채 서둘러서 건너왔다. 센노스케는 히데오가 여전히 건강하고 쾌활한 것이 부러웠다. 군복을 감색 바탕에 흰 무늬의 가벼운 무명 홑겹옷으로 갈아 입었다. 거무스름한 얼굴, 둥근머리, 고생이라곤 모르는 듯한 싱글거리는 얼굴로 실없는 소리를 하며 웃어댔다. 또 사과를 골라 직접 나이프로 껍질을 벗겨서, 「센짱…… 이게 맛있어」라며 스스로 권했다. 히데오는 센노스케를 형이라 부른 적이 없다. 어릴 적부터의 습관으로 언제나 「센짱, 센짱」 하고 불렀다. 어린아이 같은 호칭이지만 둘은 별로 이상하다거나 하는 생각은 하지 않았다.

오요네는 히데오의 훌륭한 모습을 눈을 동그랗게 뜨고 살펴봤다. 어릴 적에 어머니를 돕느라 히데오를 곧잘 돌봐 주었기 때문에 둘 사이는 유난히 정이 들었다. 게다가 오랫동안 만나지 못해서 그리운 정이 유난히 두텁다.

「센노스케는 젊은 여편네에게 꽉 쥐어 가지고, 여자 하는 대로 휘둘리는 남자라 틀렸어!」하며, 오요네는 얼마 전의 충돌로 센노스케를 그다지 좋게 생각하지 않고 있다.

히데오는 어머니의 병세가 우려했던 정도는 아니라고 생각했다. 그러나 쇠약해진 것만은 사실이다. 3월에 왔을 때와는 전혀 달리 보일 정도로 쇠해 버리셨다. 안색도 나쁘고, 눈에 총기가 없이 부옇고 탁해 보였다. 얼마 안 있으면 여름휴가인데 그때를 못 기다리고 전보를 쳐서 불러들인 걸로 봐서는 훨씬 위독하리라 생각했었다. 경우에 따라서는 임종을 보기도 어려운 게 아닐까 걱정했었다.

센노스케는 병의 증상을 자세히 설명했다. 때때로 격심한 동통, 식욕감퇴, 몸의 쇠약, 신경이 예민해져서 기분이 언짢아지는 것이 가장 힘들다고 하는 것부터, 임종이 가까워오고 있다는 것까지 숨김없이 상세히 얘기했다. 히데오는 다만 고개를 끄덕일 뿐이다.

그때 오우메가 와서 인사를 했다. 그 초췌해진 모습에 히데오는 놀라,

「형수님! 어찌 된 일이예요?……여름 타세요?」

「아니, 그런 게 아니야.」

오요네가 곁에서 말을 거들며 웃었다.

「어찌 된 거야?」

「입덧이야, 입덧.」

「벌써 생겼어? 참 빠르네.」

히데오는 쾌활하게 웃으며 눈을 크게 떴다.

점심을 끝낸 후에 히데오는 간밤에 제대로 못 자서 좀 쉬겠다며 4조반 방으로 들어갔다. 얼마 안 있어 드르렁드르렁 코고는 소리가 들려 왔다. 오요네가 가 보니 베개도 베지 않은 채 큰 대자로 누워 입을 벌리고 골아 떨어져 있었다.

五十二

이것으로 형제가 다 모였다. 용태가 위중하다 하여 일가 친척들이 차례차례로 문병을 왔다. 과일 바구니, 달걀 꾸러미, 귀한 과자들이 도코노마에 그득 쌓였다. 누구의 가슴에나 죽음이 예견되었다.

죽기 전에 단 한 번만이라도 보고 싶다고 소원했던 히데오도 정작 만나 보니 환자에게는 그렇게 큰 위안이 되는 것도 아니었다. 울어 주고, 슬퍼해 주고, 위로해 주어도 결국 이 몸은 혼자 죽지 않으면 안되는 것이다.

집안 사람들도 긴 간병에 완전히 지쳐 버렸다. 나을 병이라면 간병에도 기운을 내서, 얼른 완쾌시켜 기뻐하는 얼굴을 보고 싶은 희망을 갖겠지만, 의사도 단지 매일 형식적인 진찰뿐, 그저 대증요법(對症療法)의 간단한 처치만으로 곧 죽을 환자, 낫지 않을 환자라고 차치하고 있었다. 환자는 그래도 쉽게 죽음을 자각하지 못하여, 조금이라도 기분이 좋고 배가 아프지 않으면, 이제 먹는 것만 잘 먹으면 나을지도 모른다는 희망도 품어 보는데, 간병하는 사람으로서는 곁에서 보고 있기가 너무도 딱하다. 특히나 기분 변화가 심한 환자이기 때문에 간병에 애를 먹고, 그것이 각자의 마음 상태나 처지에 따라서는 참기 어려운 고통이 되어 어차피 갈 목숨이라면…… 이런 생각마저도 가끔은 드는 것이다. 이런 생각이 들 때에는 누구나 스스로를 자제하지만, 그렇다고 해서 그런 생각 자체를 배제할 수 있는 사람은 아무도 없었다.

온 집안 식구들은 마음이 들뜨고 일이 손에 안 잡혀 서로 서먹서먹한 분위기였다. 젊은 주인은 주인대로 간병에 많은 돈이 드는 데다, 눈앞에 닥친 장례식 비용을 어떻게 융통할 것인가로 밤낮없이 고심하고 있었다. 센노스케나 히데오는 돈을 변통할 만한 주변이 못되니 상의를 해 봤자 어쩔 수 없다는 건 이미 알고 있는 사실이다.

두세 군데, 선배에게 우는 소리를 하면 어떻게 해 줄 것도 같은데, 그 선배에게도 결혼 비용 등으로 벌써 이미 많은 신세를 지고 있는 상태였다. 센노스케도 요즈음 그런 사정을 눈치채고 형을 좀 도와 보려 했다. 그러나 자신의 생계마저도 겨우겨우 꾸려가고 있는 형편으로는 어찌 해 볼 도리가 없었다. 히데오는 그런 일들은 꿈에도 모르고, 「아직은 그리 간단히 돌아가시지 않아. 여름 휴가를 받고 왔어도 늦지 않았을 걸……」하며 태평스런 소리를 한다. 집에 와서 아직 이삼일이 됐을까 말까 한데 벌써 단조로운 생활이 싫증나서, 묵은 소설책들을 오시레에서 끄집어내서 뒷방에 누워 탐독하기 시작한다. 그러다가 따분해지면 그 책으로 얼굴을 덮고 세상 모르고 낮잠을 잔다.

　뒷채의 센노스케에게는 자주 들리는 편이었다.

　「센짱, 있어?」

　대문 앞에서부터 고함을 지른다. 사관학교 시절의 기질이 조금도 변한 데가 없다. 센노스케는 일에 지장이 올까 봐 걱정이 태산이나, 히데오는 그런 건 안중에도 없이 성큼성큼 자시키로 들어선다. 센노스케가 붓을 놓든지 말든지 아랑곳하지 않고 쓸데없는 잡담을 늘어놓는다. 앞마당에 매놓은 해먹에 몸을 누이고,

　「이런 것보다 등의자를 샀으면 좋았을 걸. 등의자가 훨씬

186

좋은데……」 한다.

거문고가 케이스에 넣어진 채 도코노마에 놓여 있는 걸 보고는,

「형수 요즈음은 거문고도 타지 않는 모양이지?…… 나는 꽤 늘었어. 이제 형수에게 지지 않을 걸」 하며 농담을 한다.

히데오가 3월에 왔을 때에 비하면 본가도 뒷채도 모두 분위기가 변해 있었다.

오테쓰가 오케이로 바뀌고 거기에 오요네까지 올라와서, 서로 끊임없이 맞부딪히고 있으니 하루도 편할 날이 없었다. 환자가 위중해짐에 따라 사람들의 초조해 하는 모습이 일종의 어두운 그늘과 함께 무어라 말할 수 없는 무거운 기분을 모두에게 안겨 주었다.

뒷채도 이전처럼 즐겁거나 떠들썩하지 않았다.

부부는 서로 아무 말 없이 있을 때가 많으며, 특히 오우메는 임신 탓도 있겠지만 양미간에 어딘지 모르게 그늘이 생기고, 동작도 시원스럽지 못했다. 이따금 따분하고 짜증스러운 듯 한숨을 내쉬곤 했다. 밭에서는 옥수수가 쑥쑥 높게 자라서 넓은 이파리 속에는 벌써 영글기 시작한 옥수수의 검은 술도 보였다.

히데오의 신상에도 변화가 왔다.

히데오가 너무나 무사태평으로 한가한 몸을 주체하지 못하는 것을 보고 오요네는 웃으며,

「히데! 너 어머니 간병을 좀 해드리는 게 어때? 일부러 예까지 왔는데」 했다.

「응……」

마음에도 없는 대답을 하고서 환자의 머리맡에 잠깐 앉아 보지만, 특별히 손을 놀려 할 일도 없고 해서 바로 4조반 방으로 들어가 버렸다. 여름볕은 점점 뜨거워지고, 병세도 매일처럼 깊어만 갔다.

날림으로 지은 낮은 지붕, 처마가 깊지 않고 자시키의 앞뒤가 모두 툇마루로 돼 있어서 아침 저녁으로 해가 비쳐 든다. 특히 오후 4시쯤부터는 석양빛이 자시키의 중간까지 깊이 비쳐 들어 더운 것은 이루 말로 다 할 수가 없다. 게다가 변소가 바로 옆에 있어서 오물 냄새가 참을 수 없이 사람의 코를 찔렀다. 또 환자용 변기와 걸레 같은 게 툇마루 한쪽 구석에 놓여 있고, 그때마다 오요네나 오케이가 그곳에서 환자의 시중을 들어 주었다. 이불은 될 수 있는 대로 깨끗이 하고, 호청은 틈만 나면 빨아대지만 죽음을 눈앞에 둔 환자에게서는 짓무른 욕창과 오랫동안 씻지 않아 몸에 밴 악취

가 어디라 할 것 없이 역하게 풍겨 나와, 내뱉는 숨조차도 건강한 사람에게는 상당한 불쾌감을 안겨 주었다. 때문에 파리가 늘상 들끓었다. 잡아도 잡아도 성가시게 그 주위로 몰려들었다. 종려나무 잎을 삼실로 얽어 만든 파리채가 피로 빨갛게 얼룩지도록 때려 잡아도 그 숫자는 좀체 줄어들지 않았다. 주인은 없는 돈에 유리로 된 파리 잡는 그릇을 하나 사 와서는 자시키와 자노마 사이의 문지방에 올려 놓았다. 그러자 순식간에 유리그릇이 파리로 새까매졌다.

그렇잖아도 불결해지기 쉬운 여름이라 자칫하면 냄새가 나기 쉬운데, 땀과 때와 퀴퀴하게 썩는 냄새가 범벅이 되어 볼품없이 초라한 방안을 가득 채웠다. 누구의 뇌리에서든 이런 불쾌한 광경과 빈사 상태의 환자 모습은 한시라도 떠날 날이 없었다. 거기에는 더 이상 자식들을 위해 고생만 하신 어머니는 없었다. 오히려 죽음을 기다리는 환자로서 또한 스러져 가는 불유쾌한 하나의 괴물로 남아 있을 뿐이었다.

부모로서 자식들에 대한 권위는 이미 없어진 지 오래다. 가정에 갖가지 파란을 일으키며 강압적으로 자식들을 좌지우지했던 당시의 위세도 이제는 찾아볼 수가 없다.

이젠 며느리가 싫어도, 부부가 서로 짐짓 사이좋은 모습을 보여 주어도, 스스로가 자신의 불운과 불행에 분노해 보아도, 더 이상 어쩔 수가 없었다. 부모는 부모이고 자식은 자식인 것이다. 자식들 가슴에는 이런 까탈스럽던 어머니—
이유 없는 격렬한 욕망 때문에 고통스럽고 슬픈 희생을 강
요 했던—그 까탈스러운 어머니가 돌아가신 후의 일을 상
상하게끔 되었다.

센노스케에게는 특히 그런 상상의 정도가 심했다. 빈사
상태에 있는 하나의 괴물에 대한 불쾌한 감정과, 불행하게
일생을 보낸 어머니 운명에 대한 동정심과, 자기 자신 장래
에 대한 불안한 마음, 이 세 가지가 한데 어우러져 끊임없이
뇌리에 거센 파도를 일으켰다. 형제 중에서도 특히 센노스
케가 가장 장래가 불투명하고 불안한 처지이다. 그 점에선
오요네도 불안하기는 마찬가지. 그렇지만 오요네나 큰형이
나 히데오는 세파에 부딪히면서, 세상과 더불어 발맞추며
살아갈 수 있는 인간들이다. 세상은 세상과 타협하며 살아
가는 인간을 버리는 일은 없다. 센노스케는 문학을 천직으
로 삼은 자기 자신의 고통을 이제 와 새삼스럽게 뼈저리도
록 실감했다.

센노스케는 오히려 어머니의 죽음이 속히 오기를 염원했
다. 그런 한편으로 그 죽음을 마음속 깊이 진심으로 괴로워
했다.

부모의 죽음에 대해서 그 자식들은 모두가 이처럼 냉담하
다. 우스울 때는 웃고 즐거울 때는 즐거워 할 여유가 있다.

실제로 지금, 센노스케 자신이 그들 중에서 가장 정도가 심하다. 왜 그러는 것일까? 이런 현상은 인간으로서 면제받을 수 없는 것인가? 이제 센노스케는 4조반 방에서 지내던 시절만큼 감상적이지도 않고 공상가도 아니지만, 그러나 이러한 사실들을 그냥 지나쳐 버릴 수가 없었다.

어느 날 이런 것들을 히데오에게 얘기하자, 히데오는 오히려 형의 옛날 버릇이 도졌다며, 「또 시작이군, 그딴 얘기해 봤자 뾰족한 수가 생기는 것도 아니잖아」 하고 웃어 버렸다.

五十四

히데오는 4조반 방에서 오요네와 함께 잤다. 그래서 오요네는 자신의 불운한 삶에 대해 자주 히데오에게 얘기했다. 오케이나 오우메의 흉도 봤다. 히데오는 그저 데면데면하게 들었다. 그러나 나중에는 우는 소리나 푸념이 차츰 귀찮아졌다. 편지를 두 통이나 썼는데 처녀로부터 답장이 오지 않는 게 마음에 걸릴 뿐이었다.

게다가 왜 이리도 따분한지⋯⋯ 소설 읽는 것에도 싫증이 나고, 이야기하는 것도 심드렁하고, 집안의 티격태격하는 싸움질에도 진저리가 났으며, 간호하는 것도 정말 지겨웠다. 간밤에는 어릴 적부터 낯익은 도라비샤의 잿날이어서 꽃시장을 둘러보다가 장미 화분을 하나 사서 환자 머리맡에 놓아 주었으나, 환자는 거들떠보지도 않았다.

「당장 그렇게 급한 일도 없을 것 같고, 하다만 일도 남아 있어서 부대에 좀 갔다 왔으면 하는데……」하고 큰형에게 말도 해 보았다.

그러다 틈을 봐서 도쿄에 있는 친한 동기생들을 찾아가, 요릿집에서 오래간만에 게이샤가 뜯는 샤미센 소리도 들었다.

그러던 어느 날의 해질 무렵, 넌지시 우편함을 들여다보니 한 통의 편지! 그것도 기다리고 기다리던 미쓰코로부터 온 것이었다. 봉투를 뜯어 서둘러 읽어 보았다. 그러나 애간장을 녹이는 달콤한 말로 이어지는 그녀의 편지 속에서 그는 전부터 마음에 걸려 있던 일이 차츰 바라지 않는 방향으로 진행되고 있다는 걸 느낄 수 있었다. 할머니는 어떻게든 사촌과 결혼시키고 싶어하고, 사촌 쪽에서도 한시라도 빨리 그리 하기를 원하고 있다. 이것을 조속히 제지하지 않는다면 부모님도 할머니에게 어쩔 수 없이 꺾일 수밖에 없을지도 모른다. 편지에는 내놓고 그렇게 쓰진 않았지만, 읽는 중에 그러한 사정들이 눈에 보이 듯 훤했다. 히데오는 편지를 봉투에 넣는 것도 잊고 있었다.

　문득 정신을 차려 보니 낮은 논 저쪽 구릉 위에서 센노스케가 이쪽을 손짓하며 부르고 있다. 저녁 석양빛이 맑은 공기 속을 그대로 내리 비쳐, 뒤쪽으로 나란히 서 있는 오리나무 잎사귀가 평소보다 더 검게 보였다. 그 구릉은 이곳이 어느 영주의 별장이었던 시절에 만들어진 석가산으로 지금은 새나 참억새 같은 잡초로 뒤덮여 있다. 그래도 그 사이로 한 줄기 가는 샛길이 나 있어서, 그 길로 올벼 논 저지대 너머의 메지로다이가 한눈에 들어와 보인다. 때로는 수채화가가 이젤을 세워 놓고 있을 적도 있다.

　히데오는 낮은 논가를 돌아서 참대숲을 따라 올라갔다. 중턱에 여우 굴이 있었다.

　저녁 해가 마악 넘어가면서 올벼 논 저지대의 숲과 거리와 인가를 잠시 비추었다. 그 위에 서 있는 센노스케의 얼굴도 석양에 비쳐 발그레하다.

　둘은 그 위에 서서 이야기를 나눴다. 한창 얘기중에 히데오는 소매 속의 편지를 만지작거렸다. 형에게 털어놓을까도 생각했지만 이내 마음을 돌렸다.

　넓게 확 트인 지평선이 아주 기분 좋다. 메지로다이의 짙푸른 녹음 속으로 군데군데 보이는 근사한 양옥집의 페인트칠이 눈길을 끌었다. 활짝 개인 가을날이면 센노스케는 이곳으로 와서 우울함을 달래곤 했다. 4조반 방 시절의 고민이나 공상은 이 언덕과 밀접한 관계를 맺고 있는 것이다.

둘은 시선을 먼 곳에서 가까운 곳으로 옮겼다.

섶나무 울타리에 둘러싸여 노송나무가 두세 그루 심어져 있는 그 집! 처마가 낮은 음침한 그 집! 어머니의 죽음을 목전에 두고 있는 그 방! 울타리를 따라서 올라온 앞쪽의 도르래 우물가에는 지금 오케이가 물을 길어 돌아가는 참이다. 긴 툇마루 위의 빨래줄에는 하얀 수건이 바람에 나부끼고 있고, 그 집 너머에는 파아란 밭, 그 밭 뒤로는 큰 비자나무, 센노스케 집 자시키의 장지문은 아까 열어 놓은 그대로이고, 자세히 보면 옥수수의 넓은 잎 사이로 달아맨 해먹도 보인다. 한 대의 인력거가 언덕을 내려와 집 앞에 서는 것이 한폭의 그림처럼 펼쳐지고 파나마 모자의 흰색이 특히나 두드러져 보인다.

언제나처럼 의사가 인력거에서 내려 현관으로 들어가고, 그 뒤를 인력거꾼이 가방을 들고 따라 들어간다.

「의사가 왔군.」

「그런가 봐.」

「어제는 뭐라 하고 갔어?」

「너무 쇠약해지셔서 언제 일을 당할지 모른다고 하대.」

둘은 석양이 비치는 언덕을 내려왔다.

五十五

의사는 앞으로 대엿새밖에 못가겠다고 했다. 음식을 거의 넘기지 못하게 되었다. 배가 아프기 시작하면 늘어진 윤기 없는 피부에서 진땀이 줄줄 흘러 옷을 적셨다.

「아이구 아파! 아이구!」 하는 신음 소리는 담 밖을 지나는 행인들의 귀에도 들려 왔다.

오코마가 왔다. 오테이도 왔다. 집안은 한층 더 어수선해 졌다.

조수의사가 그때마다 와서 주사를 놓고 갔다. 처음에는 그걸로 약간 진정이 되는 듯했으나, 나중에는 캄프르(강심제의 일종)주사 정도로는 별효과가 없게 되었다. 그렇다고 이 쇠약해진 환자에게 모르핀을 놓자니 그것도 불가능한 일이 었다.

조금 진정이 되면 환자는 입은 놀리지만, 더 이상 성질을 부리거나, 물건을 집어던지거나 할 기운은 남아 있지 않았다. 간호하는 사람의 얼굴을 보고는 소리없이 눈물을 뚝뚝 흘리고, 히데오의 손을 굳게 잡고는 이제 이것으로 이별이다!라고 중얼거렸다.

약한, 너무도 약한 인간이 되어 버렸다.

히데오가 맥박을 재 보니 상당히 빠르고 불안정했다. 호

홉도 쌔—액 쌔— 액 고통스러운 듯 겨우 이어나갔다.

이따금 용변을 볼 때는 환자용 변기를 들이댔다. 환자는 원래 결벽증이 있어서 자리를 보존하게 되고서도 대소변을 볼 때만큼은 오요네의 부축을 받아 가까스로라도 일어났으나, 사오일 전부터는 그렇게도 할 수 없게 되었다. 기운이 다 쇠해서 몸을 추스릴 수가 없고, 어찌어찌 일어났다 하더라도 현기증으로 머리가 피—잉 돌았다. 그래서 할 수 없이 누운 채 받아내기로 했으나, 처음엔 그것도 익숙하지 않아 관장까지 해야 했다. 그러나 요즘은 변은 볼 수 있게 되었다. 앙상하게 마른 두 다리를 세우고 변기를 집어 넣는 것이다.

이웃에서도 차츰 환자의 상태가 어려워져 가는 걸 알게 되었다. 사람들의 출입이 빈번해졌다. 때때로 인력거가 와서 대문 앞에 멈춰 섰다. 머리를 올려 맨 부인도 오고, 머리를 댕기로 올려 묶고 끝을 짧게 자른 노부인이 오기도 했다. 양복 입은 신사가 올 때도 있다. 좁다란 현관은 통나무로 만든 고마 게타라든지, 눈올 때 신는 셋타, 비올 때 신는 굽 높은 아시다, 혹은 목달이 구두 등으로 거의 발 딛을 틈이 없었다.

부엌은 여전히 더러웠다. 노모의 극성스런 잔소리 덕에 은처럼 반짝반짝 빛나던 솥단지는 붉은 녹이 나서 꺼멓게 돼 버렸다. 솥 밑은 열흘에 한 번도 긁어내지 않았는지 더께

가 덕지덕지 껴 있고, 풍로에는 끓어 넘친 자국들이 주르륵 그대로 남아 있다.

오케이는 부엌이 유일한 자기의 자리인 양 다스키를 둘러매고 들어와서는 꾸무럭대곤 한다. 끼니 때가 되면 다리 낮은 밥상이 펴지고, 밥공기와 젓가락이 간단하게 그 위에 놓인다. 대개는 감자 조림이나 두부국, 혹은 자반 연어, 콩자반, 건어물 같은 게 반찬으로 올랐다.

「두부만 먹이니까 이렇게 마르잖아. 센짱 어떻게 고기라도 좀 먹여 주라」 히데오는 뒷채에 가서 이렇게 조른다.

어머니는 「내가 죽으면 불단이랑 가미다나는 어찌 될고. 신불에게 촛불 하나 올리는 놈 없을 게다」 하고 입버릇처럼 푸념을 늘어놓았는데, 실상 어머니가 돌아가시기도 전에 이미 불단도 가미다나도 완전히 잊혀진 채 먼지만 그득히 쌓여 있다.

밤에는 둘씩 교대로 일어나 있기로 했다. 환자는 통증이 오지 않을 때는 그저 잠만 잘 뿐이나, 일단 통증이 시작되면 그 신음 소리에 옆 사람들이 잠을 이룰 수가 없다. 그러나 집안 사람들은 계속되는 철야 간병에 지칠 대로 지쳐, 좁은 모기장 안에 콩나물 시루 속처럼 끼여 자도 누구 하나 눈뜨는 사람이 없다.

어느 날 밤 센노스케가 형수와 함께 밤샘 간병을 하고 있자니 앞의 논에서 뜸부기 소리가 정적을 깨고 들려 왔다. 그는 일어나 문을 열었다.

五十六

밤은 벌써 12시가 지났다. 검게 흐린 하늘을 등지고 매화, 떡갈나무, 노송나무, 백일홍 등이 한층 어둡고 침침한 그늘을 드리웠다. 사위는 죽은 듯이 고요하고, 언덕 위 이층집 문앞의 가스등이 부옇게 졸고 있는 가운데 개구리 울음 소리만이 요란하다.

낮은 논 곁에는 그곳으로 흘러드는 실개천이 있다. 논가의 풀잎이 실개천에 잠기고, 청명하게 개인 날이면 소금쟁이가 그늘에서 한가로이 노닌다. 짝짓던 잠자리가 물 속에 꼬리를 담그고 쉬고 있노라면, 어린아이들이 끈끈이 칠한 긴 장대를 들고 살금살금 다가가는 모습은 늘상 볼 수 있는 광경이다. 지금 이 어두운 밤, 그 실개천 어딘가에서 마침 뜸부기가 울고 있다.

센노스케는 뜰을 지나 우물 앞의 싸리문 빗장을 열고 밖으로 나갔다. 왠지 모르게 가슴이 차분히 가라앉으며, 자신이 자연의 온화하고 조용한 모습과 온전히 일체가 된 듯한 기분이 들면서, 세상의 근심이나 비애가 뭐라 형언할 수 없는 느낌으로 촉촉이 그의 가슴을 적셔 온다.

그는 새삼 어머니의 일생을 동정해 마지 않았다. 그러나 그것은 평소 느끼던 그런 동정과는 사뭇 달랐다. 여느 때 같으면 어머니가 그런 처지에 놓이기까지 걸어온 길이나 직선적이고 제멋대로인 성격 때문에 생긴 비극에 대해 눈물 흘리며, 재미라 할 만한 것은 한 번도 맛보지 못한 채 스스로 신세를 망쳐 가는 걸 가슴 아파하며 슬퍼했었다. 그러나 오늘밤은 왠지 어머니의 죽음이 모든 인류의 죽음과 연관되면서, 인간은 어차피 언젠가는 죽지 않으면 안되는구나 하는 덧없음에 비애가 가슴을 파고들었다.

센노스케의 눈에는 잡초가 나 있는 묘가 보였다. 갓 태어난 갓난 아기와 백발의 노인과 죽음에 직면해 있는 어머니의 모습이 연달아 눈앞을 스쳐갔다. 그러자 깊고 깊은 삶의 비애가 다정다감한 그의 가슴을 에이며 뜨거운 눈물이 소리 없이 그의 볼을 타고 내렸다.

이러한 감정을 그는 오랫동안 느끼지 못했다. 먼 공상의 세계에서 떠돌다 현실 세계의 생활인으로 돌아온 그에게 그런 비애는 그야말로 장식품이요 그림의 떡이다. 장식품이나 그림의 떡이 먹을 양식이 되지 않는다는 건 그 자신 너무도 잘 알고 있으나, 그래도 지금은 더 이상 참을 수가 없는 것이다.

어둠 속에 자기 한 사람만이 살아 있는 듯한 기분이 들었다.

센노스케는 논가의 풀밭에 주저앉았다. 풀밭은 이슬로 촉촉이 젖어 있고, 개구리 울음 소리가 언제나처럼 시끄러운 가운데 뜸부기가 외롭게 울어댔다.

어두운 언덕 저편으로 시커먼 오리나무가 괴물처럼 늘어서 있고, 참대 숲 속으로 아련히 산사의 불빛이 보이고, 그 위로 별 하나가 빛을 발한다.

이때 갑자기 달려드는 것이 있어 깜짝 놀라 일어나 자세히 보니, 평소 낯익은 근처의 들개였다. 들개는 좋아서 두 발을 세우고 킁킁거리며 센노스케에게 달려들었다.

그는 얼마 있다가 집으로 돌아왔다. 마당에는 한 장 열린 문으로 사방등 불빛이 새어나와, 처마 가까이의 동백나무가 반 정도 그 희미한 불빛을 받고 있다. 가만히 걸어서 문 곁으로 다가갔다. 장지문은 열린 채이고, 파아란 모기장이 바람에 흔들리는 것이 보였다. 어머니! 어머니! 평생 자식 위해 고생만 하신 어머니! 그립고 그리운 어머니! 그런 어머니와도 이제 이별하지 않으면 안된다고 생각하니 가슴이 쓰리고 눈물이 쏟아질 것만 같다. 조용히 툇마루에 올라서 모기장 속으로 들어가자 형수가 새파랗게 질린 얼굴로 무서워 어찌

할 바를 모르며 낮은 목소리로,

「삼촌, 지금 어머니가……」하며 부들부들 떨었다.

「왜 그러세요?」

「지금, 어머니가 무섭게 눈을 부릅뜨시고는 헛소리를 하고 계세요.」

센노스케는 환자를 돌아봤다. 과연 눈을 커다랗게 부릅뜨고 있다.

五十七

「어머니, 왜 그러세요?」

대답은 않고,

「누구야! 게 있는 게. 가기 싫다, 싫단 말이다, 누가 갈까보냐!」

눈을 무섭게 치켜뜬 채, 손을 내젓듯이 하고 있다.

「어머니! 어머니!」

센노스케가 불러 보지만 통하질 않는다. 그 앞에 무서운 어떤 것이 앉아 있기라도 하는 듯 뜬 눈을 꼼짝 않고, 무섭게 허공을 응시하고 있다. 진땀이 이마로부터 줄줄 흘러내린다.

「어머니! 어머니!」

역시 대답이 없다. 할 수 없이 센노스케는 오케이에게 작은 소리로,

「아까부터 저러셨어요?」

「예, 조금 전부터…… 편히 주무시고 계신 줄 알았는데, 갑자기 큰소리로 누구냐! 누구냔 말이다! 게 있는 게. 하시길래, 저예요, 오케이예요, 무슨 볼일이라도 있으세요? 하고 물으니 대답도 않으시고, 데리러 왔다고? 어디 데려가 봐라, 내 갈 줄 아느냐? 하시잖아요. 너무 무섭고 겁이 나서 어쩔까 하던 참이었어요.」

「꿈을 꾸시나 보죠.」

센노스케는 대수롭지 않게 얘기했지만 그래도 기분이 께름직했다.

환자의 부릅뜬 눈이 침침한 사방등 불빛 아래 비쳐 보였다.

환자는 또 시작했다.

「데리러 왔다 해도 난 안 가. 싫어, 싫단 말이다! 돌아가, 제발 돌아가 줘!」

쫓아 버리려는 듯 손짓을 해가며, 「저승 사자님, 나는 정말로 나쁜 짓 한 적이 없습니다. 나는 양심껏 세상을 살아왔는데…….」

「어머니, 어머니, 왜 그러세요?」

여전히 알아듣지 못한다.

「도대체 어찌 된 일일까요?」하며 오케이는 오돌오돌 떨고 있다.

「저승 사자님……저승 사자님…….」

환자는 또 시작이다.

「어머니!」이번에는 목소리에 힘을 주어, 부릅뜬 눈앞에 얼굴을 들이대고서 가볍게 어깨를 흔들었다. 드디어 정신이 돌아오는 듯, 허공을 응시하던 눈으로 센노스케의 얼굴을 뚫어지게 본다.

「어머니! 무슨 일이예요?」

「방금 저기에 붉은 옷 입은 저승 사자가…….」

「꿈이예요, 꿈이라니까. 저승 사자 같은 건 없어요.」

「저기 있잖니?」

「어디요?」

「거기, 거기 앉아 있잖아.」

하며 사방등의 그림자 쪽을 가리킨다. 센노스케는 가슴이 섬뜩했다. 오케이는 옷으로 얼굴을 감쌌다.

「무슨 말씀이세요, 누가 있다고 그래요.」

「저기 앉아 있잖아. 니 눈엔 안 보이니?」하며 자못 무정하다는 듯

「저승 사자님, 어떻게 조금만······ 조금만 기다려 주세요」

다시 눈이 꼼작 않은 채, 한곳을 뚫어지게 응시한다.

「일부러 데리러 오셨는데······ 조금만······ 아, 마차, 훌륭한 마차, 모처럼 오셨는데······ 나 같은 사람이 탈 수 있는 게 아니라서······ 저승 사자님······ 저승 사자님·······.」

말이 띄엄띄엄 새어 나왔다. 천장에서는 족제비가 쥐를 쫓기라도 하는지 요란한 소리가 사방으로 흩어졌다.

시계가 1시를 쳤다. 밤은 정적에 휩싸여 있고, 간간이 개구리 울음 소리가 들려온다. 4조반 방에서 히데오의 코고는 소리가 유난히 크게 들려온다. 얼마나 지났을까. 환자는 안심하듯 긴 한숨을 토해냈다.

五十八

그 밤 이후로 환자는 자꾸 이상한 말을 하기 시작했다. 그 것도 열 오를 때의 헛소리와는 다르게 눈을 크게 치켜 뜨고 간병하는 사람 얼굴을 똑바로 쳐다보면서 말을 하는 것이다. 그래서, 이젠 사람도 알아보지 못하는구나 생각하면 그 게 또 그렇질 않다. 센노스케나 히데오를 붙잡고 이것저것 멀쩡한 이야기도 했다.

또한 어딘가로 간다는 말을 자주 하게 되었다. 그리고 붉은 옷을 걸친 저승 사자가 하루 밤낮에 적어도 세 번 정도 데리러 온다고 했다. 그럴 때는 마치 의식을 잃는 듯, 스님이 왔다! 스님이 왔다!고 비명을 내지른다.

응시한 눈이 두려움에 떨며, 앙상하게 마른 손을 힘겹게 끌어올려 가슴 언저리에서 열심히 내저으며 무언가를 쫓아버리는 시늉을 한다.

입도 우물우물 무슨 말인가 하려 하지만, 제대로 나오지 않는 것 같았다. 저승 세계의 신비함이 모두의 가슴을 뒤흔들어 놓았다.

또한 이런 일도 있었다. 간밤에 오코마가 간병을 하다 피곤해서 그만 꾸벅꾸벅 졸고 있는데, 요란한 소리가 나서 잠을 깼다. 분명 누군가가 와서 문을 두드리는구나 하고 현관문을 열어 보니 아무도 없었다. 대문까지 나가 보았지만 역시 없었다. 문득 정신이 들면서 갑자기 온몸에 소름이 쫙 끼쳤다. 황급히 집안으로 뛰어 들어왔다.

「그때는 진짜 무서웠어, 꼭 뭣에 홀린 것 같더라니까. 그래서 서둘러 히데오를 깨웠던 거야…….」

오코마는 그때의 상황을 자세히 설명했다.

가까운 시골서 올라온 어머니의 손아래 시누이뻘인 노부인도 비슷한 얘기를 했다. 근래 들어 매일밤 가슴이 두근거

리고, 뒤숭숭한 꿈을 자주 꾸어 환자가 위독한 게 아닌가 걱
정하며 지냈는데, 그저께 밤에 분명 언니가 집에 왔다. 그것
은 꿈이 아니다. 아직 초저녁이어서 화로 앞에 앉아 있는데,
언니가 싱글벙글 웃으면서 들어왔다. 그것 참! 이상도 하다,
그런 환자가 걸어서 올 수 없을 텐데 하며 다시 보니 온데간
데 없이 사라져 버렸다. 필경 언니가 마지막 인사를 하러 왔
구나 싶어 오늘은 만사를 제쳐두고 이렇게 달려왔다는 것이
다. 이런 식의 얘기들은 수도 없이 사람들 입에 오르내렸다.

환자는 여전히 배의 통증에 시달렸지만, 더 이상 눌러 달
라거나 하지 않았다.

「좀 눌러 드릴까요?」

물어도 손을 내저으며 작은 소리로,

「누르면 되려 더 아파, 혼자 참는 게 나아」 한다.

오우메는 철야 간병을 두려워했다. 이삼일 전 밤, 오케이
의 부탁을 받고 혼자 환자를 보고 있는데, 갑자기 환자가 눈
을 무섭게 홉뜨는 바람에 그렇잖아도 신경이 곤두서 있던
차에 너무도 무서워 혼이 났기 때문이다. 그 뒤로는 사정을
해서 될 수 있는 대로 밤샘 간병은 피하고 있다. 주인도 오
우메는 임신한 몸이라 너무 무리하지 않도록 신경을 써 주
었다.

그래서 오우메는 낮 동안 환자 곁에 있는 일이 많은데, 이

따금 환자는 오우메의 얼굴을 오랫동안 뚫어지게 바라보는 때가 있다. 다른 사람에게는 그렇지 않으면서 왜 나만 이렇게 유심히 보는 걸까? 하며 오우메는 때때로 무섭기도 했다. 특히 그 철야 간병 때의 눈을 생각하면 온몸에 소름이 돋을 정도로 섬뜩하다. 자신이 임신하고 난 뒤부터 환자의 기색이 눈에 띄게 달라진 게 어딘가 모르게 나이 어린 며느리의 마음을 늘상 불편하게 하고 있다.

감색 바탕에 흰 점박이 무늬 무명 홑겹옷에 빨간 허리띠를 매고, 머리는 풍성하게 올려 빗은 통통하고 젊디젊은 모습이, 말라서 뼈와 가죽만 남은 죽음이 드리운 모습과 마주하고 있는 것이다.

五十九

그런 상태로 다시금 며칠이 흘렀다.

오후 3시쯤 지나 히데오는 낮잠에서 일어나 뒷채로 갔다. 툇마루에서 잠시 형과 이야기를 나누더니, 불현듯 일어서서 밭으로 들어갔다.

잘 익은 옥수수를 따려는 걸 보고 센노스케가,

「안돼, 옥수수를 따면…….」

「왜?」 히데오는 돌아보며,

「이까짓 거 가지고 뭘 그래? 그 정도 가지고, 저번부터 점 찍어 놨었단 말이야.」

잠시 후 뿌드득하고 옥수수 따는 소리가 들린다. 히데오는 옥수수를 손에 쥐고 밭을 나오더니 껍질을 벗기며,

「야아, 땡땡하게 잘도 여물었네.」

「곤란한데, 오우메가 얼마나 아끼는 건데.」

「형수가……? 괜찮아, 내가 따먹었다고 그래.」

히데오는 다시 뚜벅뚜벅 밭으로 들어가 한참 동안 통통하게 여문 것을 찾다가, 드디어 털이 거무스레하게 잘 익은 것을 대여섯 자루 껴안고 나왔다.

센노스케가 해먹에 몸을 누인 채 잠자코 보고 있자니까, 히데오는 직접 부엌으로 가더니 덜그럭덜그럭 요란스런 소리를 내며 풍로를 앞 툇마루로 가져왔다. 그리고선 불씨를 화로에서 가져다가 불쏘시개와 숯을 그 위에 얹고서 파닥파닥 부채질을 해댔다.

「센짱, 좀 안 도와줄 거야?」

센노스케는 웃고만 있다.

「그럼 안 줄 거야.」

「사람 참 뻔뻔하기도 하네. 남의 집 옥수수를 제마음대로 따서, 남의 집 숯으로 굽고 있으면서 안 주다니?」

「정말로 안 줄 거야, 안 줘.」

서둘러 파닥파닥 부채질을 한다. 드디어 불이 활활 타올랐다. 히데오는 따온 옥수수 껍질을 벗겨 세 개를 불 위에 올려 놓았다. 마침 오요네가 헝클어진 매무새로 아이를 안고 들어섰다.

「뭐하는 거야? 어이구 참, 히데, 옥수수 굽고 있니?」하고 웃으며 말을 건넸다. 어머니는 병중인데 참 한가하기도 하구나 하는 어투다.

삼 남매의 가슴에는 동시에 어릴 적 일이 떠올랐다. 여름날 학교에서 돌아올 즈음이면 어머니와 이 누이(누이는 그때 이미 학교를 졸업했다)가 두 남동생을 위해 옥수수를 구워 놓고 기다리고 있었다.

누이가 밭에서 옥수수 따는 소리가 뿌드득뿌드득 들려온다. 어머니는 삯바느질 하느라고 앉아 있고, 그 앞에는 은행나무로 된 마름질 판이 놓여 있었다. 오누이는 약속이나 한 듯 그때 일과 지금의 일을 비교해 보았다. 이렇게 해서 사람은 태어나고 또한 죽으면서 세상은 흘러가는 것이다. 오요네는 문득 시골에 두고온 아이들 생각이 났다.

히데오는 구운 옥수수를 두 개 들고서,

「앗 뜨거! 앗 뜨거워! 불 옆은 딱 질색이라니까. 누나 좀 구워 줘」하더니 더 이상은 볼일이 없다는 듯 털고 일어섰다.

「너무하다 너두」 오요네는 웃으면서 말한다.

「그렇지만 이런 건 여자들의 일이잖아, 그 대신 옥수수 한 개 줄게.」

「내 건 없는 거냐?」

해먹 위의 센노스케가 말했다.

「누나가 지금 구워 준대잖아.」

「니가 또 하나 들고 있잖아. 그거 이리내!」 하며 반쯤 몸을 일으켜 빼앗으려 하자, 히데오는 실실거리며 요리조리 피해 다닌다. 어른이라고는 믿기지 않을 정도로 철없는 모습이다.

불 위에 올려 놓은 것이 타기 시작하자 오요네는 할 수 없이 아이를 툇마루에 내려놓고, 풍로 앞에 무릎을 세우고 쪼그려 앉았다.

드디어 전부 다 구웠다.

六十

옥수수를 먹으면서 어릴 적 얘기가 시작됐다. 한 알갱이씩 옥수수 알을 손톱으로 떼어 빈 자리를 만들어 여기는 골방, 여기는 안방, 저쪽 끝이 변소라고 장난을 하면서 먹곤 했다. 그러다가 형제 중 한 사람이 꼭 나중까지 남겨 놓았다가 자랑해 보이는 나쁜 버릇이 있었기 때문에 그것을 뺏으려고 덤벼들고, 빼앗기지 않으려고 도망다니다 결국 싸움으로 번지고 만다. 그러면 어머니는, 「이제 두 번 다시 구워주나 봐라」하며 야단을 치곤 하셨다.

모두들 그 시절을 회상했다. 오요네는 자신을 가르친, 초등학교 선생님한테 청혼 받은 일을 생각했다. 그 선생님은 지금 시골의 어느 학교 교장을 하고 있다. 가끔씩 읍내에서 오다가다 마주칠 때가 있다. 센노스케도 히데오도 그 선생을 알고 있기 때문에 그 선생 얘기를 시작으로 차츰 시골 고향으로 이야기가 옮겨갔다.

센노스케와 히데오는 각자 자기들의 어릴 적 친구나 여자아이들에 대해 오요네에게 물어 봤다. 고향에 남은 센노스케의 친구들은 대부분 초등학교 교사가 되었고, 여자아이들은 각기 자식 달린 몸이 되어 있다. 센노스케가 좋아하던, 얼굴이 동그란 읍내의 여자애는 벌써 셋째딸을 안고 가는 걸 길에서 마주쳤노라고 오요네는 전한다. 히데오는 열두 살에 고향을 떠났기 때문에 아직 그런 사랑의 경험은 없었다. 그는 낚시에 관해서 혹은 좋은 낚시터였던 늪에 관해서, 개구쟁이 소꿉친구들에 관해서 끈질기게 물었다.

「고향에선 네가 사관이 됐다고 야단들이야.」

오요네는 말했다.

「한 번 고향에 가 보고 싶네.」

금의환향하고픈 마음이 슬며시 히데오의 가슴을 두드린다. 센노스케는 최근 『고향』이라는 소설을 쓰기 시작했다. 고향은 그에게는 실연의 고향이며 실의의 고향, 잿빛의 고향이다. 그는 영락한 한 남자가 사람들 몰래 고향에 찾아가 하룻밤을 그곳에서 보내는 것으로 소설을 시작하고 있는데, 그 남자는 다름 아닌 센노스케 자신이다. 모초가 무성한 녹빛 늪, 진흙투성이의 작은 배, 우거진 수초와 순나물과 연잎, 그러한 고향 풍경들이 빠짐없이 촘촘하게 기억 속에 들어 차 있다. 고향의 추억 속에는 언제나 어머니가 함께한다. 무사들 주택가의 좁다란 길, 뒤쪽의 밭, 목욕 갈 때면 지나게 되는 논두렁 길, 늦가의 후박나무—삼 남매는 기억 속에 남아 있는 이런 추억들 속에서 그리운 어머니의 얼굴을 보았다.

「어머니, 조금만 더 사셨으면 좋겠는데!」 하고 침울하고 슬픈 어조로 오요네가 말했다. 그러나 어머니는 이제 현재의 사람으로보다는 과거의 사람으로 자식들 뇌리에 남아 있는 것이다.

풍로 위에 올려 놓은 쇠주전자가 끓어오른다. 오요네는

잠자코 차를 타서 동생들에게 내놓았다.

「차는 너무 뜨거워. 센짱, 내가 사이폰[66]만들어 줄까?」

「그래, 어디 한 번 해 봐.」

그러자 누나는 어린아이를 히데오에게 맡기고 휑하니 나갔다. 얼마 지나서 기쿠이초의 얼음집 아줌마가 잘게 부순 얼음과 사이폰병을 나무통에 넣어 가지고 왔다. 바람이 잘 통하는 시원한 소나무 숲 녹음이 한눈에 들어오는 방에서 삼 남매는 즐거운 듯 얼음물을 마셨다.

벌써 8월, 더위가 한층 기승을 부리는 철이다. 여름 휴가를 얻은 사람들은 모두 바다나 산으로 피서를 떠났다. 신문에는 연일 피서지 안내나 기행문이 실리고 있다.

히데오는 이번 여름 휴가에 미쓰코와 그녀의 어머니를 모시고 오와니 온천에 가기로 한 약속이 생각났다. 얼마 전부터 계속 편지가 세 통 정도 왔다. 친한 동료에게서도 미쓰코의 소식이 전해졌다. 미쓰코의 그리운 눈과 얼굴이 이렇게 얼음물을 홀짝거릴 때에도, 산책을 하고 있을 때에도, 어머니 병구완을 하고 있을 때에도 끊임없이 눈앞에서 어른거렸다.

센노스케는 지금 집필중인 『고향』 얘기를 히데오에게 들려주었다. 다 듣고 난 히데오가 물었다.

「그렇게 책 한 권을 쓰면 원고료는 꽤 받겠네?」

「돈이래야 얼마 되나.」

「그래두, 써 달라고 출판사에서 청탁은 오나 보지?」

「그야 오지.」

「그리구, 써 가지고 가면 어디서건 사 주기는 하는 거야?」

「음……」

센노스케는 약간 대답을 흐렸다.

「그렇다면 괜찮네. 군인은 정말 재미없어. 아침부터 밤까지 먼지 뒤집어쓰고, 큰소리로 고함이나 치고, 그러다가 가끔씩 된통 기합받고」

「도쿄로는 나오지 못하니?」

「글쎄…… 때가 되면 나오게 되겠지만, 올해는 힘들어.」

「시골에서 어물어물하고 있으면 아무래도 뒤처지잖아.」

「걱정 말아.」

「대학에는 가지 않을 거야?」

「갈 생각으로 공부는 하고 있지만…… 난 아무래도 힘들어.」

「왜?」

「참모될 그릇이 못되나 봐.」

「처음부터 그렇게 포기하면 어떡해?」

「난 야전부대 쪽이 재미있거든.」

「야전부대라도 여단장 정도라면야 괜찮겠지…….」

「물론이지」 하며 히데오는 웃었다.

히데오는 센노스케를 잘 이해할 수 없었다. 센노스케를
그저 마음이 여린 사람 정도로 생각했다. 서로 사이는 좋았
지만, 그러나 아무래도 그 문학적인 기질만은 비위에 맞지
않았다. 툭하면 이내 슬픈 쪽으로 생각을 몰아가고, 대수롭
지 않은 일도 죄악이 뭐니 하며 요란을 떤다. 왜 그런지 알
수가 없다. 큰형의 형식적인 겉치레 말도 별로 탐탁지 않지
만, 작은형처럼 신경과민도 곤란하다고 늘 생각해 왔다.

「사람이 죽는다 해도 그렇게 쉽게 죽어지는 게 아닌가
봐」 히데오가 불쑥 말했다.

「왜?」

「그렇잖아. 어머니도 의사가 죽는다, 죽는다 했지만 아직
저렇게 살아 계시잖아.」

「아니 저런 철딱서니 없는 소리 하고…… 남자란 참 속도
없다니깐.」

오요네는 기가 막혀 말을 잇지 못했다.

「사실이 그렇잖아. 어차피 죽는 거라면 빨리 죽는 편이 낫잖아. 나 같으면 뇌졸중이나 뭐 그런 걸로 단숨에 덜컥 죽어 버리고 싶어…….」

히데오는 아무렇지도 않게 말을 한다.

「그건 그렇구, 아주 잘 버티시네. 일주일 내내 아무것도 안 드시고도 저러고 계시니.」

「정말이야.」

센노스케도 맞장구를 쳤다.

「누나는 언제까지 그렇게 집을 비워도 괜찮은 거야? 어떻게 소식이라도 좀 있었어?」

「괜찮든 안 괜찮든 여지껏 애쓰다가 이제 와서 부모 임종도 보지 않고 돌아갈 수는 없잖아. 히데는 한가한 소리나 늘어놓으니, 넌 대체 인정이란 게 있는 거니 없는 거니?」

히데오는 웃고 있다.

센노스케는 히데오의 이런 말을 특별히 이상하다거나 한심하다고 생각지 않았다. 더구나 인정머리가 없다라고는 꿈에도……. 히데오가 마음으로부터 얼마나 어머니를 생각하는가 하는 건 센노스케도 익히 알고 있다. 오히려 자기보다 훨씬 정이 깊은 것도 잘 알고 있다. 센노스케는 눈물을 흘리거나 가슴 아프다는 말을 하거나 하지만, 그것은 정이 깊기 때문이 아니다. 어제도 해먹에 누워 초닷새의 달을 바라보며 저 달이 어떤 모양일 때 어머니의 죽음을 맞게 될까 하며 슬프게 울었다. 그러나 그것은 어머니의 죽음을 슬퍼해서라기보다 오히려 자신의 감정에 못 이겨 울었던 것이다. 그 증거로 그때 젊은 아내가 돌아오자 눈물은 금세 말라 버리지 않았던가? 또 그 보드라운 손을 잡지 않았던가?

센노스케는 이렇게 스스로를 자책했다.

六十二

달은 점점 밝아지고 오늘이 벌써 열흘이라고 한다. 거리의 흥청거림. 빙수집엔 앉을 자리가 없고, 화분의 화초들이 한창 꽃을 피우고, 가구라자카는 매일밤 비샤몬의 잿날처럼 붐빈다는 소문이다. 야마노테의 고급 주택가에서도 흰 바탕색 유카타에 엷은 화장을 한 부부가 몇 쌍이나 구경하러 나갔다.

환자는 아직 살아 있다.

평소에 극락왕생을 빌지 않아 그렇다는 소리가 여기저기서 들려 왔다. 「그러게 내 뭐랬어, 그렇게 절에 다니라 했건만.」

법화종의 독실한 불교 신자인 친척 할머니 한 분이 아는

체 한마디 했다. 오코마는 숙모를 위해 남몰래 에노키초의
어느 절에서 부처님께 어차피 낫지 않을 병이라면 한시라도
빨리 데려가 주실 것을 정성을 다해 간절히 빌었다.

젊은 주인은 월 초부터 여름 휴가로 집에 있었다. 그는 자
진해서 환자 수발이랑 집안일을 돕고, 틈이 나면 잿날에 산
화분 등을 손질했다. 또 아들 아이를 위해서 뜰안에 작은 연
못을 만들어 금붕어 너댓 마리를 풀어놓으니, 히데(주인의 아
들)는 아주 좋아하며 집 앞 논에서 미꾸라지랑 송사리를 잡
아 왔다. 아이는 언제나 잠자리, 매미 잡기에 정신이 팔려
점심밥도 먹는 둥 마는 둥 먼 곳까지 헤집고 다녔다. 툇마루
구석의 휴지통에는 녹색 잠자리를 비롯해 여러 종류의 왕잠
자리랑 매미가 하나 가득 들어 있어서 바스락 바스락 야단
들이다.

「아니, 얘가 아버지를 닮았다 했더니 역시 이렇게 왕잠자
리를 많이 잡아왔네……」하며 오코마가 감탄했다.

형제들 중에서도 젊은 주인이 가장 장난이 심했다고 한
다. 잠자리랑 매미 같은 걸 잔뜩 잡아와서는 툇마루에 바구
니를 엎어 그 속에 넣어 놓아서, 할아버지가 시끄럽다고 야
단이었다. 게다가 장난이라면 동네에서도 소문이 났는데,
하루는 이웃집 아저씨의 대머리를 치는 바람에 화가 난 아
저씨에게 된통 혼이 난 적도 있었다. 「그런 개구쟁이가 이렇

게 의젓한 어른이 될 줄이야……」하며 그 시절을 알고 있던 오코마가 옛말을 했다.

「히데오는 잘 모르겠는데, 센노스케는 얌전했지. 이 애는 수줍음을 잘 타서 하루 종일 집에 틀어박혀 여간해서는 밖으로 놀러 나가지도 않았어. 또 센노스케가 애기 적에는 숙모가 자주 친정에 데리고 왔는데, 식사 때가 되면 할머니가 오코마! 애기 좀 봐라 해서 애기를 안고 밖으로 나가지. 그러면 애가 울보라서 불에라도 덴 듯이 울어대는 거야. 아무리 달래도 그치질 않고 우는 바람에 오코마! 애를 떨어뜨리기라도 한 것 아냐? 하며 할머니께 야단도 많이 맞았어.」

「그 당시 몇 살이었는데, 오코마 누님은?」

「열 다섯인가 여섯이었는데, 베를 참 잘 짰었지.」

「히데오도 얼마나 장난꾸러기였다구.」

옆에 있던 오요네가 한마디했다.

「그래? 히데오도 그렇게 장난이 심했어? 나는 숙모님과 숙부님이 도쿄로 나가신 후엔 아시카가로 시집을 가 버려서 잘 모르겠는데…… 그래두 이렇게 모두 훌륭하게 자라 한데 모여 간병하니 숙모님도 참 복 많으신 거야.」

오코마는 노모의 젊었을 적 얘기도 했다. 친정 할머니의 얘기로는, 노모는 시집갔을 당시 시부모가 너무 까다로워서 몇 번이나 친정집으로 돌아온 것을 그때마다 달래서 돌려보

내곤 했다 한다. 그런데 어느 날인가는 이번엔 죽어도 가지
않겠다는 거였다. 얘기를 들어본즉 정말 힘도 들 것 같았지
만, 옛날에는 이혼이 그리 쉽지 않았기에 이번 한 번만, 정
말 한 번만 더 참아 보라고 할머니가 눈물로 달랬다고 한다.
어머니는 울며 석양의 논두렁길을 혼자서 쓸쓸히 돌아갔는
데, 그 후로는 시집에서 살기로 작정한 듯, 얼마 안 있어 어
릴 때 죽은 맏딸을 임신했다고 한다. 센노스케는 어느 날 어
머니가 술에 취해서, 「느이 아버지는 너무 까다로워서 시집
오고 싶지 않았다…… 더 좋은 사람이 얼마든지 있었는
데……」하던 모습이 생각났다. 인생에 있어서 오래도록 변
치 않고 보석처럼 빛나는 것은 역시 젊은 시절의 사랑인 모
양이다.

해질 무렵이 되면 잠자리가 모기를 잡아먹으러 집 앞 논
으로 몰려들기 때문에 동네 아이들은 끈끈이 칠을 한 장대
를 가지고 모여들었다. 센노스케와 히데오는 저녁식사 후
운동 삼아 사내아이들과 어울려 끈끈이 장대로 어지러이 날
고 있는 잠자리 떼를 쫓고 있는데 우물가에서 오요네가 무
슨 일이 있는 듯 손짓으로 불렀다.

어머니가 이상해! 의사도 하루를 못 넘긴대!

六十三

서둘러 돌아와 보니, 치켜뜬 채 한곳을 응시하고 있는 어머니의 눈에는 눈물이 고여 있었다. 백발의 머리를 둥근 베개에 올려 놓고, 양손은 가슴 언저리에 모으고, 불규칙한 호흡을 할 때마다 목 부분이 가늘게 떨렸다. 이따금 뭔가를 말하려는 듯 입을 달싹거리지만 이미 알아듣지 못할 만큼 혀가 꼬부라져 있다.

「어머, 벌써 혀가 굳어지나 봐」 하며 오요네가 당황해서, 「어머니! 어머니!」 하고 큰소리로 불러본다

환자는 눈을 소리나는 쪽으로 돌렸다. 그런 걸로 봐서 아직 의식은 있는 것 같았다. 때때로 얼굴을 찡그린다.

「아직 아픈 것 같지?」 하며 오코마가 너무도 애처롭다는 듯이 말했다.

3시경부터 조금씩 용태가 달라지는 것 같았다. 정오까지는 평소대로 뭐 달리 특별한 증세는 보이지 않았으나, 문득 옆에 있던 주인이 주의해 보니 혀나 눈이나 피부색이 여느때와 같지 않은 게 심상치 않아 보였다. 때마침 의사가 왔다. 의사는 형식적으로 가슴에 청진기를 대보고 눈꺼풀을 뒤집어 보더니, 언제나처럼 환자가 듣는 것도 꺼리지 않고,

「음─ 안되겠어, 이젠 정말 안되겠는데요」 하고 아무렇지

도 않게 말했다. 의사는 이미 환자가 청각과 시각을 잃어 가고 있다는 걸 알았다.

「그럼 잘 지켜 봐요. 혹시 무슨 일이 있으면 언제든 부르러 오시고요. 우리집 쪽문에 초인종 있는 거 알고 있죠? 그것만 누르면 한밤중이라도 연락이 되니까.」
하며 총총히 떠났다. 주사 같은 건 더 이상 놓을 필요가 없었다.

가족들은 어쨌든 환자의 주위에 빙 둘러앉았다. 모두의 시선이 말라빠진 환자 위로 모였다.

환자는 끊어질 듯, 끊어질 듯 간신히 숨을 이어가고 있다. 그리고 일 분에 한 번 정도 휴우 하고 깊은 숨을 토해 냈다. 그럴 때면 맥없이 반쯤 벌어진 턱이 툭하고 떨어질 것만 같다. 오른손을 간신히 가슴께로 들어올려서는 무언가를 쫓는 시늉을 하는데, 그때마다 뭔가 형언할 수 없는 기분 나쁜 신음 소리가 새어나왔다.

모두는 조용히 지켜보고 있다. 장지문에 비치던 노을빛도 차츰 사라졌다. 한참을 그렇게 환자 상태를 지켜보고 있다가 날이 어두워져 오케이가 먼저 일어나 자노마의 램프를 켰다. 그리고 환자 머리맡으로 사방등을 가져오자, 오코마와 오요네는 일어나서 모기장을 쳤다.

툇마루에 나란히 선 히데오와 센노스케.

「드디어 끝나는군.」

「오늘밤이 위험해.」

「오늘이 며칠이지?」

「십오일.」

「그래? 8월 보름인가.」

하고, 히데오는 뭔가를 생각하는 듯 되뇌었다.

음력으로는 7월 20일, 은반을 닦아 놓은 듯한 달에서 수정 같은 빛이 흘러 뜰안을 가득 채웠다. 나무 그림자, 풀 그림자가 거무스름하게 땅 위에 가로눕고, 울타리에서는 일찌감치 벌레들이 울기 시작했다. 마침 사내아이가 양손가락 사이에 빈틈없이 잠자리를 끼우고 돌아와서는,

「삼촌, 이것 봐!」 하며 자랑스레 내보인다.

「혼자서 잡은 거니?」

히데오가 묻자,

「물론이지, 아직도 더 많이 있는 걸」 하며, 맨발이라 올라오지 못하고, 몸을 길게 뉘어 바구니를 끌어 내서는 부스럭거리며 잠자리를 그 속에 집어넣었다.

「새끼 잠자리 두 마리에 할미 잠자리가 세 마리!」라며 좋아라 소리지른다.

「히데짱, 이제 발 씻고 자야지」 하며 오코마가 양동이에 물을 길어와서 발을 씻겨 준다.

시계가 8시를 칠 때쯤 해서 사내아이는 자노마의 한쪽 구석, 반만 걸쳐진 모기장 속에서 가늘게 코를 골며 잠에 떨어졌다. 자노마에는 종이갓 씌운 램프가 하릴없이 홀로 불을 밝히고 있고, 집안 사람들은 모두 자시키 모기장 속에 모여 있었다.

六十四

모기장 속은 침침하고 무더웠다. 게다가 온갖 퀴퀴한 냄새가 사람들을 짓누르고, 답답하고 괴로운 숨소리만이 조용한 방안에 한층 크게 울렸다.

사방등의 희미한 불빛은 머리맡의 검은 쟁반과 약병을 지나 창백한, 마치 죽은 사람 같은 환자의 얼굴을 비추었다. 주위에 빙둘러 앉은 가족들의 얼굴은 심각하고 음산했다. 지금까지는 주인이 작은 물주전자 꼭지를 입에 갖다 대면 환자는 맛있다는 듯 받아 넘겼으나, 이제는 그것마저도 불가능하게 되었다. 할 수 없이 붓끝에 물을 적셔 목을 축여 주었다.

죽음의 그림자는 시시각각으로 다가왔다.

시계가 12시를 쳤다. 히데오는 한참을 환자 발치에 앉아 있다가 가만히 모기장을 들치고 뒤쪽 툇마루로 나왔다. 너무나 졸려 죽을 지경이었다. 그래서 자노마를 지나 툇마루 아래로 내려가 우물가로 가서는 찬물을 한 바가지 길어 머리를 감았다. 철벅거리는 물소리가 멀리까지 들려온다.

달은 꽤 기울어 있었다. 밤 하늘이 맑게 개어 있어서 나무와 풀 그림자가 더욱 짙다. 그림자와 그림자가 어둡게 겹쳐진 데서 조금 떨어진 곳에 동백나무의 이파리가 한 잎 한 잎 이슬에 반짝였다.

무언가를 생각하게 하는 밤이다.

히데오는 검은 그림자를 길게 드리운 채 대문 앞에 잠깐 서 있더니, 곧 나막신 끄는 소리가 나고, 이어 툇마루를 지나 자노마로 가서 나가히바치 앞에 앉아 담배 한 대를 피웠다. 그의 졸음에 겨운 얼굴을 램프가 비스듬히 비추었다. 문득 그 옆에 있는 오요네가 읽다 덮어둔 핫켄덴의 마지막 권을 집어들었다. 그는 건성으로 페이지를 넘겨봤다. 핫켄시(八犬士)[67]가 8명의 아가씨들과 제비를 뽑고 있는 대목이다. 몇 번이나 읽어 알고 있으면서도 심심풀이로 두어 페이지 읽다 보니 재미가 나기 시작했다. 그러나 모기가 너무나 많다. 큰 놈이 살짝 와서는 옷 위로 따끔하게 물고 간다. 마침 오요네가 나왔다. 그녀 역시 졸음 가득한 얼굴이다.

「어때, 여전하지?」 히데오가 나지막한 소리로 물었다. 오요네는 끄덕여 보인다. 그녀는 벼룩에게 시달려 가려운 듯 몸의 여기저기를 극적극적 긁어 댔다. 그러더니 갑자기 일어나서는 앞자락을 풀어헤치고 흰 고시마키(腰卷)[68]를 램프에 바싹 대고는 벼룩을 찾기 시작했다. 또 시작이군 하며 히데오는 눈살을 찌푸렸다.

센노스케와 주인도 잇달아 나왔다. 시오센베이[69]가 산처럼 쟁반에 쌓여 나왔다. 히데오는 핫켄덴을 읽으면서 서너 개 집어 먹었다. 젊은 주인이 끓인 차를 모두들 마셨다.

이번에는 센노스케가 툇마루로 나가더니,

「달이 좋구나!」하며 곧 뜰로 내려섰다. 달은 벌써 옆집 지붕 위로 떨어지려 하고 있다. 다감한 센노스케는 이 저무는 달의 허전함을 무심히 봐 넘길 수 없었다. 그는 자신의 비애가 어둡고 길게 드리워진 그림자들에 빼꼭히 새겨져 들어간 듯 느껴졌다.

달은 더욱 낮아졌다. 뒤뜰의 미즈구치노토(水口の戸)[70]가 고스란히 그 빛을 받고 있다. 문 위의 허물어진 벽도 확연히 눈에 들어왔다. 도요(土用)[71]가 지났는데도 아직 손질이 안된 삼나무 울타리가 들쭉날쭉 어지러운 그림자를 길 위로 드리우고, 벌레 울음 소리가 구슬피 들려 온다. 어머니의 생의 마지막 밤─이렇게 지는 달과 그림자와 램프와 벌레 울음 소리가 그의 가슴에 선명히 박혀 평생 잊을 수 없을 거라는 생각이 들었다.

센노스케가 툇마루에 올라 오니,

「썰물 때 사람이 숨을 거둔다고 하던데……」

하는 주인의 소리가 들려 왔다.

「그리고 또 사람은 태어난 시각에 죽는다는 말도 있잖아. 숙모님은 태어난 시(時)가 언제지, 누구 몰라?」 하고 오코마가 물었으나 아무도 아는 사람이 없다.

달이 졌다. 새벽 빛이 사방에서 비쳐 들었다. 밀물도 왔다가 이윽고 지나갔다.

새가 울고, 해가 떠오른다. 우물가에서 두레박줄 잡아당기는 소리가 들려온다. 집집마다 들창으로 아침 짓는 연기가 피어오르고, 된장 갈아 으깨는 소리도 들린다. 새로운 매일의 생활이 시작되었다. 그러나 환자는 아직 살아 있다. 오코마는 우물가에서, 「아직 숨을 거두시지 않았다우」 하며 물 길러 온 옆집 아낙에게 얘기했다.

六十五

그날 오후 4시, 젊은 주인은 아랫방에서 고문서를 조사하고 있었다. 오요네는 현관의 3조에서 어린애에게 젖을 물린 채 잠이 들고, 오코마는 빨래를 하고 있었다. 히데오는 뒷채 집 자시키가 시원하다는 소리에 오후부터 건너가 낮잠에 푹 빠졌고, 센노스케는 더운 한낮이어서 옷을 벗어제끼고 열심히 원고를 쓰고 있었다. 환자 곁에는 오케이와 오우메가 그저 자리를 지킬 심산으로 앉아 있었는데, 갑자기 상태가 이상해지자 오케이는 당황하여 남편을 불렀다.

주인은 곧바로 건너와 환자를 보고는 오우메에게,

「빨리 센과 히데를 불러 와요!」

오우메는 안색이 바뀌어 허둥지둥 뛰어나갔다. 주인은 잠든 오요네를 흔들어 깨우고, 오코마는 젖은 손을 닦지도 않은 채 뛰어 올라왔다. 나른한 여름 한낮의 평화는 한순간에 깨져 버렸다.

「여보! 여보! 큰일났어요!」

오우메는 마당에서부터 소리를 지르며 들어섰다.

「무슨 일이야?」

「어머니가 이상해요!」

센노스케는 벌떡 일어섰다. 곧바로 옆에 누워 자고 있는 히데오를 흔들어 깨우지만 쉽게 눈이 떠지지 않는듯, 으— 응— 하고는 다시 잠들어 버린다.

어떻게 겨우 깨워 놓으니, 눈을 비비며 볼멘 소리로「뭐야, 또?」한다.

「뭐가 아니라, 어머님이……」 하자, 간신히 일어나긴 했지만 아직 완전히 잠이 깨지는 않은 모양이다. 그런 걸 간신히 부축해서 본채로 달려가니, 오요네가 울어서 빨개진 눈을 하고서 붓으로 마악 마쓰고노미즈(末期の水)[72]를 넣어 주던 참이었다. 숨은 아직 쉬고 있었다. 한참을 되삭이듯 시간을 끌며 물이 넘어가는데, 그때마다 반쯤 벌어진 깡마른 턱이 움찔거렸다. 눈은 마치 의안처럼 뻥하니 뜨고 있으나, 손을 갖다대 보아도 더 이상 깜박거리지 않았다.

「어머니!」 하고, 울음 섞인 소리로 오요네가 불러 보지만 이미 통하지 않는 듯.

「나무아미타불! 나무아미타불!」

오코마는 열심히 염불을 외우면서, 연신 붓으로 입술을 적셔 주며,

「죽을 때는 목이 마르는 법이라던데」라는 둥, 「좋은 숙모님이셨는데…… 경우 밝고 똑똑하신 숙모님이셨는데…….」라고 혼잣말을 중얼거리며 참으로 슬픈 듯 눈물을 흘렸다.

숨이 금방이라도 끊어질 듯 이어지더니 마침내 끄윽 하고 가래가 목으로 치밀어 올라 와 두세 번 턱을 치켜드는가 싶더니 그것을 마지막으로 숨은 끊어졌다.

손목의 맥을 짚어 보고 있던 주인도 그것이 마지막이라는 걸 알았다.

최후! 죽음!이라 생각하니 새삼스럽게 슬픔이 사람들 가슴으로 밀려들었다. 죽음은 모든 것을 잊게 만들며, 모든 더러운 생각도 깨끗이 씻어 준다. 죽음을 마주하고서는 어느 누구도 엄숙한 비애와 동정을 느끼지 않을 수는 없을 것이다.

「나무아미타불, 나무아미타불!」 하며 오코마는 계속 염불을 외면서,

「센짱도 히데짱도 마지막으로 어머니 입에 물을 적셔 드려야지, 이승에서의 모자 인연도 이것으로 끝인 게야」 한다.

줄곧 머리를 숙이고 있던 센노스케의 눈에서 눈물이 주루룩 떨어져 내렸다. 히데오는 조금 떨어져서 엿보듯 어머니의 얼굴을 보고 있다가, 그 말을 듣자 더는 참을 수 없다는 듯 손으로 얼굴을 가렸다. 아랫입술을 깨물고 애써 슬픔을 억누르는 모습이지만, 가슴에는 파도처럼 슬픔이 밀어 닥치는 듯, 순박하고 큼직한, 거무스름한 얼굴에 눈물이 주르르 흘러 내렸다.

주인도 오우메도 오케이도 모두 울었다.

의사가 왔지만 그저 잠깐 맥을 짚어 봤을 뿐, 더 이상 가슴을 풀어 보려고도 하지 않았다. 지극히 자연스런 태도로

「드디어 가셨군요. 할머니가 올해 몇이신가?」

「예순 하나입니다」라고 주인이 대답한다.

「예순 하나라면 아직 아까운 나이구먼, 여든까지 사는 사람도 있는데……. 게다가 자손들이 이렇게 장성해서 훌륭하게 됐으니 더욱 유감이네.」

「앞으로 일이 년만이라도 더 사시게 하고 싶었습니다.」라며 주인은 울먹였다.

「어쩔 수 없는 일이지. 어린 자식을 셋씩이나 두고 죽는 애엄마도 있는데…… 그리고 손도 쓸 수 있는 데까지는 다 써 봤고, 이것도 운명이라고 한다면 할 수 없는 일이지…….」하며 가방을 손에 들고 일어나서는,

「그럼 곧 사망 진단서를 써 놓을 테니 가지러 보내요」하고는 작별 인사를 하고 떠났다.

자식들은 차마 그 곁을 떠나지 못하고, 말없이 그 주위에 둘러앉아 있다. 한차례 목메어 울던 격한 감정은 한여름날의 소나기처럼 이내 사라져 버렸지만, 이번에는 깊은 추회(追懷)를 동반한 비애가 천천히, 조용히 모두의 가슴을 엄습

했다. 서로 서로 생각나는 여러 가지 슬픈 기억들을 하나씩 이야기하면서 눈가에 맺히는 눈물을 훔쳐냈다. 따가운 저녁 햇살은 밭 가장자리 옥수수의 붉은 잎과 높다란 삼나무 울타리를 넘어 정면으로 이 8조방에 내리쬐었다.

거기에 오테이가 손자 녀석을 찾아서 데리고 돌아왔다.

「우리 도련님 어딜 갔더랬누」 하며 오코마는 재빨리 일어나 히데오(英男)에게 다가갔다. 「할머니가, 할머니가 돌아가셨단다」 또다시 울먹이는 소리를 하며, 아이를 곁에 앉히고는,

「자, 봐라, 할머니가 아주 가셨단다.」

자리는 다시 한 번 눈물바다가 되었다.

사내아이는 어쩔 줄 몰라 하며, 눈을 뜬 채 죽은 할머니의 얼굴을 겁에 질려 들여다보았다. 어린아이지만 죽음이 어떤 것인지 어렴풋이나마 알고 있기에, 눈물은 흘리지 않았지만 잠자코 슬픈 듯이 머리를 떨구었다. 오코마는 물에 축인 붓을 손에 쥐어 주며,

「이제 이별이로구나…… 입술을 축여 드려야지. 할머니는 이제 돌아가셨으니까!」

사내아이는 시키는 대로 돌아가신 할머니의 입술을 붓으로 적셔드렸다.

「정말로 할머니는 우리 도련님을 귀여워하셨는데…….

이제는 안고 재워 줄 사람도 없구먼」 오요네는 참다 못해 소리 높여 울었다.

족히 삼사십 분쯤 되는 시간이 흐느껴 울든가 어머니의 추억담이나 서글픈 넋두리로 흘러갔다.그러나 언제까지 이러고 있을 수만은 없는 노릇이었다.

오코마가 먼저 시신 옆으로 다가가서,「눈을 뜨고 계시면 안되지요. 자, 편히 감으세요, 나무아미타불, 나무아미타불」하며 마치 산 사람에게 얘기하듯 하며 눈을 감기고 입을 다물게 하고는,

「아— 아— 내생이 좋으신가 보다. 이것 좀 봐, 편안한 얼굴이시잖니. 부드러운 얼굴이셔」하면서 몸재게 엉덩이를 들쳐 혹시 배설물이라도 묻어 있지 않나 살펴보았다.

「아—깨끗하다. 아무것도 묻지 않았구나.」

「그럴 거예요. 얼마나 깔끔한 분이셨는데」하며 오요네는 또다시 얼굴을 감싸 쥐었다.

오코마는 문득 생각난 듯,

「팔다리는 굳어지기 전에 제대로 해놓지 않으면 나중에 곤란할 텐데…….」

자노마에 가 있는 주인을 불러내서는「료, 관은 어떻게 할 건가? 침관(寢棺)[73]이라면 이렇게 두어도 되지만…….」

「물론 침관이죠!」히데오는 큰소리로 대답했다.

六十七

언제까지 슬퍼하고만 있을 수는 없기에 모두들 마음을 바꾸었다. 숨을 거두기 전과 숨을 거두고 나서의 사람들의 생각은 현저히 달랐다. 숨을 거두기 전에는, 어차피 소생 못할 거라면 하루 속히 어떤 결말이 나기를 기다리는 듯한 분위기였으나, 정작 결말이 나고 보니 이번엔 그와는 달리 맑고 아름다운 슬픔의 정만이 가득하게 넘치는 것이었다.

그럼에도 불구하고 한편으론, 주인도 센노스케도 히데오도 오요네도 오케이도 어쨌든 이것으로 무거운 짐을 내려놓은 듯한 기분이 되었다. 그 누구나 모두 그 앞에 새로운 생활이 펼쳐지는 걸 보았다. 형제간의 관계에서도, 부모라는 연결 고리가 끊어졌기 때문에 완전히 독립된 자유와 허전함이 동시에 느껴졌다.

오코마와 오요네가 먼저 일어나서 시신의 머리를 북쪽으로 해서 휘갑친 돗자리 위에 눕혔다. 그리고는 오랫동안 깔고 있었던 이불을 뒤 툇마루의 저녁 햇살에 널고, 작은 여섯 쪽 병풍을 거꾸로 세워 두르고, 흰 무명을 찾아내서 책상 위를 덮고, 그 위에 향로를 놓고, 향을 피우고, 오케이가 들에서 꺾어온 꽃을 올리고……, 이런 여러 가지 일로 이리 뛰고 저리 뛰었다. 그 사이 주인과 센노스케와 히데오는 우선 먼저 알려야 할 친척과 지인에 관해 의논했다. 그러면서도 주인은 무엇보다 장례식 비용 걱정이 앞섰다. 지난번에 어느 선배에게 부탁은 해 놓았지만, 그것이 과연 이 다급한 때를 맞출 수 있을지 어떨지…… 걱정이 되었다. 센노스케는 형의 성격을 알고 있는 터라 앞에 대놓고 말하기가 뭣해서 말을 돌려, 자신도 만일의 사태에 대비해 저축해 둔 돈 20엔이 있으니 써달라고 했다.

「정말 자식 위해 고생만 하시다 가신 어머니 장례식인 만큼 할 수만 있다면 흡족하게 치뤄 드리고 싶구나. 그래, 이번엔 조금쯤 도움을 받도록 할게」하고 주인이 말했다.

「형이 힘들겠지만 어쩌겠어. 나도 어떻게 해 보고 싶은데 가난뱅이 소위라 돈 같은 게 있을 리 없고…… 할 수 없지, 꾸지 뭐!」하며 히데오는 태평스런 소릴 한다.

얼마 후, 히데오는 가까운 일가 친척, 특히 꼭 와서 도와주었으면 하는 사람들에게 전보를 치러 가구라자카 우체국으로 갔다. 주인은 색바랜 감색 양복을 입고, 돈 마련을 위해 간다에 나가 볼 양으로 인력거를 불렀다. 센노스케는 혼자 남아 통지해야 할 사람들에게 엽서를 쓰기 위해 아랫방으로 들어갔다.

사망 소식이 전해지자 제일 먼저 이웃 사람들이 문상을 왔다. 앞집 부부, 옆의 이층집 색시, 군인 부인들이 찾아왔다. 문상객들은 병풍 뒤에 안치된 시신 얼굴을 덮은 수건을 들추어보고, 선향을 두세 개 피우고 거의 똑같은 조문의 말들을 늘어놓고 돌아갔다.

「어쩌면…… 이렇게 되셨군요. 오래 앓으시긴 했지만……」하고 옆집 노파가 언제나의 어투로 말했다.

집안이 어쩐지 뒤숭숭하다. 특별히 이렇다 하게 할 일은 없으면서도 뭔가 특별히 할 일이 있는 것만 같다. 오우메는 무얼 해야 좋을지 몰라 이리 갔다 저리 갔다 하고 있었다. 그리곤 생각난 듯 이따금 병풍 뒤로 가서 선향을 피웠다. 오요네는 어머니 생각과 이어 시골집과 남편 일이 걱정되어 줄곧 눈을 발갛게 하고 있다. 센노스케가 엽서를 쓰는 방 앞 뜰에는 백일홍이 저녁노을을 받고 한층 선명하게 빛나 보였다.

우체국은 한산했다. 히데오는 열 통의 전보를 쳤다. 자신의 중대장에게도 알렸고, 끝으로 지금 막 또 한 통을 쳤다. 물론 그것은 그 처녀에게였다. 문득, 앞으로 일주일만 있으면 돌아간다!는 생각이 들었다. 가구라자카에서부터 대나무 울짱이 길게 뻗어 있는 뜨거운 길을 어머니랑 그녀에 관한 일들을 생각하며 돌아와 보니, 집에서는 오코마와 오요네가 자노마에서 열심히 하얀 수의를 꿰매고 있다.

저녁이 가까워지면서 사람들이 차츰 모여들기 시작했다.

六十八

후카가와에 있는 숙모도 왔다. 퇴역 군인인 매형도 왔다. 돌아가신 어머니의 생질로 혼조(本所)에서 빗장사를 하고 있는 남자도 왔다. 오코마의 언니로 천리교(天理教) 신자라는 오십 정도의 중년 부부, 오케이의 친정 큰오빠, 오우메의 친정 둘째 오빠, 그리고 몇 년 간 왕래 없이 지내던 할아버지의 생질에 해당한다는 대머리 신관(神官 : 神社에 종사하는 관직), 그렇잖아도 좁은 집이 더욱더 비좁아져서 곡하랴, 흐느껴 울랴, 지난 일들 얘기하랴 북새통을 이루었고, 담배와 선향 연기는 숨막힐 듯 무더운 초저녁녘의 집안을 가득 메웠다.

아랫방에는 형제들 외에도 가까운 집안네들이 한데 모여 장례식 준비에 관해 한창 의논중이다. 주인은 두세 곳을 분주히 뛰어다니며 간신히 백 엔이 채 안되는 돈을 융통해 왔는데, 그중의 한 사람에게는 유신 직후 한주(藩主)로부터 기념으로 받은 셋슈(雪舟)[74]의 나한도(羅漢圖) 한 폭을 저당잡혔다. 그 그림은 요시다가의 가보라 할 만한 것으로, 할아버지 생전에는 함 깊숙이 신주 모시듯 모셔 놓고서, 일년에 두 번 정도 도코노마에 걸어 손자들에게 보여 주곤 했었다. 그리고 할아버지는 그것을 요시다가의 목숨처럼 알라고 손자들

에게 누누이 이르시고, 어떠한 일이 있어도 그것을 없애서
는 안되며, 다른 사람에게 넘겨서도 안된다. 만에 하나 그런
일이 생기면 조상님들께 얼굴을 들지 못할 뿐만 아니라, 그
때는 요시다가도 끝장이다 하시며 입버릇처럼 말씀하시곤
했다. 센노스케는 형의 저당잡힌 얘기를 듣고는 할아버지가
하시던 말씀이 떠올라 자신들의 변변치 못함을 자책하지 않
을 수 없었다.

아버지는 전사하여 야스쿠니신사(靖國神社)75)에 모셔져
있으므로 어머니의 장례도 신도(神道)76)식으로 치르기로 결
정이 났다. 없는 살림이지만, 할 수 있는 한 훌륭히 치뤄 보
자는 주인 의견에 따라 근처 장의사들을 제쳐놓고 가마쿠라
가시(鎌倉河岸 ; 현재 千代田區 內神田)의 큰 장의사에 장례 일
체를 맡기고, 히비야(日比谷)의 대신궁(大神宮)에서 신관을
불러오기로 했다. 또한 일의 진행은 대머리 신관이 잘 알겠
다 싶어서 그에게 전적으로 맡기기로 했다.

생화 3쌍에 조화 2쌍, 거기에 고운 발이 이중으로 늘어진
고급 관받침대에 명기(銘旗)77)까지 세운다고 하자, 「그렇다
면 훌륭해! 고등관의 장례식이라도 그 이상은 못하지」 하며
퇴역 군인인 매형이 한마디 했다. 오늘밤 안으로 염을 하여
될 수 있으면 입관까지를 끝내 버리고 싶은 마음에, 대머리
신관은 곧바로 대신궁으로 해서 장의사까지 돌아서 오겠다

고 나갔다.

거꾸로 둘러쳐진 병풍 안에는 또다시 많은 꽃들이 올려졌다. 양초에 아름답게 불이 켜지고, 공기에 밥이 고봉으로 담기고, 그 위에 젓가락 두 개가 꽂히고, 마쿠라단고(枕團子)[78]가 그 옆에 놓였다. 신도에서는 그런 건 하지 않는다는 얘기도 있었지만, 신관이 오기 전까지는 역시 부처님이라는 여자들 말에 따른 것이다. 병풍 바깥으로는 사람들이 모두 제각각 자리를 잡고 앉아 고인의 얘기라든가 그 밖의 잡담에 시간 가는 줄 모른다.

자노마에서 부엌에 이르기까지는 혼잡스럽기 짝이 없다. 화로의 쇠주전자는 하얀 김을 연신 내뿜고 있고, 가마솥 아래서는 벌건 불이 긴 혀를 널름거리고, 개수대에서는 물일하는 소리가 요란하다. 여자들이 정신없이 저녁 준비를 하고 있는 모습이 마치 그림 같다…….

드디어 저녁식사가 나오고 램프가 켜졌다. 한낮의 더위는 해질녘부터 불기 시작한 서늘한 바람으로 조금은 견딜 만해졌지만, 모기가 많아 집안에 가만히 들어앉아 있기가 여간한 일이 아니다. 열사흗날 달은 벌써 아름다운 빛을 발하기 시작했고, 구름 한 점 없이 맑게 갠 하늘은 짙푸른 청록빛 바닥에 별이 드문드문 박힌 듯했다.

해가 지고 한 시간이 지났다.

오우메는 혼자 집을 보고 있는 오테이와 교대하여 그녀에게 저녁을 먹일 참으로 뒷채 집으로 돌아갔다. 그 시간 센노스케는 선명한 달빛을 받으며 문가에 기대서서 시원한 바람을 쐬고 있었는데, 돌아갔나 싶던 오우메가 다시 나타나 「여보」 하고 손짓하며 부른다.

「왜 그래?」 하며 다가가지 않자, 「여보, 잠깐, 할 말이 있어서…….」

무슨 일이 있는 것 같다.

六十九

무슨 일이냐고 묻자, 오우메는 목소리를 낮추어,

「지금 말예요, 문앞까지 갔는데 우리집 담 너머에서 사람 말소리가 들리잖아요. 하두 이상해서 잠시 서서 들어 봤더니, 오테이가 글쎄, 건너집 학생과…….」

하더니 말을 잇지 못하고 웃는다.

「어쨌는데?」

그래도 그냥 웃기만 한다.

「웃을 일이 아니잖아.」

「아무튼 다른 사람한테 말하지 않을 거죠…… 그래서요,

내가 살짝 되돌아와 버렸단 말예요.」

「이거 큰일 아니야?…… 그렇다면, 전부터 그런 일이 있었던 거 아냐?」

「그것까진 모르겠지만요, 이따금 함께 얘기하는 걸 본 적은 있어요.」

「문젠데.」

「오코마 형님에게 말해 두는 편이…….」

「아니, 그것보다 같이 한 번 가 보자.」

그래서 두 사람은 다시 가 보았다. 물론 그때까지 그 남자가 있을 리가 없다. 오테이는 자노마의 램프를 뒤로 하고 쭈그려 앉아 있었으나, 도둑이 제발 저리듯 안절부절못하고 있는 모습이다. 아까 발소리를 들었기 때문에 들켰으면 어쩌나 하고 가슴이 조마조마했다. 툇마루로 올라선 센노스케는 잠자코 언짢은 기색으로 자그마한 체구에 머리를 모모와레로 묶은 처녀를 내려다보았으나, 오우메는 스스럼없이,

「배고팠지? 좀더 빨리 오려 했는데 너무 바빠서.」

「배는 하나두 안 고파요.」

「그래두 지루했지?」

「아니요.」

얼굴이 빨개지는 걸 램프 밑에서도 알 수 있다.

오테이는 허둥지둥 달아나듯이 돌아갔다.

젊은 부부는 서로 얼굴을 마주보고 웃었다. 둘은 번갈아 가며 어머니 간병으로 바빴기 때문에 오랫동안 이렇게 나가 히바치 앞에 마주앉을 새가 없었다. 게다가 동생이나 누나가 시도 때도 없이 드나들어서 그들 눈 때문에도 행동이 자유롭지 못했다. 물론 두 사람 사이는 이젠 신혼 때의 달콤함은 없지만, 그러나 때로는 손이라도 한 번 꼬옥 잡아 보고 싶은 때가 없지도 않았다. 두 사람은 다시 한 번 서로 얼굴을 마주보고 웃었다. 오우메는 화려한 무늬의 유카타를 입고, 올린머리에서는 두세 가닥 귀엣머리가 흘러내려 하얗고 통통한 볼을 덮고 있고, 크게 부풀어 오른 가슴은 무거운 듯 처져 있었다.

다다미 여덟 장의 자시키는 어둡고, 램프는 하릴없이 자노마를 비추었다.

잠시 후 센노스케는 달 밝은 마당을 이리저리 거닐었다. 예의 그 감상적 기분이 되어, 돌아가신 어머니와 자식들과의 관계란 과히 믿을 바가 못된다는 걸 생각하며, 어찌하여 인간은 이렇게 간사한 것인가 하고 생각했다. 이런 일은 극히 당연한 거야, 아무것도 아니야, 그런 걸 일일이 따지고 고민하니까 사람들로부터 감상적이라느니 풋내기 문학도라느니 하며 웃음거리가 되는 거야라고 생각을 돌려보려 해도 역시 가슴이 답답하긴 마찬가지다.

본가로 내려가려고 문을 나섰다. 실로 달이 좋은 밤이다. 어머니를 생각하는 데 이처럼 좋은 기념이 되는 밤은 아마 없을 것이다. 밭의 고구마 잎에는 벌써 밤이슬이 맺히고 벌레 우는 소리가 풀숲에 가득하다. 센노스케는 생각에 잠겨 걷느라, 문에서 조금 떨어진 오른쪽 샛길에 히데오가 서 있는 것도 모르고 지나쳤다. 히데오는 오래 전부터 문 옆에 서 있었다. 그곳에서는 울타리 너머로 센노스케의 집안이 환히 들여다보였던 것이다. 작은형을 지나쳐 보내 놓고서야 뒤에서 휘파람을 불었다. 센노스케는 문득 정신이 들어 뒤를 돌아다봤다.

「누구야? 너로구나.」

「좋은 달밤이지?」

「아까부터 여기 있었던 거니?」

「아─니.」

「관은 왔어?」

「아─니. 아직……. 그런데 누나와 형수는 마주쳤다 하면 싸우려고 들어서 골치야.」

「무슨 일이 있었니?」

「아니 뭐─. 싸움을 했다는 게 아니고, 그저 뭐라고 말만 하면 서로 종알거리면서 금방 얼굴색이 달라지는 거야. 남의 눈도 있는데, 소문이라도 나면 무슨 망신인지 원.」

「거참 곤란하군.」

「어째 저 모양들일까?」

「다들 신경이 곤두서 있으니까 하찮은 일에도 뾰족해지
는 거겠지.」

七十

상가는 밤샘하는 사람들로 시끌벅적했다. 신관이 와서 망
자(亡者)의 생전의 공덕을 기리고 명복을 비는 조문을 읽고
두 시간 정도 있다 돌아갔다. 칠하지 않은 생나무 위패에는
새롭게 무슨무슨 미코토(命)[79]라는 긴 계명이 쓰여졌다. 촛
불과 선향의 연기 사이로 시신이 길게 누워 있는 것이 보이
고, 산해진미 세 가지씩이 제기에 받쳐져 영전에 올려졌다.
사람들은 각기 적당한 곳에 자리를 잡고, 저마다 얘기하기
에 바빴다. 노인은 오쿠니가에(御國替) 때의 일을 얘기했고,
군인인 매형은 아버지가 전사했을 때의 일을 얘기했다. 당
시 돌아가신 어머니가 얼마나 억척스러웠던가 다시 한 번
화제에 올랐다. 빗장수는 방탕했던 젊은 시절 빗행상하러
닛코에 갔다가 깊은 산속을 방황하던 일을, 신관은 다테바
야시에 있을 무렵 할아버지에게 자주 꾸중을 들었는데, 눈

을 치뜨고서 노려보시던 것이 더없이 무서웠다는 얘기를 했다. 젊은 사람들은 또 젊은 사람들끼리 히데오를 중심으로 사관학교 시험이나 수학, 혹은 젊은 사관들의 사생활, 훈련에 관한 이야기 등을 열심히 듣고, 센노스케를 중심으로 한 무리는 고요(紅葉), 로한(露伴)의 소설에서부터 기행문에 관한 것, 명승 고적에 관한 것, 산수(山水)에 관한 이야기까지 화제가 꼬리를 물고 이어졌다. 우스운 얘기도 나오는지 때때로 큰소리로 웃는 사람도 있었다.

젊은 주인의 큰아버지 되는 노인이 여우에게 홀린 이야기를 했다. 홀린다는 것을 알면서도 홀려가는 어처구니 없는 상황을 손짓을 해가며 얘기를 늘어놓자 모두가 웃었다. 여우 얘기에 이어 유령 얘기가 나오면서 노인들도 꽤나 떠들썩해졌다.

「초상집의 밤샘이 이렇게 잔치마당 같으니 돌아가신 양반도 아마 기뻐하실 것이네.」

하고 천리교 신자인 오코마의 언니가 말했다.

현관 앞에 노송나무는 달빛을 받아 검은 그림자를 드리우고 있다. 그 그림자 그늘에 오코마와 오테이가 서 있다. 센노스케가 오코마에게 오테이의 일을 얘기했기 때문에, 딸이 어머니에게 호되게 야단을 맞고 있는 터이다. 훌쩍거리는 딸을 들들 볶아가며 어머니는 꼬치꼬치 캐물었다. 그때 관이 도착했다.

관은 우선 툇마루에 올려놓았다. 판 두께가 5부(약 1.5㎝)나 되는 훌륭한 관이다. 관을 보고 감탄 하는 소리가 여기저기서 들려온다. 통 모양의 보통관(座棺)이라면 비좁아서 다리를 꺾거나 목을 구부리거나 해서 마음이 아픈데, 침관(寢棺)이라면 그런 염려가 없어서 좋다고 말하는 사람도 있었다.

우선 입관을 하자고 해서 자식들이 한데 모여 염을 하기로 했다. 물은 벌써부터 끓고 있다. 우선 덧문을 반쯤 닫았다. 자노마와 자시키 사이의 미닫이를 닫고서 다른 사람들은 일단 자노마에 모여 있게 하고, 병풍과 시신을 한쪽 구석으로 밀어 놓고, 방 한가운데의 다다미를 석 장 빼냈다.

큰 양동이에 더운 물이 찰랑찰랑 담겼다. 염을 할 사람들은 헌 홑겹옷으로 갈아 입고, 새끼줄로 허리띠를 매고서 양동이 주위에 둘러섰다. 오코마와 오요네가 즉시 망자의 옷을 벗겨냈는데, 「아― 어쩌면 이럴 수가!」하며 오요네가 참지 못하고 울기 시작하자, 주인이 거들어서 양동이 있는 곳으로 옮겨 놓았다. 빗장수는 이런 일엔 이골이 난 듯 재빠른 솜씨로 손이나 발을 싹싹 씻어 준다.

「깨끗이 하고 가셔야죠, 그렇죠, 숙모님!」하며 오코마는 얼굴을 씻겼다.

죽은 사람은 손을 축 늘어뜨리고, 목을 떨어뜨린 채 눈을 감고 있다. 그 모습을 희미한 램프빛이 어슴프레 비추며 기분 나쁜 죽음의 그림자를 주위에 드리웠다. 자손들은 조금이라도 씻겨 주어야 하는 법이라 해서, 모두 손이며 발이며 가슴을 씻긴다. 나무아미타불 염불 외는 소리가 여기저기서 들린다. 히데오는 수건으로 얼굴을 대충 닦아주었다. 센노스케는 차마 볼 수 없다는 듯 어두운 얼굴을 한 채 묵묵히 지켜보고만 있더니, 마지막에 결심을 한 듯 발을 씻겨 주었다. 주검의 싸늘함이 온몸으로 전해져 섬뜩했다.

그리고서 시신을 관 안에 넣었다. 얇은 요 한 장을 깔고서 수의를 입히고 하얀 각반(脚絆)에, 손발에는 하얀 가리개를 씌우고, 가슴에는 즈다부쿠로(頭陀袋)[80]를 걸고 로쿠도센(六道錢)[81]을 넣었다. 불교식이 아니니까 어쩌고 저쩌고 하는 주의를 다시 들었지만, 여자들은 그런 건 개의치 않았다. 지팡이도 넣었다. 짚신도 넣었다. 고인의 유해 주위를 가득 채운 붓순나무의 마른 잎 향기가 방안 가득 넘쳐 흘렀다.

七十一

분향을 하는 순서에 대해서 오요네와 오케이 사이에 잠깐 실랑이가 있었다. 장례식에 참석하는 여자들의 기모노에 관해서도 의견이 분분했다. 몬쓰키를 가지고 있는 사람은 먼 친척이라도 장례행렬에 참가하고 싶어하고, 가지고 있지 않은 사람들은 기모노를 과시하기 위해 참석하는 거라면 사절하겠다는 속생각이 있었다. 오요네와 오코마는 할 수 없이 돈을 내고 빌렸다.

명기묘표의 휘호, 아오야마(青山) 묘지[82]의 준비 등 만반의 채비가 다음날로 모두 끝났다. 다시 하룻밤을 더 시끌벅적한 밤샘으로 지새우고, 출관(出棺)은 오후 1시, 정오를 알리는 포가 울릴 쯤엔 집안은 전쟁터와도 같이 아수라장이 되어 가만이 앉아 있는 사람이 한 사람도 없었다.

주인과 센노스케는 신관의 의관을 갖추고 장례식에 임하기로 했다. 히데오는 퇴역군인의 의견에 따라 군복을 입기로 했다. 아랫방에서 센노스케가 의관을 갖춰 입자 히데오가 들어와서,

「센짱, 아주 근사한데!」하며 웃었다.

센노스케의 그 모습은 실로 우스웠다. 관을 쓰니 얼굴 인상이 달라져서, 생경한 얼굴로 시치미를 떼고 있는 모습엔 누구라도 웃음이 터져나오지 않을 수 없었다. 발인에 앞서 신관이 조문을 읽어 내리는 사이, 히데오는 옆에 앉아 있는 오우메의 무릎을 쿡쿡 찌르며 우스워했는데, 오우메는 웃을

래야 웃을 수도 없는 상황이어서 정말 그렇게 곤란한 적은 없었노라고 나중에 털어놓았다.

길고 긴 조사가 끝나자 분향이 시작되었다. 그것도 끝나자 이번엔 드디어 마지막 고별! 생전에 가까웠던 사람은 모두 관 주위로 모여들었다. 관 뚜껑을 열자 그 말라빠진 보기 흉한 얼굴! 또 한 차례의 눈물바다로 사람들은 옷소매를 적셨다. 이윽고 장의사 사람들이 와서는 냉담한 태도로 관 뚜껑에 꽝꽝 못을 박았고, 그 소리는 좁고 어두운 집 구석구석까지 울려 퍼졌다.

마당에는 장례식에 참석할 사람들로 가득했다. 무더운 여름 한낮, 나무 그늘, 집 그늘 여기저기서 하얀 부채가 팔랑팔랑 움직였다. 생화, 조화, 신전에 바치는 신성한 비쭈기나무. 흰 옷의 인부들은 대문 앞에 무리를 이루고, 십여 대의 인력거는 앞 비탈길 중턱까지 늘어서 있었다. 가까운 이웃 사람들은 뜻밖의 훌륭한 장례식에 놀라 모두 눈이 휘둥그레졌다.

관이 툇마루를 지나 상여 안에 넣어지자, 인부들은 곧 상여를 멨다. 드디어 마당의 나무 사이를 지나 대문 앞으로 나왔다.

젊은 주인의 뒤를 이어 센노스케, 새 소위 군복을 입은 히데오, 위패는 손자인 사내아이가 들고 인력거에 탔다.

명기가 바람에 나부꼈다. 상여는 고개마루까지 올라가서 뒤따라 오는 행렬이 정돈되기를 잠시 기다렸다. 행렬의 순서를 봐주는 미꾸라지 수염을 한 남자가 이리 뛰고 저리 뛰면서 여자들을 차에 태우고 있다. ……드디어 행렬이 정돈되고, 상여는 움직이기 시작했다. 집에 남은 사람들은 대문 앞에 서서 오래도록 지켜보았다. 나이 많은 시누이는 염주를 손 끝으로 돌리면서 부처님의 이름을 외었다. 옆집의 할머니도 고개 아래까지 전송을 나와 있었다. 이웃사람들 중에는 「그 호랑이 같은 할머니가 없어졌으니, 젊은 주인 나리는 앞으로 편안하겠네!」라고 하는 사람도 있었다. 기쿠이초 거리에서는 모두 이 들판 집에 대해서 알고 있었으며, 백발에 이가 빠진, 까다로운 성격이지만 남에게는 경우 바르고 싹싹한 할머니를 기억하고 있었다. 그래서 석수장이집, 인력거집, 이발소, 담배가게집 주인이랑 마누라들이 모두 가겟머리에 나와 그 행렬을 지켜보았다. 길모퉁이 얼음집의 씩씩한 두 딸도 나와 있었다. 얼마쯤 가자, 건재상 집 딸이 친구인 듯한 열예닐곱의 처녀와 같이 이쪽으로 걸어오다 장례식 행렬을 보고는 「저것 좀 봐, 꽈리 할멈이야!」, 「그렇구나……」 하며 친구도 멈추어 섰다.

七十二

묘지로 가는 길은 길고도 무더웠다. 게다가 바람이 세게 불어와 아오야마의 연병장은 누우런 흙먼지를 일으켰다. 명기가 펄럭펄럭 소리를 내고, 걸어가는 장례행렬의 절반 정도는 벌써 뒤로 처졌다.

아오야마 공동묘지에는 요시다가(吉田家)와 연고가 있는 묘가 적지 않다. 조부모, 형수, 조카, 그리고 죽은 큰누이도 이곳에 있다. 추석이나 한식에는 어머니와 함께 가족 모두가 성묘를 했다. 어머니는 일찍 죽은 맏딸 무덤 앞에 꽃을 꽂아 놓고 운 적도 있다. 파출소 앞 등나무 넝쿨이 늘어진 찻집, 부순나무와 향을 사서는 손수 물통을 들고 무덤 사이를 누비며 갔다. 그때는 히데오가 아직 소년이었으므로 돌아오는 길에는 반드시 아오야마 연병장을 센노스케와 달리기를 했다. 벌판 끝자락의 한 그루 은행나무, 그 그늘에는 언제나 짐수레와 인력거 대여섯 대가 쉬고 있었는데, 그곳에서 형제는 뒤처진 어머니가 오기를 기다렸다.

큰형은 그보다 훨씬 옛날 일을 생각하면서 발걸음을 옮겼다. 아직 연병장이 만들어지기 전, 오래된 저택과 옛마을, 처마가 낮은 상가들이 줄줄이 늘어선, 어디 한구석 활기라곤 찾아볼 수 없이 쇠락한 기운만이 마을 전체를 휘감고 있었다. 이 마을에 육도 사거리라는 곳이 있었다. 그곳을 누나, 너무도 의지했던 누나의 장례행렬을 뒤따라가던 일이 생각났다.

아오야마의 재장(齋場)[83]에서는 신관이 전기(傳記) 비슷한 제문(祭文)을 낭독했다. 신도식(神道式)은 간단하면서도, 어딘가 모르게 사람들의 마음을 울렸다.

장례식에 참석한 사람 중에는 아버지의 옛친구들이 너댓명 있었다. 네기시에 있을 적에 자주 어울려 술을 마시던 친구들이다. 한 사람은 경찰 부장, 또한 사람은 혼고의 구장이 되었다. 맏아들이 문어체(文語體)의 조사를 읽어 내려가자, 「모두 장성해서 이렇게 훌륭한 장례식을 치를 수 있게 되었구나! 요시다가 살아 있었으면 얼마나 흐뭇해 했을까……」 생각하며, 군복을 입은 히데오가 초연히 고개를 떨구고 서 있는 모습을 바라보았다.

식이 끝나자 관은 묘지로 옮겨졌다. 세 평의 좁은 묘지는 끈끈이나무 생 울타리로 둘러쳐져 있었으며, 그 속에 있는 몇 개의 묘표는 반 정도 썩어 있고, 조부의 묘표는 완전히 썩어 있었다. 십년 동안에 네 번의 장례식을 치뤘다. 젊은 주인 마음에는 항상 전처의 묘석이 걸려서, 빨리 조부모의 묘석도 세워 드려야지 하는 바람이 떠날 날이 없었지만, 빈곤하고 어려운 살림이다 보니 좀처럼 그럴 여유가 없었다.

전처의 묘석은 암암리에 집안간의 충돌을 암시하고 있었다. 조부모의 묘석을 세우기도 전에 여편네 묘석을 세우는 법이 어디 있더냐? 하며 어머니는 당시 젊은 주인을 심하게 몰아세웠다. 그러나 처의 친정집에선 무리하게 그 사랑하는 딸의 묘석을 세우게 했던 것이다. 어머니의 산소 자리는 엄마의 젖에 눌려 죽은 아기의 묘표와 전처의 묘석 사이로 정해졌다. 파 놓은 구덩이의 빨간 흙이 산을 이루고 있다. 흙투성이가 된 인부들은 관을 받기가 무섭게 가는 끈을 걸쳐 스르르 그것을 구덩이에 내려놓았다. 흙덩이들이 관 위로 떨어지는 소리가 났다.

　친척들과 지인들은 모두 흙을 집어 구덩이에 던져 넣었다. 순식간에 무덤이 만들어지고, 새로 꽂은 묘표는 단풍나무, 동백나무 등이 우거진 주변을 한층 밝게 했다. 일동은 관례대로 물을 올리고 장례식을 마쳤다.

　가까운 사람들은 등나무 덩쿨의 찻집 깊숙한 곳에 자리를 잡고 차를 마셨다. 센노스케는 중인방(中引枋)에 걸려 있는 유화를 서서 바라보았다. 젊은 주인은 매형과 후스마에 쓰인 서도 대가의 글씨에 관해 얘기했다. 모두의 가슴에는 큰 일을 무사히 치러냈다는 안도감이 찾아들었다.

도코노마에 놓인 위패 앞에서 형식적인 주연이 있었고, 드디어 친척들도 뿔뿔이 작별을 고하고 돌아가자 모두는 연일 겹친 피로로 죽은 듯이 잠에 골아 떨어졌다.

깊은 밤, 신전의 촛불은 꺼져 있었다.

평온하고 평범한 날들이 계속되었다. 어머니가 안 계시다는 것이 어딘지 모르게 허전했다. 특히 센노스케에게는 더더욱 그러했다. 어쩐지 아직 거기에 그냥 누워 계신 것 같기도 하고, 까탈스런 투정을 하시고 계신 것 같기도 하고…….아무리 까탈스럽더라도 살아계시는 편이 좋았을 걸 하는 생각이 들기도 했다. 어머니의 그림자는 아직 그 어두운 집의 추녀끝을 떠나지 않고 있었던 것이다.

산소에는 번갈아 갔다. 삼일째에는 무덤 앞의 생화가 완전히 시들어 있었다. 집에서는 젊은 주인이 형제들과 함께 돌아가신 어머니의 유품을 정리했다. 유품 중에는 낡은 거울이나 장부, 옛날 금화와 은화를 싸놓은 꾸러미 등도 있었다. 또 작은 보퉁이가 있어 무언가 하고 펴 보니 자식들의 배냇머리와 탯줄[84]로, 젊은 주인의 것이랑 센노스케와 히데오의 것도 있었다. 부친의 필적으로 생년월일과 이름이 쓰여 있었다. 또 다른 작은 종이꾸러미가 나왔는데, 바로 아버지의 유발(遺髮)이었다. 그걸 보자 모두 숙연한 기분이 되어 잠시 부모의 일생을 되돌아보았다.

「너희들 탯줄은 내가 가지고 있어 봤자니까 다 돌려 주겠다!」 하며 큰형이 웃으면서 각자에게 그것을 주었다.

「오요네 것은 왜 없지?」

「내껀 내가 가지고 있어. 도쿄로 이사올 때, 니껀 니가 가져가라시며 엄마가 주셨거든.」

「그래? 그러면 됐어.」

「이제는 탯줄도 각자 제것을 보관하지 않으면 안되게 되었군.」

하며 서운한 듯이 센노스케가 말하자,

「그건 그렇다만, 너 언제까지 그런 말을 하고 있을 거니. 머잖아 너도 애 아범이 될 텐데」 하며 오요네가 웃으면서 핀잔을 준다.

옛 금화와 은화가 니슈킨(二朱金)[85]이 다섯 닢, 니부킨(二分金)[86]이 열 닢, 이치부긴(一分銀)[87]이 다섯 닢 정도 있었다. 히데오는 니슈킨을 줄곧 만지작거리면서 「나는 다른 유품은 필요없으니 이걸 가지면 안될까?」

「그걸 가지고 뭘 하게?」

「반지라도 만들까 해서.」

「니가 반지를 낄 거냐?」

「어차피 애인에게 줄 테지 뭐!」라고 센노스케가 옆에서 놀려댔다.

「괜찮지? 형.」

「아이 얄미워, 히데가 보기보다 실속파네」 하고 오요네가 말했다.

「아무래도 좋아. 니슈킨은 내가 가질 거야!」 하며 히데오는 줄곧 그것을 만지작거렸다.

형제들은 어머니 유품을 어떻게 나눌까 의논을 했다. 어머니는 평소 기모노 같은 걸 그리 많이 가지고 있진 않았다. 좋은 것은 이미 맏딸과 오요네에게 거의 다 줘버렸다. 히데오가 사관학교를 졸업할 때 장만한 가문(家紋)을 넣은 기모노가 그중 나은 것이다. 젊은 주인은 그것을 오케이에게 주었으면 하는 마음이고, 오요네는 자기가 그것을 가질 권리가 있는 것처럼 생각했다. 둘의 실랑이는 여기에서도 벌어졌다.

七十四

체야(逮夜)[88]에는 가까운 일가 친척들이 모두 모여 떠들썩한 주연이 벌어졌다. 다음날 성묘를 끝내고 히데오와 오요네가 각자 임지와 고향집으로 돌아간다고 해서 낮에 각자 유품을 나누었다. 어머니의 가문을 넣은 기모노는 결국 오요네가 갖기로 되었다.

길고 긴 간병을 하느라 애썼다고 오늘은 여자들도 모두 정식으로 상을 받고 자리에 앉았다. 8시경이 되자 대부분의 손님들이 술에 취해서, 음식을 싼 나무도시락을 받아 들고 돌아간 사람도 있었다. 술자리는 이미 흥이 식어 버렸다.

문득 젊은 주인이 정신을 차려 보니, 오케이가 새초롬이 상 앞에 앉아서 연신 술잔을 기울이고 있다. 마신다기보다는 차라리 들어 붓고 있다. 얼굴은 시뻘개 가지고, 뭔가 대단히 흥분해 있는 것이 그대로 드러나 보였다. 조금 떨어져 앉은 오요네의 얼굴에도 심상치 않은 기색이 비쳤다.

「오케이!」

하고 젊은 주인이 불렀으나 들은 척도 하지 않는다.

「오케이! 그만 두지 못해!」

하며 만류하지만, 못 들은 체 술병을 손에 들고 고집스레 술잔에 술을 채운다.

「오케이, 너 들리지 않니!」

그 목소리가 매우 날카로웠기 때문에, 오요네는 험악해진 벌건 얼굴을 젊은 주인 쪽으로 돌렸다.

「새언니, 꽤 술이 쎈데요.」

불쑥 끼여드는 오요네의 말에는 가시가 돋쳐 있었다.

「아무렴, 술쯤이야 얼마든지 마실 수 있죠.」

「오케이, 바보 같은 짓 집어 치우라는데!」

「뭐 어때요. 술 좀 마셨기로서니. 정말 웃겨…… 저 혼자 간병을 도맡아 한 체하면서…… 뻔뻔스럽게…….」

「뭐라구요? 언니!」

하며 오요네는 얼굴색이 확 달라졌다.

「뭐라구는 뭘 뭐라구야. 어느쪽이 윗사람인지 모르겠다니까…….」

좌중은 잠시 침묵에 빠져 들었는데, 피할래야 피할 수 없는 폭풍이 드디어 불어닥친 것이다.

「새언니, 어디 다시 한 번 말해 봐요. 뭐라고? 간병 한 번 제대로 못한 주제에……. 시어머니가 빨리 죽었으면 하던 게 누군데. 새언니한테는 한시라도 빨리 죽는 편이 좋았겠지만…… 내겐 정말 둘도 없는 어머니였다구요.」

「누가 빨리 죽었으면 했다고 그래?」

「누군지는 양심에 물어 보시지 그래?」

「그렇게 말하는 너야말로…….」

「내가 어쨌기에?」

「남의 집에 친정이라고 들어와서는 제맘대로 휘젓고 다니더니, 저 혼자 간병은 다 한 것같이 유세나 떨고…… 참기가 막혀서」

「말 다했어 정말?」

「오케이! 오케이! 그만둬!」하며 젊은 주인은 언성을 높였다.

「어떻게 가만 있을 수 있어. 이렇게 바보 취급하는데……」하며 오케이는 울음섞인 소리로 「사람을 마구 짓밟아 놓고 제 마음대로 휘두르는데…… 정말 분하고 억울해!」하더니 갑자기 오요네에게 달려들었다.

옆에 있던 상 위의 접시와 그릇들이 와장창 깨졌다. 젊은 주인이 뜯어 말리려고 둘 사이에 황급히 뛰어들었으나 이미 한발 늦었다. 오케이는 오요네의 멱살을 잡고는 손을 들어 마구 때렸다. 오요네도 지지 않고 오케이의 머리채를 휘어잡았다.

七十五

자리에 있던 사람들은 모두 일어섰다. 무슨 일인가 하고 오코마도 부엌에서 뛰어나왔다. 젊은 주인과 매형이 겨우 두 사람을 떼어 놓고 보니, 오케이의 머리는 엉망진창으로 헝클어졌고, 오요네의 얼굴에는 손톱자국이 나 있었다.

「이거 놔, 언니고 뭐고 어딨어? 위패 앞이라 참고 있었더니, 지가 얼마나 잘난 줄 알고……」하며 소리지르며 잡힌 소매를 뿌리치려는 오요네를 떼밀다시피 하여 센노스케는 아랫방으로 데리고 갔다. 그들의 뒷모습을 바라보던 매형이 「배는 잔뜩 불러가지고, 정말 큰일나겠어!」하고 말했다. 그 말에는 열적은 웃음이 배어 있었다. 젊은 주인은 잠자코 있었다. 처의 무분별한 행동을 부끄럽게 생각하는 것 같았다. 히데오도 오우메도 너무 깜짝놀라 선 채로 보고 있었다. 오코마는 「대체 이게 무슨 일이야, 나 원 참, 배는 남산만해가지고 싸움이나 하고, 기가 막혀서」하며 웃었다.

오케이 역시 일시적인 감정이 사그러들자 부끄러웠다. 엉망으로 취한 탓이다. 술은 뱃사람이었던 전남편한테 배우긴 했지만 이렇게 취해 보긴 처음이다. 험하게 찌푸린 얼굴엔 핏기가 가시고, 눈은 멍하니 한곳을 바라보고 있다.

그러다 그럭저럭 흥이 깨졌던 좌중은 다시 시끌벅적해지고, 이윽고 우스갯소리를 하며 유쾌하게 웃는 젊은 주인의 웃음 소리가 사방으로 퍼져 나갔다.

성묘를 마친 다음날, 오요네는 씁쓸한 마음으로 친정집과의 작별을 고했다. 시골집의 생활도 힘들고 십년 이상 함께 산 남편도 별로 의지가 되진 않지만, 그러나 이젠 두 번 다시 이 집 문턱을 넘지 않으리라, 그녀는 생각했다. 이젠 더 이상 부모의 집이 아니다. 오라버니의 집인 것이다! 그래서 작별에 앞서 다시 한 번 위패 앞에 향을 올렸다. 가는 연기가 하르르르 위로 피어올랐다. 오요네는 가만히 그것을 바라보았다. 순간 참을 수 없이 서글픈 생각이 들면서 자기도 모르게 주르르 눈물이 떨어져 소매 위를 적셨다.

오요네는 커다란 보따리를 인력거 발판 밑에 놓고, 화려한 무늬의 모슬린 홑겹옷을 입은 여자아이를 임신 8개월째인 남산만한 배 위에 안고서, 젊은 주인과 센노스케와 히데오, 그 밖의 집안 여자들의 전송을 받으며 떠나갔다.

히데오도 떠날 채비를 했다. 가방 속에는 그녀에게 줄 한 에리와 오비도메(帶留)[89], 그녀의 동생들에게 줄 그림책과 리본 등이 들어 있다. 술고래인 중대장의 부탁으로 신바시 근처의 그릇가게에서 뚝배기를 샀는데, 어떻게 깨트리지 않고 가지고 갈까 고심했다. 유명 제과점의 아마낫토(甘納豆)[90], 다마다래(玉垂れ)[91] 등도 챙겨 넣었다.

더운 날이긴 했으나 어딘가 하늘 가득 가을 기색이 느껴졌다. 정류장까지 센노스케가 배웅을 한다 해서 인력거에는 짐만 싣고 형제는 걸었다.

군복을 입은 히데오와 흰바탕 유카타에 헤코오비(兵兒帶)[92]를 맨 센노스케는 돌아가신 어머니의 얘기랑 큰형과 형수 얘기, 오요네 얘기 등등 이러저러한 얘기들을 나누며, 도

쓰카마치 상점가의 처마가 나즈막한 초라한 상가를 따라 늦은 오후 햇살을 피해 걸었다. 오모카게교로 구부러지는 길 모퉁이에서 무슨 말끝엔가 히데오는 그녀의 얘기를 꺼냈다.

七十六

「그거 잘됐군 잘됐어.」

「아무래도 일가친척들이 까다로워서 잘될지 어떨지 모르지만…….」

「뭘 그런 걸 가지고. 이쪽만 확실한 생각을 가지고 있으면야…….」

「물론 나야 그럴 작정이지만.」

「그러면 됐어!」 하고 센노스케는 자기 일이나 되는 것처럼 기뻐했다.

히데오는 이런저런 일들을 숨김없이 얘기했다. 물론, 군인의 어눌한 말솜씨로는 충분히 사랑 이야기를 전달할 수 없었으나, 센노스케는 자신의 상상력을 동원하여 그 상황을 충분히 이해할 수 있었다.

「기회 봐서 큰형에게도 말 좀 해 줘.」

「알았어, 걱정 마.」

「어차피 일이 진전되면 큰형이나 센짱 신세를 지지 않을 수 없을 테니, 나도 큰형에게 얘긴 하겠지만…….」

「그래, 그래」 하며 고개를 끄떡이며 「빨리 결정하는 게 좋잖아?」

「하지만 소위 봉급으로는 먹고 살 수 없으니 말야?」

「원 별 소리를, 그렇지 않아.」

「게다가 어엿하게 결혼식이라도 올릴라치면 이리저리 결혼비용도 들겠고…….」

「그건 그래, 그런 골치 아픈 일이 있지.」

「그래서 앞으로 일이년, 중위가 될 때까지는 결혼은 못하지만서도…….」

「이제 금년 말쯤이면 승진하잖아?」

「잘 풀리면 그렇게 되겠지만, 경쟁자가 워낙 많아서 말야.」

오모카게교도 어느 사이엔가 지나, 둘은 조오시가야의 큰 길로 이어지는 앝으막한 언덕을 오르고 있었다.

「사진 가지고 있니?」

「응―.」

「돌아가면 바로 좀 보내 줘. 미래의 제수씨를 하루라도 빨리 보고 싶으니까.」

히데오는 우물쭈물하더니 「실은 지금 가지고 있거든.」

「가지고 있어? 사진을?」

「응—.」

「그럼, 얼른 보여 줘!」

「가방 속에 있으니까, 정거장에 가서…….」

센노스케는 웃으면서 「그런 거라면 빨리 보여 줄 일이지.」

「그렇긴 한데, 그럴 기분이 아니어서 말야.」

큰길을 나와 생선가게, 철물점, 마구상(馬具商), 나무통가게(桶屋)들이 처마를 맞대고 있는 변두리의 지저분한 마을을 벗어나자, 넓게 펼쳐진 들판 위로 이른 가을의 흰구름이 떠가고, 개암나무 가로수가 줄을 서있는 시골길에 빈수레 소리가 요란히 울렸다.

정거장은 한산했다. 시계를 보니 기차 시간까지는 이십여 분 남아 있다. 차표도 아직 팔기 시작하지 않았다. 센노스케의 재촉에 히데오는 가방을 열고 책갈피에 끼워 놓았던 미쓰코의 사진을 꺼내 건네줬다. 센노스케는 귀여운 눈매의 자그마한 아가씨의 모습을 보았다.

「어딘가 나카초의 기누 씨와 닮았군.」

「응!」 하며 히데오는 얼굴을 붉히며 작은형의 손에서 사진을 빼앗았다. 나카초의 기누는 히데오의 어릴 적 소꿉친구였다.

얼마 안 있어 기차가 왔다. 젊은 사관은 칼집 소리를 요란히 울리며 이등실에 올랐다. 변두리 정거장인 이곳은 오르고 내리는 손님도 별로 없어서, 차장이 손을 들어 호각을 불자 기차는 곧 움직이기 시작했다. 히데오는 창으로 얼굴을 내밀고, 정거장에 서 있는 하얀 유카타 모습이 작아질 때까지 내다보고 있었다. 이윽고 선로가 휘어지면서 형의 모습이 시야에서 멀어지자, 그제서야 자리에 앉아 주머니 속에서 사진을 꺼내 홀린 듯이 한참을 들여다보았다. 기차가 아카바네에 도착할 즈음, 센노스케는 쓸쓸히 다카다의 아나하치만 옆의 비탈길을 내려가고 있었다.

七十七

오코마까지 돌아가자 집안은 조용해졌다. 젊은 주인과 오케이와 아들 녀석이 호젓하게 저녁상 앞에 앉았다.

아들 녀석은 수저를 놓자마자 뒤도 안 돌아보고 놀러나가 버렸다. 부부는 말없이 밥을 먹고, 그것마저도 끝나자 젊은 주인은 도코노마의 신전에 향을 올리고, 마당으로 내려와 우물가를 어슬렁거렸다. 오케이는 다스키를 걸쳐 맨 채 물을 긷거나 설거지를 하거나 하면서 바지런히 움직였다. 어느덧 램프에 불이 켜지고 둘은 또다시 나가히바치를 마주하고 앉았다.

젊은 주인은 담배 한 대를 피운 후 담뱃대를 툭하고 털며,

「아—, 이것으로 모든 게 끝났구나!」

「정말로 큰일 치뤘죠.」

「당신도 애썼어.」

「정말이예요, 요전번엔, 나 정말 정떨어져서 다 집어치우고 싶더라니까.」

「그래두 당신 말야, 숨겨둔 재주가 상당하던 걸?」 하며 놀린다.

「숨겨둔 재주라니요?」

「그렇게 술을 폼나게 마실 수 있는지는 전혀 몰랐단 말씀이야.」

「뭐라구요? 그렇게 놀리기예요?」 하며 때리는 시늉을 한다. 둘은 처음으로 한 집안의 주인이 된 듯한 기분이 들었다. 이런 대수롭지 않은 장난도 이제까지는 할 수가 없었다. 부부의 정을 조금이라도 겉으로 드러낼라치면 어머니는 곧 매섭게 눈을 흘기곤 했다. 젊은 주인은 특히나 그런 사정에 예민했다. 다른 부부들은 오순도순 정답게 절의 잿날에 나들이를 가거나, 함께 미쓰코시에 기모노를 사러 가거나 하며 마음껏 즐겨 보기도 하는데…… 유독 나만이 그런 살뜰한 맛도 모른 채, 까다로운 잔소리에 언쟁과 다툼으로 아까

운 세월을 보내 버렸구나. 젊은 주인은 새삼스레 죽은 부인과 이혼한 전처가 가엾어졌다.

「당신은 행복한 줄 알아.」

「왜요?」

「이제부터는 편안할 테니.」

「또 오유키(이혼한 두번째 부인) 씨 생각해요?」

「웬 뚱딴지 같은 소리야!」

「글쎄, 지난번 편지 말예요, 정말 밉살스러워서 못 봐 주겠데. 이제 편해졌으니 오유키를 불러 올리시지 그래요?」

「당신은 어떻게 하고?」

「사람 데려다가 실컷 고생만 시켜 놓고, 미워!」 하며 이번에는 정말로 무릎을 찰싹 때렸다. 젊은 주인은 웃고 있다.

명랑한 웃음 소리가 들판의 집에서 들리게 되었다. 옆집 아낙네도 예의 젊은 차림으로 들락거리며 우스갯소리를 하고 간다. 눈이 어두운 노파도 툇마루에 와서는 볼일도 없으면서 긴 수다를 늘어놓는다. 오케이의 조카뻘인 와세다 대학의 학생도 지금까지는 한 번도 찾아온 적이 없었는데, 오며가며 가끔씩 들르게 되었다. 생활리듬은 어느틈엔가 완전히 변해 버렸다.

센노스케는 외로움을 느꼈다. 부모님의 집이 형과 형수의 집이 돼 가는 걸 바로 눈앞에서 보는 것이 무엇보다도 서글

폈다. 앞으로는 지금처럼 약해 가지곤 살아갈 수 없다. 이제부터는 정말 혼자다. 넓은 세상을 혼자서 살아가지 않으면 안되는 것이라고 생각하자 뜨거운 눈물이 가슴에 차올랐다.

七十八

쓸쓸한 가을이 왔다. 이슬은 나뭇잎에 촉촉히 내리고, 울 밑으로 벌레 울음 소리가 처량하게 들려온다. 달밝은 밤이 몇 밤인가 계속되더니, 이번에는 차가운 비가 추적추적 내렸다.

센노스케는 쓸쓸한 기분에 잠겨 있다. 붓을 내려 놓고는 몇 번인가 긴 한숨을 내쉬었다. 마침 그즈음 그는 최초의 소문집(小文集) 출간을 할 양으로 출판사로부터 매일처럼 날아드는 교정지를 보고 있던 참이었다. 최초의 교정 분량을 끝내고, 서문을 쓰려는 때가 마침 어머니의 40일 제사를 마치고 돌아온 날 밤이었다. 개어 있는 하늘, 어둠 속이지만 눈부신 은하수가 하늘에 가로 걸려, 반짝이는 별빛을 쏟아내고 있었다.

괜스레 눈물이 주르르 흘러 내렸다. 자식을 위해 부모는 모든 것을 다 바쳤는데, 자식은 과연 부모를 위해 무엇을 했단 말인가? 어머니는 꽤 까다로웠다. 그러나 까다로운 것 이상으로 인정도 많았다. 우리들을 위해서 진심으로 슬퍼했고, 진심으로 걱정했으며, 진심으로 진노하셨다. 까다로웠던 것은 자상했기 때문인 것이다…… 그런데도 우리들은 무엇으로 보답했던가?

인간의 비열함이 새삼스레 절실히 가슴에 와 닿는다. 잠시 후 마음을 돌려서, 「그러나 이것이 인간인 것이다. 이것이 자연인 것이다. 가는 자는 가게 하라. 사라지는 자는 사라지게 하라.」

주체할 수 없이 눈물이 흘러내렸다.

생각을 고쳐 먹고 서문을 썼다.

고문조로 어머니의 죽음을 맞은 비애를 써내려 갔다. 「이제부터 가을비 나리고, 나뭇잎 지니, 그렇잖아도 서글픈 가을을 외톨이 된 이 내 몸, 어찌 외롭고 허전한 이 세상을 살아간단 말인고」라고 썼다. 그리고 마지막에 「크나큰 은혜 보답할 길 없으니, 적으나마 이 부족한 글을 삼가 영전에 바치노라.」

이렇게 쓰고 붓을 놓았다. 또다시 눈물이 볼을 타고 흘러내렸다. 그는 커다란 손으로 얼굴을 가리고 흐느껴 울었다. 울타리에서는 쉴 새 없이 벌레가 울어댔다.

마침 오우메가 와서 「무슨 일이예요?」

「어머님이 돌아가셨어. 난 이제 혼자야.」

남편이 울고 있는지라 오우메도 슬퍼졌으나, 마땅히 위로할 말도 생각나지 않는다.

「이젠 나 혼자란 말야!」 하고 센노스케는 되풀이하더니,

「우린 이제 의지할 곳이 없어. 당신과 나 둘이서 이 세상을 헤쳐 나가야만 해!」

오우메도 감정이 북받치면서 눈물이 나왔다.

잠시 동안 침묵이 흘렀다.

이윽고, 「정말로 힘이 돼주셨던 어머님이셨는데……」라며 오우메는, 「그치만 이젠 어쩔 수 없잖아요, 둘이서 정말 열심히 무슨 일이라도 해서…….」

두 사람은 처음으로 험난한 세파에 마주선 듯한 통절한 비애를 느꼈다. 그리고 부부라는 의미 이상으로 어떤 유대감을 느끼게 하는 강력한 힘이 그들 사이에 생겨났다.

오우메는 꼭 여섯 달째이다.

50일째에 한 번 더 제사가 있었고 가족 모두는 성묘를 했다. 도코노마에 차려놓았던 신단(神壇)[93]은 그 제삿날을 기해 모두 치워졌고, 아버님의 위패가 모셔진 집안의 가미다나에 어머니의 위패도 놓이게 되었다.

젊은 주인이 바친 꽃은 어두운 집안을 밝게 했다.

七十九

2년이 흘렀다. 들판의 집은 더 이상 들판의 집이 아니었다. 늙은 농부 부부가 빌려 소작하던 밭은 택지가 됐고, 종횡으로 길이 뚫렸으며, 새 가옥이 여러 채 들어섰다. 또한 일본식과 서양식을 절충한 하숙집이 들어섰는가 하면, 커다란 솟을대문에 판자 울타리가 둘러쳐진 이층집도 생겨났다. 길모퉁이에 새로 생긴 공동 우물가에는 근처 아낙네들이 모여들어 긴 수다가 하루 종일 그칠 새가 없었다.

북쪽으로 난 좁은 길 안쪽으로 작은 문에 네 칸 정도의 방이 있는 신축가옥이 있다.

좁은 뜰에는 나무는커녕 화초 한 그루가 없다. 현관문을 열면 윤이 나게 닦아 놓은 군화와 단화가 놓여 있고, 기성제품인 신장에는 슈친의 끈을 꿰어 단 통나무로 깎아 만든 여자 나막신 새것이 들어 있다. 군화 발소리도 높게 출근을 하고 나면, 뒤이어 어린아이 울음 소리와 젊은 부인이 열심히 아기 달래는 소리가 들려온다. 젊은 부인은 다름아닌 미쓰코이다.

두 사람이 결혼하기까지에는 상당한 어려움이 있었다. 노할머니의 반대, 일가친척들의 반대, 그런 것들도 이겨내기 힘들었지만, 그보다 한층 견디기 힘들었던 것은 지방 신문에, 어디서 어떻게 정보를 입수했는지 미쓰코의 혼전 임신 사실이 대서특필되었던 일이다. 그 일로 한바탕 소동이 일 어나 편지가 들판의 집으로 날아들고, 어머님이 돌아가신 다음해 2월, 젊은 주인이 히로사키로 찾아갔다. 그때 미쓰코 는 이미 임신 6개월의 불룩한 배를 하고 있었다. 미쓰코는 그리운 부모님, 보고 싶은 애인과 헤어져, 이백 리나 떨어진 이곳에서 두 명의 손윗 동서들의 도움으로, 그 어머님이 돌 아가신 8조방에서 남자 아이를 분만했다. 그리고 그 해 가을 에는 이럭저럭 허락을 받아, 정식으로 히데오와 결혼을 하 게 되었다. 그런데 히데오는 이듬해 봄, 부대에서 도야마(戶 山)학교로 병술(兵術) 연구차 파견을 나가게 되었기 때문에 그런 연유로 어쨌든 형 집 근처에 집을 마련하게 된 것이다.

미쓰코는 아름다운 데다 상냥하고 친절해서 동네에서 칭 찬이 자자했다. 다만 히로사키 사투리가 쉽게 고쳐지질 않 아 동서들의 놀림감이 되곤 했다.

삼 형제 집안은 한집 식구처럼 우애있게 지냈다. 삼 형제 가 번갈아 가며 음식을 장만해서 술자리를 마련하면, 여자 들은 남자들에게 집을 맡기고 함께 가구라자카의 잿날에 나 들이를 나갔다.

뒷집에서는 딸 아이가 태어났다. 오우메가 아기를 포대기 에 들쳐업고 그 근방을 거니는 모습이 자주 눈에 띄었다. 센

272

노스케는 어머님이 돌아가신 그 해, 심경에 적지 않은 변화를 겪고 자진해서 모 잡지사의 편집사원이 되었다. 얼마 안 되는 봉급이지만 매일 아침 책 보퉁이를 옆에 끼고 출근하고 있다. 큰형도 양복 차림으로 참대숲 너머로 터벅터벅 걸어 출근하는 모습이 여전했다.

어느 일요일, 미쓰코는 지리멘 기모노에 지리멘 하오리로 멋지게 차려 입고, 똑같이 성장을 한 아이를 안고서 아래에 있는 큰집으로 내려 왔다.

「벌써 준비 다 됐어? 아이구 예뻐라」하며 오케이가 맞아 준다.

「뒷집의 성님네는 아직 안 오셨시유?」

「으응, 아직 안 왔어. 이제 곧 오겠지 뭐」하며 아이의 옷을 보고는「아유, 아주 예쁘게 잘 맞네.」

「뭘요」하고는 책상 앞에 앉아 있는 젊은 주인 앞으로 다가가서는,

「아주버님, 안녕하셨시유?」하며 깍듯하게 인사를 했다.

오늘은 삼 동서가 함께 구단에 있는 그 유명한 스즈키 사진관으로 기념 사진을 찍으러 가는 날이다.

오우메도 예쁘게 단장하고 딸 아이를 안고 왔다. 아이는
화사한 유젠(友禪)[94] 지리멘의 예쁜 기모노를 입고 생글생글
웃고 있다.

언제나처럼 옷차림에 대한 얘기가 나온다.

오비도매가 좋구나, 한에리의 배색이 근사하네, 머리핀이
멋지네, 비녀가 예쁘네 하며 얘기가 끝이 없다. 미쓰코가 금
반지를 두 개나 끼고 있는 걸, 오케이도 오우메도 모두 부러
워했다.

오케이는 둘을 기다리게 해 놓고 준비를 시작했다. 거울
앞에 서서 열심히 머리를 매만져 보지만, 타고난 곱슬머리
라 생각대로 잘 빗어지지 않는다. 속을 태우며, 「정말 속상
해 죽겠네」 하며 짜증을 내다가 할 수 없다는 듯 대충 빗어
넘기고는 기모노를 입는다. 수수한 쥐색 비슷한 몬쓰키에
오비도 늘 매던 슈친의 마루오비(丸帶)[95]를 맸다. 하지만 날
씬한 체격이라 뒷모습이 보기 좋다.

「형님, 아주 잘 어울리는데요.」

하고 오우메가 말하자,

「그렇겠지, 잘 어울리겠지. 납작하게 찌부러진 머리에 대
물림한 낡은 기모노가 말이지」 하고는 오비를 꽉 조여 매고

서,

「그 양반이 조금만 더 능력 있는 양반이면 좋겠는데 말야.」

「어머나, 성님이 어떻게 그런 말씀을」하고 미쓰코가 웃었다.

준비를 끝내고 인력거가 와서 막 나가려던 차에 젊은 주인이,

「돌아올 때 선물 많이 사오는 거지?」

「예, 예, 여부가 있겠습니까?」하고 오케이가 장난치듯 말한다.

인력거 덕에 의외로 빨리 끝났다. 셋이 사진을 찍고 돌아온 시각이 정오 조금 전이었다. 선물은 베니야의 팥고물 찰떡이었다. 젊은 주인은 손수 차를 끓였다. 사진관 얘기가 시작되었다. 실내가 훌륭하다느니, 수염이 난 사진사가 우스꽝스러웠다느니, 무슨 화족(華族)96)의 딸이라는 아가씨가 마차를 타고 사진을 찍으러 왔는데 다이아몬드 반지가 기가 막히더라느니 하며 얘기가 쉽게 끝나질 않는다.

일주일 만에 그 사진이 우편으로 왔다. 비교적 잘 나왔다. 서서 찍은 미쓰코가 그중 가장 잘 나왔다. 긴 눈썹에 갸름한 얼굴, 올린머리가 잘 어우러져 그야말로 환상적이었다. 오케이가 사내아이를 안고, 오우메는 자기 딸을 무릎에 앉히

고 둘은 나란히 앉았다. 여자아이의 웃는 얼굴이 너무나도 귀엽고 천진하다.

사진 얘기가 세 집안을 떠들썩하게 했다. 여러 가지 평이 나왔다. 오우메의 눈매가 이상하다고 한 사람은 히데오이고, 미쓰코의 손 모양이 이상하다고 집어낸 사람은 센노스케였다. 오케이가 자리를 조금 잘못 잡아 얼굴이 좀 딴 사람처럼 나온 것을 보고,「조금만 옆으로 비켜 앉았더라면 좋았을 걸」하고 젊은 주인이 말했다.「제일 잘 나온 사람은 사진 값도 두둑히 내야 해」하며 오케이는 까르르 웃었다.

내친 김에 사진 넣어두는 작은 상자를 열어 옛날 사진들을 꺼냈다. 메이지 초기에 오사카에서 찍은, 크고 작은 두 자루의 칼을 찬 아버지의 사진은 이제 누렇게 변색되어 흐릿했다. 또 삼 형제가 나란히 찍은 소년 시절의 사진, 누군지 모를 올린머리의 여자와 함께 찍은 중년일 때의 어머니 사진, 돌아가신 숙모 사진, 형수 사진, 그리고 큰 누나 사진은 당시 유행했던 사진 원판 그대로인 유리판인데, 나무 테두리가 떨어진 것을 어머니가 정성스레 흰종이에 싸서 보관해 두었다. 그 밖에 지난해 히데오(英男)와 함께 찍은 어머니 사진이 한 장 있었다. 형제는 모두 그것을 손에 들고 들여다 보았다.

註

1) 하치죠(八丈) : 八丈絹의 약어로 동경의 八丈島에서 나는 평직 (平織)의 명주.

2) 하오리(羽織) : 일본 옷 위에 입는 짧은 겉옷. 한국의 두루마기 에 해당.

3) 제3대 장군 : 德川家光(1604~1651). 秀忠의 차남으로 德川幕府 융성의 기초를 확립하였음.

4) 힛코시소바 (引越そば) : 이사 간 곳의 이웃에게 인사의 뜻으로 돌리는 메밀국수. 우리나라의 이사떡과 같음.

5) 오시레 : 다다미방에 있는 일본식 붙박이 벽장.

6) 비샤몬(毘沙門) :「毘沙門天」의 준말로 四天王의 하나. 북방을 지키는 수호신. 일본에서는 복덕(福德)을 내리는 복신(福神)의 하나. 여기서는 神樂坂 큰 길가에 있는 비사문천을 가리킴.

7) 가미다나(神棚) : 집안에 신을 모셔 놓은 감실.

8) 오가이(鷗外) : 모리 오가이(森鷗外, 1862~1922). 메이지 문단의 중진. 육군 군의관 출신으로 독일에 유학하여 서구문학을 번역 소개하는 한편 왕성한 창작 및 비평활동을 하였음. 대표작「於 母影」,「舞姫」,「雁」, 역사소설「阿部一族」,「高瀨舟」 등이 있 고, 전기물에「澁江抽齋」등이 있으며, 번역물에「즉흥시인」, 「파우스트」 등이 있음.

9) 로한(露伴) : 고다 로한(幸田露伴, 1867~1947). 紅葉와 함께 메 이지 문단의 중심적인 작가. 이상주의적 경향을 띤 의(擬)고전

파에 속함. 대표작 「五重搭」, 「運命」, 「連環記」, 전기물에 「賴朝」, 희곡에 「名和長年」이 있음. 제1회 문화훈장 수상.

10) 나가히바치(長火鉢) : 직사각형의 목제(木製) 화로(서랍이 있으며 거실에 두고 씀).

11) 고마쓰나(小松菜) : 평지(유채 : 油菜)의 한 변종. 겨울 국거리로 쓰임.

12) 오비아게 : (일본 여자옷에서) 띠가 흘러 내리지 않도록 매듭에 대어 뒤에서 앞으로 돌려매는 헝겊끈.

13) 시로에리몬쓰키(白襟紋附) : 일본 옷의 예장(禮裝)으로 흰 옷깃에 가문(家紋)을 넣은 예복.

14) 자시키(座敷) : (일본 집의) 다다미방. 특히 객실.

15) 밀크홀 : 메이지 개화 풍속의 하나로 우유, 커피, 양과자, 빵 등을 파는 간이 음식점.

16) 이토오리(絲織) : 명주실을 꼬아서 짠 옷감으로 메이지시대 서민 여성의 외출복으로 애용됨.

17) 자노마(茶の間) : 가족이 모여서 식사를 하거나 휴식을 취하는 방. 흔히 부엌과 안방 사이에 있음.

18) 하카마 : 일본 옷의 곁에 입는 주름 잡힌 하의(下衣). 하오리와 함께 정장(正裝)에 입음.

19) 나나코(斜子) : 나나코오리(斜子織り)의 준말로 남성 하오리용 특수직 견직물. 발이 가늘며 비스듬함.

20) 센다이히라(仙臺平) : 센다이(仙臺) 지방의 특산품인 하카마용 고급 견직물.

21) 도코노마(床の間) : 일본식 방의 상좌(上座)에 바닥을 한층 높게 만든 곳. 벽에는 족자를 걸고 바닥에는 주로 꽃이나 장식물

로 꾸며 놓음.

22) 몬쓰키(紋附) : 가문(家紋)을 넣은 일본 옷(예복용).

23) 시로에리쿠로몬쓰키(白襟黑紋附) : 일본 옷의 예장(禮裝)으로 길사(吉事)에 입는, 검정 바탕옷에 가문(家紋)을 넣고 흰 옷깃을 단 예복.

24) 후스마 : 방과 방 또는 방과 마루 사이에 있는 안팎에 두꺼운 종이를 겹으로 바른 미닫이 문.

25) 다카사고(高砂) : 世阿弥가 작곡한 能樂(일본의 가면 음악극)의 曲名.

26) 미쓰몬쓰키(三紋附) : 일본 옷의 예장(禮裝). 옷의 등과 양쪽 소매의 뒤쪽에 가문(家紋)을 넣은 예복.

27) 가타아게 : 큰 옷을 어린아이의 몸에 맞추기 위해 어깨를 접어 넣고 꿰맨 것.

28) 지리멘(縮緬) : 견직물의 한 종류로 생사를 날실로 하고, 꼰 생사를 씨실로 하여 평직(平織)으로 짜서 뜨거운 물에 담가 오글오글하게 만든 비단.

29) 슈친(繻珍) : 금실·은실과 여러 가지 색실로 무늬를 도드라지게 짠 호화로운 수자직(繻子織).

30) 후지나야키(布志名燒) : 島根縣八束郡湯町布志名에서 생산되는 도기(陶器).

31) 네코이타(猫板) : 장방형 화로의 끝에 얹혀 있는 좁고 길다란 판자로 이 자리에 고양이가 잘 앉아 노는 데서 붙여진 이름

32) 고요(紅葉) : 오자키 고요(尾崎紅葉, 1867~1903). 문인클럽 '硯友社'를 창설. 대표작가로 활약.「我樂多文庫」를 창간. 메이지 문단의 주도적 작가로 鏡花·風葉·春葉·秋聲 등 후배작가

를 길러내는 등의 위업을 남김. 대표작「金色夜叉」,「多情多恨」등이 있음.

33) Amor : 變愛의 神(라틴어)

34) meine Liebe : 나의 연인 (독일어)

35) 시조쿠마치(士族町) : 시조쿠(士族)는 메이지유신 이후에 옛 무사 계급 출신자에게 주어졌던 명칭으로, 그런 시조쿠(士族)들만 모여 살았던 마을

36) 주젠지호반(中禪寺湖畔) :栃木縣男體山 기슭에 있는 화산호(火山湖).

37) 시오가마(鹽釜) : 찹쌀 미숫가루에 설탕 소금을 넣어 틀에 박아낸 과자.

38) 다타키(三和土) : 회삼물(灰三物 : 석회, 자갈, 황토를 섞어서 갠 것) 바닥으로 된 봉당.

39) 찜질용 곤냐쿠 : 곤냐쿠를 이용한 더운 찜질 요법은 예로부터 민간에서 널리 행해져 왔다. 즉 더운 자극을 주어 염증을 가라앉히는 치료법에 곤냐쿠를 사용해 왔던 것이다.

40)~41) 야마타류(山田流), 이쿠타류(生田流) : 일본 근대 쟁곡(箏曲)의 유파로 쟁곡계(箏曲界)를 대표하는 유파들이다.

42) 로쿠단(六段) : 八橋檢校가 작곡한 쟁(箏)의 명곡. 거문고의 곡으로서 일본에서 가장 잘 알려짐.

43) 오쓰에부시코(大津繪節) : 오쓰에부시(大津繪節)는 에도(江戶)시대 말부터 다이쇼(大正)에 걸쳐서 유행한 샤미센(三味線)의 속곡(俗曲) '코'는 東北方言에서 애칭(愛稱)의 역할을 하는 접미어이다.

44) 완코(椀子)」,「가마코(釜子)」,「베베코」,「네코노곳코(猫子のこ

っこ) : 공기(椀). 솥(釜). 기노모(베베). 고양이 새끼(猫子)의 뒤에, 코(子)를 붙인 표현으로, '子'는 東北方言에서 애칭(愛稱)의 역할을 하는 접미어이다.

45) 가미가타(上方) : 교토 부근 간사이 지방. 전에 왕궁이 교토에 있었기 때문에 붙여진 이름.

46) 아베노히라후(阿部比羅夫) : 阿部比羅夫는 7세기 후반의 장군

47) 미시하세(肅愼) : 7세기 후반의 지방속국. 阿部比羅夫가 토벌

48) 아시카가(足利) : 栃木縣 足利市. 가까운 주변에 양잠 지대를 두고 있어 각종 견직물(絹織物)의 산지로서 유명하다.

49) 가구라자카(神樂坂) : 神樂坂는 당시 牛込區 神樂町에 있었던 번화가. 현재 新宿區.

50) 오쿠니가에(御國替) : 에도 시대에 제후(諸侯)의 영지를 다른 곳으로 바꾸는 일.

51) 다스키 : 양쪽 어깨에서 양 겨드랑이에 걸쳐 '×'자 모양으로 엇매어 일본 옷의 옷소매를 걷어 매는 끈.

52) 다테바야시한(館林藩) : '한(藩)'은 제후가 다스리는 영지. 館林藩은 현재의 群馬縣 館林市로 秋元을 주군(主君)으로 모셨던 6만 석의 한(藩).

53) 도쿠가와 바쿠후(德川幕府) : 1603년 도쿠가와 이에야스가 에도시대에 창시한 무인(武人)정권.

54) 오시한(忍藩) : 현재 埼玉縣行田市. 에도 시대에는 막부(幕府)의 중신(重臣)이 대대로 성주(城主)가 되었다.

55) 서남전쟁(西南戰爭) : 메이지 10년(1877) 정한론(征韓論)을 주장하다 패하고 고향으로 돌아온 西鄉隆盛를 중심으로 鹿兒島 무사족이 일으킨 반정부 폭동. 메이지 신정부에 대한 무사족의

반란으로 熊本 鎭臺를 포위했으나 패배, 鹿兒島로 물러나서 西鄕隆盛는 자결.

56) 한에리(半襟) : 여성의 옷 위에 대는 장식용 깃.

57) 이세자키 메이센(伊勢崎 銘仙) : 伊勢崎(群馬縣 東南部의 市) 지방에서 생산되는 꼬지 않은 실로 거칠게 짠 발이 설픈 비단 (옷감 . 이불감 . 방석 등에 씀).

58) 신쇼타이코키(眞書太閤記) : 豊臣秀吉의 傳記를 통속적으로 쓴 실록체(實錄體) 소설.

59) 구스노키테이이히칸(楠廷尉秘監) : 楠正成의 傳記를 통속적으로 쓴 소설. 에도 중기에 만들어 졌으나 작자는 미상.

60) 닌조본(人情本) : 에도 시대 말기에 유행한 서민의 인정, 애정을 주제로 한 풍속 소설.

61) 핫켄덴(八犬傳) : 『南總里見八犬傳』. 瀧澤馬琴(1767~1848)의 대표작. 무로마치(室町) 말기의 武將 里見家의 파란만장한 흥망성쇠를 그린 장편 傳奇소설.

62) 구루메콘가스리(久留米紺) : 규슈의 九留米 지방에서 생산되는 목면의 비백(飛白) 무늬가 있는 감색 옷감.

63) 곤지키도(金色堂) : 후지와라(藤原) 시대의 대표적 사찰 건축물. 경장(經藏)과 함께 현재 中尊寺에 남아 있는 고적의 하나. 건물의 내외부를 전부 금박으로 장식하고 기둥은 자개 세공을 하여 화려함의 극치를 이루고 있다. 현재 淸衡 이하 3대의 미이라를 보존하고 있음.

64) 가이코샤(偕行社) : 육군 사관의 친목 · 공제 단체. 메이지 10년 도쿄에서 창립된 것을 필두로 해서 육군과 관계가 깊은 각지에 설치되었다.

65) 모모와레(桃割) : 16~17세 가량의 소녀의 머리 모양의 하나. 머리채를 좌우로 고리처럼 갈라 붙여 뒤꼭지에서 묶고 살쩍부분을 부풀림.

66) 사이폰 : 청량음료의 일종인 듯함.

67) 핫켄시(八犬士) : 『南總里見八犬傳』의 주인공 8명. 仁・義・禮・智・信・忠・孝・悌라고 하는 유교의 덕목을 상징하는 인물.

68) 고시마키(腰卷) : (일본 여자의) 아랫도리의 맨살에 두르는 속치마.

69) 시오센베이 : 쌀가루에 간장으로 짭짤하게 맛을 낸 얇게 구운 과자.

70) 미즈구치노토(水口の戶) : (우물물을 길어오는) 우물과 통하는 부엌 출입구.

71) 도요(土用) : 토왕(土旺)의 준말. 음양오행(陰陽五行)설에서 말하는 토기(土氣)가 왕성한 절기(입하・입추・입동・입춘 전의 18일 간을 가르키나 보통은 입추 전의 18일 간-삼복 무렵-을 일컬음).

72) 마쓰고노미즈(末期の水) : 임종할 때에 입을 축여 주는 물.

73) 침관(寢棺) : 시체를 누인 채로 넣는 길다란 관. 옛날 서민 계층에서는 앉힌 채로 넣는 통모양의 관(座棺)이 주로 쓰였으며, 침관은 호화로운 관으로 주로 여유있는 사람들이 사용했다.

74) 셋슈(雪舟) : 1420~1506년 무로마치(室町) 시대의 대표적 화가.

75) 야스쿠니신사(靖國神社) : 메이지유신 이후의 전몰 군인들을 모셔 놓은 신사.

76) 신도(神道) : 일본 민족의 전통적인 신앙.

77) 명기(銘旗) : 장례식 때에 죽은 사람의 이름을 쓴 깃발.

78) 마쿠라단고(枕團子) : 망자(亡者)의 머리맡에 올리는 생경단.

79) 미코토(命) : 망자(亡者)의 법명 뒤에 붙이는 칭호.

80) 즈다부쿠로(頭陀袋) : 원래는 승려가 불경책이나 시주받은 물
   품 등을 넣기 위해 목에 걸고 다니는 주머니이나 입관할 때에
   죽은 사람에게도 같은 것을 걸어 준다.

81) 로쿠도센(六道錢) : 입관할 때 사자가 삼도내를 건너는 나룻삯
   으로 넣는 여섯 푼의 돈. 저승 노자.

82) 아오야마(靑山) 묘지 : 東京都 赤坂區 南町(현재 東京都 港區
   南靑山)에 있는 공동묘지. 上野의 谷中 공동묘지와 함께 유명
   한 동경의 대표적 공동묘지.

83) 재장(齋場) : 장례식을 올리는 장소. 아오야마 재장은 현재도
   동경의 대표적 재장이다.

84) 탯줄 : 탯줄을 말려 보존하였다가 그 본인이 중병에 걸렸을 때
   먹게 하면 한 번은 목숨을 건질 수 있다는 俗信이 있다. 여자의
   경우는 시집갈 때 들려보내는 풍습이 있다.

85) 니슈킨(二朱金) : 近世 일본의 화폐 二朱判金이라고도 한다.
   장방형으로 二朱金 여덟 낲이 小判 한 냥에 해당됨.

86) 니부킨(二分金) : 近世 일본의 화폐. 금화로 반냥에 해당됨.

87) 이치부긴(一分銀) : 近世 일본의 화폐. 은화로 1/4냥에 해당됨.

88) 체야(逮夜) : 기일(忌日)의 전날밤. 신도식(神道式)의 장례식에
   서는 死後 10일마다 제사를 지내고 50일째의 제사를 끝으로 일
   단 끝난다.

89) 오비도메(帶留) : 일본의 여자 기모노 양끝을 장식으로 물리도
   록 된 띠 위를 누르는 끈. 또 그 끈에 꿰어 띠의 정면에 다는 장

식품.

90) 아마낫토(甘納豆) : 삶은 콩이나 팥을 꿀물에 졸여 설탕에 버무린 과자.

91) 다마다래(玉垂れ) : 찹쌀 미숫가루·와사비·참마·설탕을 섞어 만든 과자.

92) 헤코오비(兵兒帶) : 어린이 또는 남자가 매는 한 폭으로 된 허리띠.

93) 신단(神壇) : 신령을 모시는 단.

94) 유젠(友禪) : 유젠조메(友禪染め)의 준말. 비단 등에 화려한 채색으로 인물·꽃·새·산수 따위 무늬를 선명하게 염색하는 것.

95) 마루오비(丸帶) : 여자 오비의 일종. 천의 폭을 둘로 접어 안팎을 한 감으로 만든 폭 넓은 여자 옷의 띠.

96) 화족(華族) : 메이지 초기에 생겨 제2차 세계대전 후에 폐지된 계급제도로 작위를 가진 사람과 그 가족을 가리킴. 작위의 서열은 공작·후작·백작·자작·남작의 순이다.

삶(生)의 탄생배경과 작품을
통해 본 生과 死의 의미

한영옥

1

다야마 가타이(田山花袋)의 「삶(生)」은 1908(메이지 41년)년 4월 13일부터 7월 19일까지 요미우리(讀賣) 신문에 연재되었던 가타이 최초의 본격적인 장편 연재소설이다. 「삶(生)」의 연장선상에서 쓰여진 「아내(妻)」, 「인연(緣)」과 함께 3부작으로 불리우며, 「삶」은 어머니를 중심으로, 「아내」는 부인을 소재로, 「인연」은 작가의 사상을 토대로 서술한 작품으로, 이 중에서도 「삶」이 가장 뛰어난 작품이라 하겠다.

내용적으로는 여기에 「이불(蒲團)」을 더해서 4부작이라 하기도 한다.

「삶」의 도입부는 요시다가의 장남인 하급관리 료의 세번째 부인을 맞는 장면으로부터 시작된다.

요시다가는 10년쯤 전에 와세다 근처의 우시고메 기쿠이초로 이사를 왔다. 예순 한 살의 노모는 서남전쟁에서 남편을 잃고 혼자 몸으로 삯바느질을 해 가며 늙은 시부모를 모시고 네 명의 자녀를 키워 온 억척스런 여장부였다.

그러나 이러한 고생은 어디에서도 보상받을 길 없고, 쌓여만 가는 불만은 결국 그녀를 성격 이상자로 만들어 버리고 말았다. 특히 장남인 료에게는 냉정하게 대했다.

더욱이 몸이 아프기 시작한 반년 전쯤부터는 훨씬 그 증세가 심해졌다. 료는 마흔 살 정도의 하급관리이고, 세 살 아래인 장녀 오요네는 요시다가의 고향인 다테바야시의 베짜는 집으로 시집을 가서 자식을 다섯 명이나 두었다. 노모의 집 뒤편에 살고 있는 차남인 센노스케는 서른 한두 살의 삼류 소설가로, 5개월 전에 열아홉 살의 오우메와 막 결혼한 신혼이다. 생활은 불안정하고 빈곤하지만, 감내하며 살고 있다. 노모가 유일하게 기대하고 있는 삼남 히데오(秀雄)는 사관학교 출신의 육군 군인으로 히로사키에서 근무하고 있고, 하숙집 딸인 미쓰코와 목하 연애중에 있다. 료의 첫번째 부인은 빈곤한 생활과 시어머니의 고된 시집살이가 원인이 되어 아들을 낳고 얼마 되지 않아 죽었다.

료는 노모와 함께 아들 히데오(英男)를 키웠다. 몇 년 뒤 두번째 부인을 맞아 아들을 낳았으나 젖을 물리고 곁잠을 자다가 그만 실수로 아들을 질식사시킨 것이 원인이 되어 노모의 강경한 주장으로 이혼을 하게 되었다. 또다시 세월은 흘러 수년 뒤 스물 여덟의 이혼 경력이 있는 오케이를 세번째 부인으로 맞아들이게 되었다. 한편 료의 결혼으로, 료 와의 결혼을 목적으로 요시다가에 들어와 집안 일을 도와주 던 하녀 오테쓰가 료의 집을 떠나고, 병상의 어머니는 날로 괴팍함이 더해가서 주위 사람들의 애를 태웠다. 그중에서 비교적 노모로부터 귀여움을 받은 사람은 싹싹하고 순진한 센노스케의 아내 오우메였다. 료의 세번째 부인인 오케이는 매사에 칠칠치 못해서 연중 노모의 잔소리를 들어야만 했 다.

온화한 성격의 소유자로서 마누라의 말대로 움직이는 료 와, 공상가로 생활 대책도 제대로 서지 않는 센노스케를 볼 때마다 자식들에게 걸었던 기대가 허무하게 무너지고, 좌절 된 노모는 더욱더 성격이 강퍅해져 집안에서는 크고 작은 불화가 끊이지 않고 일어났다.

노모로 인해 애를 태우던 료는 시골에 있는 여동생 오요 네를 불러 올려 어머니의 간호를 부탁하나, 대가 센 오요네 와 큰올케 오케이가 서로 대립하며 크고 작은 충돌이 계속 되었다.

한편 오우메가 임신을 하게 되고, 여름이 되면서 노모의 병은 더 악화되어 급기야 히로사키에서 히데오(秀雄)까지 상 경하여 일가가 모두 모여 간병에 전념하였다.

답답하고 괴로운 시간이 흐르는 중에도 오랜만에 얼굴을

맞댄 형제들은 어릴적 이야기로 꽃을 피우기도 한다. 8월 중순쯤 노모는 숨을 거두고, 센노스케는 슬픔과 안도의 엇갈리는 감정 즉, 구속받지 않는 자유와 의지할 곳 없는 허전함, 고독감을 함께 느꼈다. 장례식은 신도(神道)식으로 치러지고 그 와중에서도 향을 올리는 순서에서부터 유품을 나누어 갖는 데까지 오요네와 오케이의 암투는 끊이지 않고 계속되다가 결국 싸움으로 결말을 보게 되었다. 오요네와 히데오는 각자 고향집과 임지로 돌아가고, 요시다가의 주인이 된 료와 오케이는 누구의 눈치도 보지 않고 자유롭게 살게 되었다. 감상적인 센노스케는 어머니의 죽음을 슬퍼하고 허전해 하면서도 오우메와의 관계가 전보다 더 친밀하게 되었음을 의식했다. 히데오가 미쓰코와 결혼하여 료의 집 근처에 살게 되면서 삼 형제와 그 아내들은 서로 사이좋게 오가며 지내게 되었다.

2

일본 자연주의의 기수로 일본 근대문학에 있어서 확고한 자기 위치를 차지하고 있는 다야마 가타이는 무사의 자손으로 군마현(群馬縣) 다테바야시(館林)에서 태어났다.

메이지유신으로 새로운 시대가 열리고, 새롭게 밀려든

새 시대의 파도는 무사라는 특권계급을 깨끗이 밀어내고 사민(四民 : 士 · 農 · 工 · 商) 평등시대를 여는 계기가 되었다.

몰락한 무사 집안의 출신으로 경제적 여유가 없었던 그로서는 아버지의 유지를 받들고, 또한 학비 조달이 용이한 군인이 되기로 일찍 마음 먹고 육군 유년 학교에 들어가기 위해 예비교 속성 학관에 입학했다.

이듬해 시험을 치뤄 학과에서는 통과되었지만, 신체검사에서 근시가 원인이 되어 실격하고 말았다. 그러나 예비교 속성 학관에서 나가노현(長野縣) 출신의 친구 세 명을 사귀게 되는데, 청운의 꿈을 안고 고향을 떠나온 이들은 순식간에 오랜 친구처럼 친하게 되었다. 그들은 아름다운 고향 풍경을 화제로 자주 대화를 나누었으며, 이것은 자연을 사랑하는 가타이를 감동시켰고, 후에 가타이가 몇 번씩이나 그들의 고향을 찾아가는 계기가 되었다.

그곳의 방화 사건을 소재로 하여 쓴 것이 바로 『주에몬의 최후(重右衛門の最後)』(1902)인 것이다.

이 작품은 가타이의 문단 출세작이라고도 일컬어지는 귀중한 작품이다. 이들 세 사람을 모델로 쓴 작품으로는 「비극(悲劇)」(1904), 「쾌청한 가을(秋晴)」(1906) 등이 있다.

가타이가 외국 문학에 눈을 뜨게 된 것은 아버지의 친구 아들인 노지마(野島金八郎)의 덕택이었다. 그에게서 영어도 배우고, 외국 소설에 대한 이야기를 들으며 한학(漢學)과 와카(和歌)에 머물던 문학의 범위를 넓혀, 외국문학에 접근하는 계기가 되었다. 이즈음부터 영어의 중요성을 간파하고 영어 전문학교에 입학하여 노력한 결과 영어 소설을 읽을 수 있게 되었다. 덕분에 가타이는 문학청년 중에서도 외국에 대해 지식을 가진 편이었다.

영어 전문학교에는 동생인 도미야도 다녔으며 후에 그는 육군 유년 학교를 거쳐 사관학교를 졸업, 히로사키에서 근무하다 중좌(중령)로 퇴역했다.

가타이에게 진짜 문학의 맛을 느끼게 해 준 것은 후타바테이 시메이가 번역한 투르게네프의 『밀회(あひびき)』였다. 구태의연한 한학(漢學)과 국학(國學)과는 다른 자연스럽고 매끄러운 서술 방법은 전혀 새로운 것으로 앞으로의 문학 방향을 짐작케 하는 것이었다. 더욱이 모리 오가이(森鷗外)의 「편지 심부름꾼(文づかい)」을 읽고서 외국의 향취에 흠뻑 젖게 되어 오자키 고요(尾崎紅葉)·고다 로한(幸田露伴)과 같은 기존의 낡은 일본 문학의 형식 이외에 나아가야만 할 문학의 길이 있음을 알게 되었다.

가타이는 한시(漢詩)와 와카(和歌) 이외에도 소설의 창작과 습작에 힘을 기울이게 되었다.

1907년에 「이불」이 발표되면서 그 노골적인 묘사는 전대

미문의 센세이션을 일으켰으며, 이후 일본 문학의 향방을 결정짓는 계기가 되었다. 이어서 1908년 4월에 「삶」이, 1908년 10월에 「아내」가, 1909년에 「시골교사(田舍敎師)」가 속속 발표됨으로써 작가로서의 전성기를 맞게 되었다.

3

가타이 문학의 밑바닥을 흐르는 슬픔은 봉건제도의 기본 틀인 가족제도와 혈통에서 그 원류를 찾아볼 수 있을 것이다. 열아홉 살에 시집온 가타이의 어머니는 활을 당기는 아버지의 늠름한 모습에 반해 버린 로맨틱한 여성이었다.

꽃을 좋아하고 자연을 사랑하던 어머니가 만년에는 고집이 세고 괴팍스러워져 집안의 귀찮은 존재가 된 것에 유신으로 인한 생활의 변화, 친 부자지간임에도 불구하고 갈등이 심했던 조부와 아버지 사이에서의 정신적 고통과 아버지 사후의 생활고가 직접적인 원인이 되었다. 마치 고생을 하기 위해 태어난 듯한 어머니에게 가타이는 무한한 동정과 애정을 보냈다.

유신 전에는 거문고를 타고 꽃꽂이를 하며 다도를 익히던 손에, 호미를 들고 베를 짜며 삯바느질을 하면서 네 명의 자식에 조부모까지 일곱 명의 생계를 위해 어머니는 필사의 노력을 아끼지 않았다. 이렇듯 영락한 사족(士族)의 모습은 비참한 것이었다. 어지러운 시대의 변천 속에서 늙은 시부모와 자식들을 거느리고 어떻게든 살아가지 않으면 안되었던 어머니는 일생 신의 축복을 받지 못한 채 눈을 감고 말았다.

장남과의 불화, 며느리에 대한 불만, 또한 언제까지나 작가로서 이름을 날리지 못하고 있는 가타이, 이런 것들을 보고 있노라면 견딜 수 없이 괴로운 마음이 되었다. 어머니의 유일한 희망은 막내아들의 출세뿐이었다.

막내의 쾌활한 성격과 군인이라는 믿음직한 직업에 어머니는 위안을 얻으며, 돌아가신 아버지의 모습을 떠올린다. 활을 당기던 아버지의 모습은 언제까지나 아름다운 추억으로 어머니의 가슴에 남아 있었다. 아버지의 유발(遺髮)을 아무도 모르게 당신 몸에 지니고 계셨던 어머니, 거기에는 가타이 형제들을 고통으로 몰아 넣었던 거칠고 고집센, 도무지 말이 통하지 않는 막무가내의 어머니의 모습은 보이지 않고, 다만 슬픈 일본의 '여자의 일생' 만이 있을 뿐이다.

가타이는 어머니의 불행한 일생에 한없는 회한의 눈물을 흘렸다. 또한 큰형은 어떠했던가. 다야마가의 지주로서 큰 희생을 치루고, 가정을 위해 자신의 뛰어난 재능을 사장시키고 고뇌의 일생을 보냈다. 공명에 불타며 이상(理想)이 높고 자의식이 강했던 형은 아버지 없는 가정에서 가장의 몫까지 책임져야 했기에 그의 이상은 눈녹듯 녹아 버리고 만 것이다. 가타이는 그 형의 괴로움과 고독과 슬픔을 감히 짐작할 수 없었던 것이다. 게다가 어머니와의 성격 차이에서 오는 부딪침은 형을 한층 더 고독하게 했다.

끝도 보이지 않는 부딪침 속에서 가타이는 인간의 업(業)에 대한 비애를 몸서리치도록 체험하게 되었다. 이러한 비애 속에서 가타이가 어머니의 생애에 대해 심혈을 기울인 만가(挽歌)라고도 할 수 있는 걸작 「삶」이 탄생하게 된 것이다.

4

「삶」은 외국 문학의 모방에서 벗어나 처음으로 가타이가 자신의 평면묘사 이론으로 쓴 소설로, 매우 새로운 방법이었다. 작품의 주인공으로서, 사랑하는 육친의 치욕을 한점 남김없이 드러내 놓기 위해서 육친을 해부한다고 하는 껍질을 벗는 고통을 감내하며 써내려 갔다.

평면묘사란 작가의 주관을 더하지 않고 내부적 설명이나 해부의 과정에서도 조금도 더 보탬이 없이 있는 그대로 진행시키는 것이다. 여기서 자기 내면의 진실만을 추구하는

'사소설(私小說)'이 탄생하게 된다.

「삶」의 내용을 크게 넷으로 나누면 제1부 어머니, 제2부 어머니와 자식들 및 그 처들과의 대립, 제3부 늙은 어머니의 생에 대한 무서운 집착, 제4부 신세대의 승리로 나눌 수 있을 것이다.

「삶」의 중심사상은 生과 死라고 하는 인생 최대의 문제이다. 「삶」은 여기에 그 초점을 맞추어서 그것을 자연스럽게 일상생활과 접목시켜 거기서 진실을 엿보고자 했기 때문에, 이 한편 속에 특별히 주인공이라 부를 만한 인물이 따로 있는 것이 아니고, 이런 중심사상을 둘러싸고 각각의 인물들이 각자 나름대로의 활동을 전개해 가고 있다.

이러한 점이 소위 주인공 위주의 소설과는 취향을 달리한 재미를 느끼게 한다.

인간에게 영원한 테마인 生과 死의 문제를 일상생활에서 찾아냄으로써 인생의 진실을 말하고자 한 점과, 특정한 주인공을 설정하지 않고 등장인물 모두를 주인공으로 하며, 또한 그들 모두가 각자의 성격으로 그려진 점 등은 일반적인 소설에서는 느낄 수 없는 새로운 맛을 느끼게 하기에 충분하다.

인간의 여러 형태의 삶을 살펴보면, ①죽음을 부정하면서 악착같이 살려고 하는 노모. ②삶의 욕구를 세번째의 결혼을 통하여 성취하는 료. ③진지하게 삶을 영위하고자 하는 센노스케. ④젊음의 푸르름을 구가하는 히데오. ⑤억척스러운 삶의 모습을 여실히 보여 주는 오요네. 이런 모습들을 통해서, 게걸스러울 정도로까지 생에 집착하는 인간의 추한 단면, 삶의 무가치(無價値) 무의의(無意義)의 모습들을 적나라하게 드러냄으로써 인간이 삶을 영위하는 진솔한 모습을 그대로 그려내고 있다. 삶에는 인간의 아름다움이나 추함이 따로 존재하는 것이 아니고 다만 인간의 진실한 존재만이 있을 뿐이다.

5

가타이는 「삶」을 집필할 때에 그 소재의 특수성으로 인해 고통 또한 대단히 컸다고 한다.

집필 당시 아직 형이나 형수가 생존해 있었기 때문에 그들에 대한 해부에도 신경이 쓰였을 뿐만 아니라, 그들에게 자신의 내면의 생각까지 들켜 버리는 것이 정말로 몸둘 바를 모르게 부끄러웠으며, 친지나 친척들 보기도 여간 부끄러운 일이 아니었다. 특히 돌아가신 어머니에 대한 기탄없는 해부가 가장 그를 괴롭혔다. 어머니에게 무한한 동정을 보냈고, 또한 하염없는 눈물을 뿌렸던 그였던 만큼 더 더욱 괴로움과 고통을 느끼지 않으면 안되었다. 모파상의 소위 '껍질을 벗기는 고통'을 뼈에 사무치도록 절절히 느끼면서 걸작「삶」을 탄생시켰던 것이다.

작가 자신의 피나는 고통을 감내해 가면서 치욕스럽고 참담한 가족의 얘기를 가감없이 있는 그대로 당당히 노출시켜 보여 준 가타이의 용기에 진정한 찬사를 보내고 싶다.

「다시 한 번 가타이로 돌아가지 않으려는가!

그 정열을 배워야 하지 않는가? 그런 오기와 불요불굴의 정신과 어린아이와 같은 정직함과 허심탄회의 덕을 어느 누가 두루 갖추고 있단 말인가!」

라고 한 시마자키 도손(島崎藤村)의 말을 빌리지 않더라도 현대를 사는 우리 모두에게 시사하는 점이 많다고 하겠다.

개인 이기주의의 발달로 실리만을 추구하며 도덕의 기본 틀인 가족마저도 부정하려는 현대인들에게 너무도 인간적인 이 이야기, 지지고 볶으면서 끝없는 부딪침의 소용돌이 속에서 잔잔히 피어나는 가족애는 인간의 진솔한 모습으로 우리 모두의 가슴으로 다가와 깊은 감동을 전해 줄 것이다.

일본적 가족제도가 단순히 가장의 권력에 의한 수직적인

관계만이 아닌 그 구성원들의 가족적인 온정, 그 인정적이고 서정적인 깊은 유대감은 오늘날 우리들이 찾아헤매는 진정한 인간의 체취가 아니겠는가!

작자는 많은 작중인물들을 언제나 깊이 사랑하며, 진한 미움은 애써 피함으로서, 작중 인물을 명료하게 독자의 눈 앞에 떠오르게 한다.

죽음을 눈앞에 둔 어머니와 새 생명을 잉태한 젊은 며느리의 모습을 대비시켜 구 세대와 새 세대의 교체를 자연스럽게 암시하고 있다.

새싹이 나옴에 따라 고엽이 조락하는 것 같은 고통이 거세게 그 가슴을 덮쳐 왔다.

죽음에 맞닥뜨린 노모의 고통을 이렇게 묘사함으로써 이 작품구성의 중핵인 테마가 그대로 보인다고 하겠다.

신세대와 구세대의 자연스런 교체, 그 콘트라스트(contrast)의 묘(妙)로 깊은 의미를 보여 주려는 것에 이 작품을 쓴 가타이의 문학적 의도가 존재하고 있는 것이다.

내친 김에 사진 넣어두는 작은 상자를 열어 옛날 사진들을 꺼냈다.

일가(一家)의 역사가 평면적인 사진 꾸러미에서 다시 한 번 펼쳐지는 짧은 이 장면은, 「삶」이라는 작품의 특징 있는 장면 전개 방법의 하나이며, 소설적 시간의 흐름을 나타내는 방법의 하나로 세대교체의 드라마라고 하는 주제에 직면해 있고, 일종의 상징적인 결말로서 효과적인 묘사라 할 수 있다.

가타이에게 인생이란 시간의 흐름 그 자체이다. 사람은 태어나고, 또 죽으면서 세상은 돌아가는 것이다.

인간의 영원한 테마인 生과 死를 작가는 바로 옆의 사람들을 통해서 여실히 보여 주고 있다. 아름답고 화려한, 조금도 굴절되지 않은 모습으로 비치고 싶어하는 인간의 본능을 과감히 탈피하고, 추악한 이면의 모습까지도 허심탄회하게 파헤쳐 보임으로써 인간의 진정한 모습에 한 발자국 더 다가서게 한 그의 문학적 업적은 높이 평가받아 마땅하리라.

저자／다야마 가타이(田山花袋, 1872~1930)

1872년　군마현(郡馬縣) 다테바야시(館林) 출생

1886년　가족과 함께 동경으로 상경, 군인을 지망해서 예비 속
　　　　성학관에 다님

1891년　처녀작 「참외밭(瓜畑)」 발표

1902년　「주에몬의 최후(重右衛門の最後)」를 발표함으로써
　　　　본격적으로 자연주의 이론과 작품을 쓰게 됨

1904년　러일전쟁에 종군, 조선을 경유해 감

1907년　「이불(蒲團)」을 발표함으로써 일본 문단에 큰 반향을
　　　　불러일으킴

1908년　「삶(生)」을 『요미우리(讀賣) 신문』에 연재

1909년　평면묘사 이론으로 「시골교사(田舍敎師)」를 발표

1916년　「세월은 흘러(時は過ぎゆく)」 발표. 소위 가타이의 신
　　　　자연주의 이론으로 불교적 무상감과 신비적 경향이
　　　　짙은 그의 후기 작품의 대표작으로 불림

역자／한영옥

인천 출생

이화여자대학교 건강교육학과 졸업

상명여자대학교 대학원 일어일문과 졸업

현재　동남보건전문대학 관광일어통역과 조교수

논문　「다자이(太宰)문학에 나타난 가정파괴의 실상」
　　　　그 외 연구논문 다수

한림신서 일본현대문학대표작선을 발간하면서

한림대학교 한림과학원 일본학연구소에서는 1995년에 광복 50년, 한일국교 정상화 30년을 기념하면서 일본학총서를 출간하기 시작했다. 그 성과에 대해서 한일 양국의 뜻있는 분들이 높이 평가해 주신 데 깊은 사의를 표한다.

본 연구소는 한국이 일본을 더욱 잘 알게 되고, 한일간의 문화교류가 활발해진다는 것이 한일 양국을 위하는 것일 뿐 아니라 21세기를 향한 동북아시아의 평화와 새로운 질서를 수립하는 데 크게 이바지한다고 생각한다. 그런 뜻에서 일본학총서도 발간해 왔던 것이다. 앞으로도 그 사업을 계속할 것이며 연륜을 더해감에 따라 큰 발자취를 남기게 될 것을 의심하지 않는다.

그런 확신을 가지고 지금까지 일본학총서 발간에 보내 주신 한일 양국 여러분의 성원에 보답하는 의미에서 여기에 새로이 한림신서 일본현대문학대표작선을 발간하기로 했다. 일본 문학은 이미 세계 문학사에서 확고한 자리를 차지하고 있다.

일본은 전통적으로 문학 속에 사상을 담아 왔기 때문에 일본 사회를 알기 위해서는 일본 문학을 알아야 한다고들 흔히 말한다. 그럼에도 불구하고 지금까지 상업성을 위주로 하는 일반적인 출판사업에서는 일본 문학의 전모를 알리기에는 어려운 사정이 많았던 것이 사실이다. 그러므로 본 연구소는 일본을 바로 이해하기 위하여, 한일간의 문화교류를 더욱 촉진하기 위하여 여기에 일본현대문학대표작선을 간행하기로 했다.

이러한 노력이 우리 문화발전에도 크게 이바지할 수 있기를 바라면서 일본에서도 한국 문화를 일본에 알리기 위한 노력이 일어나서 한일간에 새로운 세기를 좀더 밝게 전망할 수 있게 되기를 바란다.

여러분들의 계속적인 성원을 기대해 마지 않는다.

1997년 11월
한림대학교 한림과학원 일본학연구소

한림신서 일본학총서

小花 서울 영등포구 영등포동 94-97 전화 677-5890, 675-7809 팩스 636-6393

한림대학교 한림과학원총서

小花 서울 영등포구 영등포동 94-97 전화 677-5890, 675-7809 팩스 636-6393